THE
从前的女孩
GIRL

〔英〕JP.德莱尼 著
谢一 译

BEFORE

人民文学出版社

著作权合同登记号　图字 01-2018-3311

THE GIRL BEFORE by JP Delaney

Copyright © 2017 JP Delaney
This translation published by arrangement with Ballantine Books, an imprint of Random House, a division of Penguin Random House LLC through Big Apple Agency, Inc., Labuan, Malaysia. All rights reserved.

图书在版编目(CIP)数据

从前的女孩/(英)JP.德莱尼著;谢一译. —北京:
人民文学出版社,2018
ISBN 978-7-02-014543-0

Ⅰ.①从… Ⅱ.①J… ②谢… Ⅲ.①长篇小说-英国-现代 Ⅳ.①I561.45

中国版本图书馆 CIP 数据核字(2018)第 189747 号

责任编辑	朱卫净
	陶媛媛
封面设计	钱　珺

出版发行	人民文学出版社
社　　址	北京市朝内大街 166 号
邮政编码	100705
网　　址	http://www.rw-cn.com
印　　制	上海盛通时代印刷有限公司
经　　销	全国新华书店等
字　　数	194 千字
开　　本	890 毫米×1240 毫米　1/32
印　　张	12.375
版　　次	2018 年 11 月北京第 1 版
印　　次	2018 年 11 月第 1 次印刷
书　　号	978-7-02-014543-0
定　　价	58.00 元

如有印装质量问题,请与本社图书销售中心调换。电话:010－65233595

THE GIRL BEFORE

JP DELANEY

1. 请列出：你认为你一生中必须拥有的每一样东西。

彼时：艾玛

"这套公寓真不错，"中介说这话时，伪饰的热情几乎乱真，"周边配套齐全，还有一部分屋顶可以改造成你们的专属阳光露台。不过，当然了，要经过房东的同意。"

"挺好的。"西蒙附和道，尽量不怼我。其实我一进来就看到其中一扇窗户下方伸出来六英尺的屋顶，当时就觉得这套公寓不怎么样。西蒙也看出来了，不过他不想对中介直说，至少不想这么快地回绝他，否则会显得很不礼貌。他可能觉得，如果我多听听中介这些愚蠢的废话，就会改变主意。中介和西蒙是一路货：一样的外强中干，一样的急不可耐。他说不定平时就爱看西蒙公司出版的杂志，上楼前，他们两个就聊上了体育。

"你看，卧室的面积也不小，"中介说道，"还有足够大的——"

"不好，"我打断了这惺惺作态的介绍，"这房子一点都不适合我们。"

中介抬了抬眉毛说道："按照现在的租房行情，你也就别太挑剔了。这房子今晚肯定就没了，今天都有五拨人来看过了。要知道，我们还没把这套房源挂到网上呢。"

"这房子不安全，"我冷冷地说道，"我们走吧？"

"这里的所有窗户都上了锁，"他说，"大门装的还是邱伯锁[①]。

[①] 伦敦制造的名牌锁具。

当然了，如果你们特别在乎安全问题，还可以装个防盗报警装置。我想房东应该不会反对。"

他现在已经跳过我，直接游说西蒙了，这令我特别在乎。他的潜台词好像就在说："哎呀，你这女朋友可真麻烦。"

"我在外面等你。"我说完，转身就往外走。

中介意识到自己说错了话，赶紧补救道："如果你觉得是地段问题，那你可能需要往西面再看看。"

"我们都看过了，"西蒙说，"除了一套比袋泡茶包大不了多少的小房子，那边的租金全都超出了我们的预算。"

他说话时努力隐藏自己的失望，反而更加激怒了我。

"女王公园附近有套一居室的，"中介说道，"房子看起来有点丑，但是……"

"我们看过了，"西蒙说，"我们还是觉得房子的栋距太窄了。"西蒙说话的口气让"我们"这个词听起来就像只代表了"她"。

"要不，在基尔伯恩还有一套三楼的——"

"那房子也有同样的问题，有一扇窗户紧挨着下水管。"

中介似乎有点迷惑不解。

"会有人顺着管道爬上去。"西蒙解释道。

"好吧，租房旺季刚刚开始，你可以再等等看。"

中介已经确定我们是在浪费他的时间，于是悄悄地朝门口走去。我走到门外，站在楼梯口，这样他就不会靠我太近。

"我们已经通知现在的房东了，"我听见西蒙压低声音说，"我们已经没有选择了。听着，哥们，我们之前遭撬窃了，就在五个星期前，两个男人闯进来威胁艾玛，所以她才会这么谨小慎微。"

"噢，"中介说道，"该死。要是有人这么对待我的女朋友，我都不知道该怎么办了。你看,可能风险有点大,不过……"他的声音低了下去。

"不过什么?"西蒙问。

"有中介公司跟你们提过富门大街1号吗?"

"没有。是刚出来的房源吗?"

"不是,肯定不是。"

中介看起来有点迟疑,不知是否要继续推销那套房子。

"房子还空着?"西蒙追问。

"严格来说,是的,"中介说道,"而且是一套极好的房子,绝对棒。跟现在这套相比,不知道高级到哪里去了。不过房东就……有点挑剔,说挑剔,其实已经很客气了。"

"在哪个区?"西蒙问道。

"汉普斯特德区,"中介说道,"其实离亨登区更近一点,不过真的很安静。"

"艾玛?"西蒙叫道。

我走了进来。"我们愿意去看看,"我说,"这儿离那里不远。"

中介点点头。"我先去一下办公室,"他说,"看看能不能找到些详细的资料。上次带人去看那套房子已经是挺久以前了,不是每个人都适合那套房子。不过我觉得跟你们挺般配的。不好意思,我没有别的意思。"

此时：简

"这是最后一套房子了，"叫卡米拉的中介说道，她的手指在斯玛特轿车的方向盘上反复敲打，"所以呢，差不多该做决定了吧？"

我叹了口气。刚看的那套公寓位于西街一幢破败的公寓楼里。我的预算只能负担得起这种房子。而且刚才我还在安慰自己：剥落的墙纸、楼下邻居做饭时飘上来的令人头晕的气味、狭窄的卧室和毫不通风的卫生间里密布的霉点……如果这些都能忍受的话，这套房子倒还不错。不过附近一旦传来老式手摇铃声，整个周边便充斥着孩子的吵闹声。走到窗边，就看见楼下有一所学校。我甚至还能看到一间挤满刚会走路的孩子的教室，连教室窗户上贴着的兔子和白鹅剪纸都一览无余。看到这些，我难受得不行。

"我想，我就不考虑这套了。"我说道。

"真的？"卡米拉看起来有点吃惊，"是因为这所学校？之前的租客还说他们挺喜欢孩子的玩闹声呢。"

"但他们并没有继续租下去，不是吗？"我转身说道，"咱们走吧。"

卡米拉开车带我回中介办公室的路上，有策略地保持了长时间的沉默。最后，她说："要是你对今天看过的房子都不满意的话，可能就要考虑提高一下预算了。"

"很不幸,我的预算不能提高。"我看着窗外,毫无表情地说道。

"那你就不能这么挑剔。"她尖锐地说道。

"最后那套房子,有一个……比较私人的原因,我不能住在学校边上。至少现在不行。"我发现她的视线落在我因怀孕生产而有了些许赘肉的肚子上,随后,她睁大眼睛,觉得找到了两件事之间的关系。"噢!"她说。卡米拉并不像她看上去那样傻乎乎,为此我挺感激。她并不需要我把话挑明。

相反,她似乎有了个方案。

"听着,还有一个地方。其实,没有房东的同意,我们是不能带人去看房的,不过我们偶尔也直接带人去看。这房子吓退过一些人,但我个人觉得这房子非常棒。"

"一套非常棒的房子?房租在我的承受范围之内?我们讨论的不是船屋吧?"

"天哪,当然不是。恰恰相反,是位于亨登的一套公寓,整套公寓只有一间卧室,不过空间很大。房东是建筑师,挺有名的。你去万德乐中心买过衣服吗?"

"万德乐……"可能上辈子吧。上辈子又有钱又有体面工作的时候,我还真去过几次邦德街的万德乐中心,店面陈设极致简约,贵得令人艳羡的几件礼服如同祭台上的处女般铺在厚厚的石台上,所有店员都穿着黑色和服。"偶尔。怎么了?"

"房东所属的蒙克福德事务所设计了万德乐中心的所有店面,人们都管他的风格叫科技极简主义之类的,大量的琐碎装置都隐藏起来,又完全是开放式的。"她向我看了一眼,继续说道:"我得警告你,有人觉得他的设计风格有些……简陋。"

"这对我来说倒没什么问题。"

"还有……"

"还有什么?"她欲言又止,我让她说下去。

"租约不像一般的租房合同那样简单。"她说这句话的时候有点儿犹豫。

"什么意思?"

"我想,"她往下拉了下转向灯,右转进入一条弄堂,说道,"你还是先看看房子吧,看看你是不是喜欢,然后我再向你解释一下还有哪些问题。"

彼时：艾玛

这是一套无与伦比的房子。令人惊叹，激动人心，难以想象……以我有限的词汇量难以描述它的精彩。

房子外面的街道看不出什么名堂。两排巨大而毫无特色的房子像是从报纸上剪下来似的，随着山坡走势，一路延伸到克里克伍德。这些房子全都是伦敦北区满大街可见的维多利亚红砖加垂直推拉窗样式，除了大门的颜色和一点点彩色窗户之外，每一栋都一模一样。

路的尽头，转角处有一道围栏。围栏后有一座低矮的小建筑，就像一个灰白色的方形石块。只有几条似乎随意设计的横向玻璃窄缝告诉观者，这的确是一栋房子，而不是一块巨大的镇纸。

"哇哦，"西蒙有点怀疑地问道，"就是这里？"

"当然，"中介高兴地说道，"富门大街1号。"

他把我们带到房子的一侧。大门服帖地嵌入墙内，看起来似乎没有门铃，事实上，我连门把手或者信箱都没有看到，没有门牌，也没有任何关于人类居住于此的痕迹。中介推开了门。

"现在谁住在这里？"我问。

"没人住。"他站到一边，给我们让道。

"那为什么没上锁？"我紧张地问道，踌躇不前。

中介得意地笑着说："上锁了，我的手机上有一把数码钥匙，用一个APP就能控制所有系统。我只需要在手机上把房屋状态从'无人'调至'有人'。随后,房屋的传感器会收到一组代码,然后让我进来——这一切全部都是自动的。要是我带上数码手环,就连手机都不需要了。"

"你是在开玩笑吗?"西蒙说道,敬畏地看着那扇门。看到他的反应,我差点笑出声来。对西蒙这种电子产品迷来说,把他这辈子收到过的最好的生日礼物打包加在一起,都比不上一栋能用手机控制的房子。

我走进比橱柜大不了多少的门厅。这地方实在太小,中介跟在后面,更让我感到局促不安,所以我没有征得同意就直接走了进去。

现在轮到我说:"哇哦。"真是太壮观了。巨大的窗户采光极佳,窗外是个小花园,花园尽头处是一堵高大的石墙。房子不大,但感觉相当宽敞。墙壁和地板都是统一的苍白色,每面墙的底部统一作了嵌入设计,看上去,所有的墙面都飘浮在空中。而且,房间里是空的,没有家具。我看见旁边的房间里有一张石桌、几把看起来设计感十足但冷冰冰的餐椅和一张包裹着深奶油色布套的长方形矮沙发——除此,就一无所有了,至少一眼望去什么都没有。没有门,没有橱柜,没有画,没有窗框,没有插座,什么都看不到。也没有灯具,就连——我困惑地看了一圈——电灯开关都没有。而且,虽然看起来不像是久无人居,但完全没有任何杂物。

"哇哦。"我又说了一遍,声音回荡在房间里,听起来有点奇怪,沉闷而低沉。我发现街道上的一切噪声在这里都听不见了,那种始终存在的伦敦的背景噪声——路上的车来车往、脚手架上的施工作业、汽车防盗警报——完全听不见了。

"很多人都这么说，"中介表示赞同，"很抱歉要给你添麻烦了，房东坚持要求我们脱鞋。所以请你……"

他弯腰解开自己那双款式夸张的鞋子的鞋带。我们也照做了。于是，屋内全无修饰的虚空似乎吸走了他那喋喋不休的唠叨，让他看起来跟我们一样傻乎乎地四处张望。

此时：简

"漂亮，"我说，房子的内部非常优雅、完美，看起来就像身处画廊，"真漂亮。"

"是吧？"卡米拉附和道。她伸长脖子抬头向这几面毛坯墙，墙面石材宛如奶油，看起来就很贵。空旷延伸至屋顶。通往楼上的那道楼梯是我所见过最简洁的设计，看上去简直就像是凿进悬崖峭壁似的：楼梯板是未经打磨的粗糙石板，没有任何扶手，至少在视线范围内，没看到任何着力点作为支撑。"无论我来过多少次，这里总能让我激动。上次我是带一群学建筑的学生过来——顺便说一下，这儿有个条件：每半年必须对访客开放一次。好在这些访客总是彬彬有礼，不会像豪华古宅里的观光客那样往地毯上吐口香糖。"

"现在是什么人住在这里？"

"没人住。这地方已经空着差不多一年了。"

我看向隔壁房间。"房间"这个词似乎不太能准确形容这个空间：一个连门都没有的开放式空间。长石桌上有一盆郁金香，血红的花朵和苍白的石头形成鲜明的反差。"那么，这些花是从哪儿来的？"我走过去摸了下桌子，一尘不染，"还有人负责保洁？"

"每周都会由一家专业机构指派一名清洁工来打扫。这是租赁条件之———你必须允许他们来打扫。他们还会照顾花园。"

我走向落地窗。"花园"这个词在这里也属用词不当。这简直是一座庭院,真的,大约二十英尺长,十五英尺宽,铺设的石材和我脚下的地板一致。庭院中有一处小小的长方形草地,与尽头处的高墙相交,草地被精致地修剪成与保龄球场草坪等高。庭院里没有种花。事实上,除了这块草地,没有任何其他生命,没有任何其他色彩,只有几圈灰色的砾石,是这庭院仅有的特征。

目光转回室内,我觉得这里需要些颜色来点缀,需要变得更柔软一点。只要铺上一些毯子,增加一些人性化的格调,这里就会像时尚杂志上的样板房一样漂亮。多年来,我第一次感受到小小的激动。难道我开始转运了?

"嗯,我觉得这很合理,"我说道,"就这些条件吗?"

卡米拉有些勉强地笑道:"刚才我说,这些是一部分条件。我的意思是,这是一部分比较直截了当的条件。你知道什么是限制性条款吗?"

我摇摇头。

"意思是永久附加于这个建筑物的法律性条件,就算这栋房子卖给你,这些条件也不会失效。通常来说,这些条件与不动产使用权相关——比如这房子是否能被用于商业之类的。对于这栋房子来说,这些条款是租房合同的组成部分,但因为是所谓的限制性条款,所以没有谈判或修改的余地。这份合同非常苛刻。"

"你指的大概是哪些条款?"

"基本上,就是一些'可以怎样'和'不可以怎样'的清单。应该说,基本上都是'不可以怎样'。除非提前申请,否则任何情况下都不能更改。屋内不得铺地毯或地毡,不能挂画或照片,不可以有盆栽植物,不得有任何装饰,不能有书……"

"不能有书!简直荒谬。"

"花园里不能种植任何植物,不可以挂窗帘——"

"不挂窗帘怎么调节屋内光线?"

"这栋房子的窗玻璃都是感光玻璃。天黑后,窗玻璃会自动变暗。"

"因此不能装窗帘?还有什么?"

"哦,当然还有,"卡米拉完全没在意我的讽刺语气,继续说道,"总共差不多有两百条,造成最多麻烦的是最后一条。"

彼时：艾玛

"……除了屋内已有的灯具，不得添加新的光源，"中介说道，"不得有晾衣绳，不得有废纸篓，不得吸烟，不得使用餐盘或餐垫，不得有靠垫，不得有小饰物，不得有自行组装的家具……"

"这是发神经吧，"西蒙说道，"谁给了他这些权利？"

西蒙花了好几个星期才组装好我们目前住的公寓里的那些宜家家具，因此他骄傲地把它们视作自己亲手从树上砍下木材、亲手打造的作品。

"我跟你说过，租这房子不简单。"中介耸耸肩说道。

我抬头看着天花板。"说起灯，"我说道，"这些灯怎么打开呢？"

"这些灯不需要打开，"中介说道，"由超声波动作探测器自动控制。配合探测器调节灯光亮度，来配合户外的昏暗程度，和你车上的自动大灯的启动原理一样。你只需要在APP上选择想要的情绪模式，比如：有效工作，平静休憩，愉悦玩耍，等等。在冬天，屋内甚至能补充额外的紫外线，来防止你变得抑郁。你知道，就像那种用来治疗季节性情感障碍的日照灯。"

我感觉西蒙已经被这些灯深深地迷住了，而那些关于自行组装家具的禁止规则对他来说似乎也不再是太大的问题。

"还有全屋地暖，很显然，"中介继续介绍，他似乎一下子来了兴致,"不过地暖直接采自房子的地下岩洞。所有窗户都采用三层中空玻璃——整栋房子的能效比极高,而且并入了国家电网①。你永远都无需担心电费账单。"

听中介这么一说,西蒙像看到 A 片一样兴奋。"这房子的安全性如何?"我尖锐地发问。

"都是由同一套系统控制的,"中介说道,"虽然你看不到,但是外墙嵌了一套入室盗窃报警装置。所有的房间都有感应装置——就是用来开灯的那套感应器。这是一套智能系统,会不断升级认知'主人是谁'和'主人的日常行为模式'。一旦有其他人闯入,这套系统就会向你征询这些人是否获得你的授权。"

"艾玛?"西蒙叫道,"你一定要来看看厨房。"

他晃悠到了房子的一头,来到了那张石桌所在的空间。一开始,我根本不知道他怎么发现这是个厨房。贴着一面墙壁安装了一张石制的长吧台,吧台的一端似乎有个水龙头,至少我这么觉得,那是从石头上突出来的一根细钢管。吧台上微微的凹陷看起来像个水槽。吧台另一端有一排小孔,一共四个。中介在其中一个小孔上挥了下手,小孔猛地喷出嘶嘶作响的火焰。

"怎么样?"他说,"这是煤气炉。建筑师更喜欢管这地方叫作'食堂'而非厨房。"他笑了笑,似乎为了显示他觉得这叫法有多愚蠢。

我仔细研究,发现在墙板之间有些细小的凹槽。我按了其中一个凹槽,结果石墙打开了,打开时没有发出通常的咔哒声,而是发出一声缓慢的、类似气动装置发出的喷气声。墙板后面是狭

---

① 在英国,并入国家电网后,多余的电量可以卖还给国家。

小的橱柜。

"我带你看看楼上吧。"中介说道。

楼梯的台阶全是嵌入墙壁的石板。"对于儿童来说,这楼梯显然有点危险,"中介边往上走边警告我们,"小心台阶。"

"让我猜猜看,"西蒙说,"扶手和门阶也在禁止清单上吧?"

"还有宠物。"中介说。

卧室和这房子的其他部分一样空旷。床被固定在浅灰色的石头底座上,上面有一床卷起来的被褥。卫生间也是开放式的,仅用一堵隔墙做了个隔断而已。低头看楼下,就像是诊所,无比空旷。相比之下,楼上倒令人感觉到安静,甚至温馨。

"这地方就像是高级监狱。"西蒙评论道。

"就像我刚才说过的,这房子不是所有人都喜欢,"中介说道,"不过呢,对于'对的人'来说……"

西蒙按了按床边的墙壁,又一面墙板打开了,里面是衣橱,差不多能放下十几件衣服。

"还有一条规定,地面上任何时候都不得有杂物,"中介"建设性"地补充道,"所有东西必须收起来。"

西蒙皱起了眉头。"他怎么知道租客有没有遵守规定?"

"合同里会约定,会作定期检查。另外,如果租客破坏了任何规定,清洁工就会通知管理公司。"

"没门,"西蒙说道,"这简直就像回到了学校。我才不需要什么人来教我怎么把脏衣服从地上捡起来。"

我突然意识到,从进门的那一刻起,我就丝毫没再感受到不堪往事带来的一丝恐慌。这栋房子如此与世隔绝,就像个蛹,把我包裹起来,让我感觉无比安全。此时,我的脑海中浮现出一句最爱的电影台词:"那里既宁静又高贵,那里不会发生任何不幸。"①

"我的意思是说,显而易见,这地方太棒了,"西蒙继续说,"要是没有这么多条条框框的规矩,我们真的会考虑这地方。不过我们不太讲究,我们家卧室里,艾玛睡的那头看起来简直就像电影《法国贩毒网》的爆炸现场。"

"好吧,如果是这样的话……"中介边点头边说。

"我喜欢。"我突然说道。

"你喜欢?"西蒙有点吃惊。

"这里很不一样,但……还是比较合情合理的,不是吗?要是你造了这样的房子,这样不可思议的房子,我能理解你希望住户能好好地住在里面,用你希望的方式住在里面。否则,你造这样的房子有什么意义呢?这房子好得不能再好了。我从来没见过这样的房子,连杂志上都没见过。我们可以学着整洁起来,不是吗?如果这就是住在这栋房子里的代价。"

"嗯,好吧。"西蒙不怎么肯定地说。

"你也喜欢这里吗?"我说。

"如果你喜欢,我就喜欢。"他说。

"不是这样的,"我说,"我是问你是不是真的喜欢?这会给我们带来巨大的改变,除非你真的喜欢,否则我是不会强迫你跟我一起搬进来的。"

中介看着我们,被我们这小小的辩论逗笑了。但我们一直都是这样。当我冒出一个想法,西蒙总会花些时间思考,但最终都

---

① 出自《蒂凡尼早餐》。

会答应下来。

"你是对的,艾,"西蒙慢慢地说道,"这地方比我们看过的任何一套房子都强。这正是我们所需要的崭新开始,比我们搬进的一居室公寓都要新,不是吗?"

他回头对中介说:"我们接下来要做什么?"

"啊,"中介说,"从这个环节开始就有点麻烦了。"

此时：简

"最终的契约条款？那是什么？"

"尽管有这么多限制性条款，你仍会吃惊地发现居然还是有这么多人挤破头想要住进来。不过，最后一关由建筑师本人把关。事实上，最后需要由他来批准是否让租客入住。"

"你是说，需要他的当面批准吗？"

卡米拉点点头说："那要看你能不能走到那一步。在那之前，要填写一份冗长的申请表。当然，还要签署一份声明，表示你已经阅读并清楚明白条款的内容。如果这一切都顺利通过了，他会邀请你去参加面试，无论他在世界的哪个角落，你都要飞过去。过去几年，他一直住在日本，在东京参与摩天大楼项目。不过他现在已经回到伦敦。通常来说，他一般不太想面试租客。那么我们就只能写邮件给申请人说他们的申请已经被拒绝之类的，不作任何解释。"

"被拒绝的都是什么样的人？"

她耸耸肩说："连我们做中介的都找不出其中的规律。学建筑的学生肯定过不了关。而且，肯定不需要有曾在同类房屋中居住过的经验。事实上，我觉得，有经验只会不利。除了这些，我跟你一样，都是乱猜而已。"

我环顾四周。心想，如果这房子是我造的，我会选怎样的人住进来呢？我会用怎样的标准来判断未来的租客呢？

"诚实。"我慢慢地说道。

"不好意思，你说什么？"卡米拉看着我，面露疑惑。

"我对这栋房子的观感不仅限于这是一套看起来不错的房子。我看到的是主人对这栋房子倾注的巨大心血。这让这栋房子看起来很强硬，甚至有些残忍的味道。但又能感到他把一切，包括热情都注入了这栋房子，从而创造了一个百分之一百他想要的东西。这里让人感觉——虽然这个词有点装，但还是要说——这里让人感觉很'诚实'。我觉得他是在寻找一个在生活方式上同样诚实的人。"

卡米拉再次耸耸肩。"你大概说得没错，"不过她的口气听起来却不太相信，"所以你想要试试？"

我从本性上来说是个谨慎的人。我几乎不太会不假思索地作出什么决定，通常都要考虑清楚不同的可能性，掂量清楚可能出现的结果，反复权衡利弊。所以，当听到自己说出"是的，要试"的时候，我还是有点吃惊的。

"很好。"卡米拉丝毫没有感到吃惊，谁不想住在这样的房子里呢？"来我的办公室，我给你一套申请材料。"

彼时：艾玛

1. 请列出：你认为你一生中必须拥有的每一样东西。

我拿起笔，又放下来。要列出我想保留的那些东西可能要花上一整晚。不过我花时间思考了一下，问题中的那个"必须拥有"四个字慢慢凸显出来。什么是，真的，必须拥有？衣服吗？自从那次入室盗窃发生之后，我只有两条牛仔裤替换穿，外加一件宽松套头衫。我想带走几条连衣裙和短裙，几件不错的外套，还有我的鞋子和靴子，其他就没什么令人真正怀念的东西了。照片？都已经备份到网络硬盘。我仅有的几件还行的珠宝已经被窃贼抢走。家具？我们的家具没有一件不寒酸，根本配不上富门大街1号。

在我看来，这个问题是故意这么问的。如果问题是"哪些东西是我不需要的"，那就难回答了。而眼下这个问题巧妙地让我认为自己所拥有的东西都不重要，如此一来，我就会思考是不是能把所有的东西、所有的物品就像蜕去老化的皮肤一样丢掉。

以我的解读，可能这才是这些规定真正的意义所在。可能并不仅仅是因为控制欲强的建筑师不想让人弄乱他的漂亮房子，可能这是一种实验，活体实验。

而在这个实验中，我和西蒙成了他的小白鼠。事实上，我并不介意。事实上，我想要改变自己，改变我们。而且我知道，若不借助外力，这种改变就无法实现。

特别是改变我们。

自从索尔和阿曼达结婚，我和西蒙就在一起了，迄今已经四个月。我上班后认识了他俩，不过他们比我稍大一点，而且除了他们之外，我认识的人不多。西蒙是索尔的伴郎，他们的婚礼美丽而浪漫。我们一拍即合，先是喝酒聊天，然后跳舞，交换电话号码。后来，我们又发现彼此住在同一间旅馆，一件接一件的事情，一切刚刚好。第二天我醒来，心想：我都做了什么？很显然，那只是又一次冲动之下的一夜情而已，之后也就再也见不到他了，然后我就会有一种很贱、又被人乘虚而入的感觉。但事实不是那样。西蒙一到家就打电话给我，这让我们共同的朋友吃惊不已。尤其是他的朋友。在他的工作环境里，年轻人居多，又都是酒鬼，所以有固定女朋友差不多是个"污点"。在西蒙供稿的那种杂志上，对女孩的称呼都是"宝贝儿""辣妹""美妞"之类的，通版满眼 B&K[①] 图片——尽管都是关于科技和电子产品的文章。如果文章是写手机的，就有个女孩穿着内衣拿着手机；如果文章是关于笔记本电脑的，女孩仍穿着内衣，但造型变成了戴着眼镜敲击键盘；如果文章是写内衣的，女孩可能会把内衣拿在手上，好像刚从身上脱下来；杂志只要举办派对，模特们就都会穿成杂志上的那副打扮来参加，然后杂志上又会充斥着派对的照片。我对这些毫无兴趣，西蒙很早告诉过我，他也没什么兴趣——他喜欢我的理由之一就是，我和那些女生毫无共同之处。

---

① B&K，胸罩和内裤，B 指 bra，K 指 knickers。

我比较"真实"。

在一场婚礼中相遇似乎加速了这段感情的进程。西蒙在我们交往几周后就让我搬过去跟他同住,这也让大家很吃惊,一般来说,这种事往往由女生向男生提出来,因为女生想把关系往前推进一步,甚至想结婚。但对我们来说,并不是那么回事。也许因为西蒙比我稍长几岁,他总说在看到我的那一刹那就觉得我是那个"对的人"。他的这一点让我很喜欢——他总是知道自己想要什么,而他想要的是我。但我从来没想过他到底是不是我想要的,从来没想过他对我的意义是不是和我对他的意义一样重要。最近,自从那次入室盗窃事件之后,自从我们觉得要搬出他的旧公寓找个新家以来,我开始意识到,是时候作决定了。人生苦短,何必在一段错误的感情中浪费时间?

如果这段感情的确是错的。

我又沉思了一阵,思考的时候下意识地咬着笔,最后居然把笔壳咬碎了,弄得一嘴塑料。和咬指甲一样,这也是我的一个坏习惯。搬到富门大街1号之后,我大概会把这个毛病改掉。可能这栋房子能把我变成一个更好的人。可能这栋房子会给我混乱的生活带来秩序和规范。我会变成那种事事定目标、列清单、具有洞察力的人。

我继续填表。为了显示我明白了出题者的用意,并领会了建筑师的想法,我决定尽可能间接地回答问题。

然后我发现了正确的答案。

在答题框内,我一个字都没写,完全空白。富门大街1号体现的就是这种空洞和留白。

后来，我把表格给了西蒙，并向他解释我做了些什么。他听了之后，脸上的表情似乎在说：那我的东西该怎么办？艾玛？那些收藏品该怎么办？

所谓收藏品，大多数都是他多年来耗费精力收藏的NASA（美国国家航空航天局）纪念品，都堆在床底下的盒子里。大概可以放进储藏室吧，我建议道。他这么问，让我真是又好气又好笑，他居然觉得那些宇航纪念品比我重要，难道要为了那些从网上买来的宇航员签名垃圾而让我们无法搬进这栋无与伦比的房子里吗？"你不是一直说想要有一个完美的家吗？"我说。"可我不想要个迷你仓①中的小隔间，亲爱的。"他说。

我说："那只是些杂物，西蒙。杂物不重要，不是吗？"

我有一种感觉，又要开始吵架了，熟悉的愤怒感正在浮出水面。又来了——我想大吼——每次你让我觉得你想做些什么的时候，真的事到临头你又要退缩了。

当然，我没有说出口。我不会为这种事发怒。

入室盗窃事件之后，心理治疗师卡罗尔对我说，发怒是好事，说明我还没被打倒之类的。很不幸，我的愤怒只会冲着西蒙发作。当然，这也很正常。人们往往对自己最亲密的人最凶。

"好了好了，"西蒙飞快地说，"我会把那些收藏收起来，但可能会有点其他什么东西……"

"让我们把所有东西都扔了吧，"我不耐烦地说，"让我们重新开始，就当我们是去度假，而且这一次不用向航空公司支付超额托运费，好吗？"

---

① 迷你仓（Cubesmart），成立于2004年的美国上市公司。

"好吧。"他说。但我知道他这么说只是怕我生气。他走向水池,去洗我堆在里面的脏杯子脏盘子。我知道,他觉得我不可能搬去那样的一栋房子里,觉得我没有自律到能够去过那种极简生活。他一直说我身边总是一团混乱,而且乱得很离谱。但这恰恰正是我想要搬过去的原因。我想重塑自己。我和一个自认为了解我却根本不了解我的人待在一起而并没有意识到这一点,这让我很生气。

"我觉得我可以在那里写作,"我说,"在那样安静的环境里写作。你这几年不是总鼓励我写一本自己的书吗?"

他不敢相信地咕噜了一声。

"或者我可以开一个博客写写。"我说。

然后我从各个角度考量了一下这个想法。开博客可能会是一个挺不错的主意,博客的名字都想好了,就叫"极简之我""极简日志"之类的,或者更简单点,"迷你小姐"?

想到这里,我已经开始兴奋了。不知道极简主义的博客会吸引多少粉丝,搞不好还能吸引到广告商,那样我就能辞掉现在的工作,跳槽去畅销的生活时尚类杂志。艾玛·马修,简约公主。

"那么,你准备把我帮你开的博客关掉?"他问。我仰着头,有点生气地看着他,从他的话中听得出他觉得我只是随便说说。"伦敦女友"这个账号目前只有 84 个粉丝。而"文学女郎"只有 18 个粉丝,因为我一直没有时间去充实内容。

我把注意力转回申请表。刚回答了一个问题,我们就开始吵架。还有 34 个问题。

此时：简

我粗略地浏览了一下申请材料，有些问题很奇怪。虽然有些问题和租房相关，比如"你要带什么东西住进来"或"是否会改变室内设备"等，但有些问题，比如：

23. 你是否会为了救10个陌生人而牺牲自己的生命？
24. 如果是为了救1万个陌生人呢？
25. 你对肥胖人士的看法是：a. 可悲；b. 讨厌？

我之前的判断是对的，"诚实"这个判断词是对的。这些问题都是心理测试。不过对房产中介来说，"诚实"倒不是什么必备条件。这就难怪卡米拉看起来一脸茫然。

填申请表之前，我用谷歌搜索"蒙克福德事务所"。搜索结果的第一条就是他们的官网。点进去，一堵空墙出现在眼前。这堵墙非常漂亮，墙砖是灰白色的软质石材，不过整个页面感觉有点空洞。

我又点击了一下，出现了两个词：

作品清单
联系我们

点击"作品清单"后,屏幕上浮现出一张项目清单:

摩天大楼中心,东京
蒙克福德大厦,伦敦
万德乐中心,西雅图
海滩别墅,梅诺卡岛
教堂,布鲁日
黑房子,因弗内斯
富门大街1号,伦敦

点进每个项目之后,出现了更多图片——没有文字,只有建筑物的图片。所有的建筑都非常简洁,和富门大街1号一样,而且非常注重细节,选材极为考究。这些照片中没有任何人物,甚至没有任何物品,让人觉得没有人住在里面。教堂和海滩别墅看起来很像:大块的苍白石材搭配平板玻璃,只是窗前的景色看起来不一样而已。

我随后搜索维基百科:

爱德华·蒙克福德(生于1980),英国技术派建筑师,专注极简主义美学。 2005年,他与数据技术专家大卫·希尔和另外两人创办了蒙克福德事务所,一起开创并发展了智能家居系统应用,所设计的房屋与建筑成为有机的整体,完全不需要附加任何外部设计。[1]

不同寻常的是,蒙克福德事务所一次只接一个项目。 因此他们的产品并不太多。目前他们正在进行一个宏伟的项目：新奥斯特尔城，位于北康沃尔郡，能够容纳超过一万个家庭的生态城。[2]

我快速往下看，看到了获奖列表。《建筑评论》杂志把蒙克福德称为"率性的天才"。《史密森尼杂志》则把他称作"英国最具影响力的明星建筑师……沉默寡言的开拓者，作品毫不炫技，发人深省"。

然后我跳到"个人生活"：

2006年，蒙克福德尚未成名，他和伊丽莎白·曼嘉里结婚，伊丽莎白是蒙克福德事务所的成员之一。2007年，他们生下儿子麦克斯。母子二人在富门大街1号的一桩事故（2008—2011）中去世。这栋房子本来会是他们的新家，也会用作向公司新人展示的公司作品案例。[3]有些评论家[谁?]指出，正是这一悲剧和爱德华·蒙克福德在日本的漫长休假，使他形成了极简风格，成就了其公司的一大特色。

蒙克福德长假回来之后，推翻了富门大街1号原本的设计方案——那时，这地方还只是一处建筑工地[4]——完全从头开始设计。后来，这栋房子获得了包括英国皇家建筑师学会斯特林建筑奖[5]在内的诸多重要奖项。

我把这些信息重新读了一遍。也就是说，这栋房子源于一桩死亡事故。有两个人死亡，母子俱亡。难道这就是为什么我在家里感到那些朴素空间和我自己的丧痛之间或许存在某种联系？

我很自然地瞄了一眼窗边的行李箱，装满了婴儿服装的行李箱。

我的孩子死了。我的孩子死了，而三天后，她才出生。即使现在看来，这也是一种非自然的错误，一种对事物正常秩序随意颠倒的恐惧，令人痛苦至极。

产科医生吉福德比我的年纪小一些，他曾经看着我的眼睛向我解释，孩子通常必须自然分娩。事实上，剖腹产是大手术，而且存在感染的风险，还有各种复杂的问题，这意味着会发生产前死亡，医院的政策也不提供支持。"提供"，他的原话就是这样，好像剖腹产是一项福利，哪怕孩子生下来时已经死了，就好像入住时酒店送了一个免费水果篮。但他们说，会为我使用催产素来引产，尽可能地使整个手术快速，无痛。

我想：但我不想无痛，我想感受疼痛，最后生下一个活生生的孩子。我一直在想，到底吉福德医生有没有孩子？应该有吧，我觉得。医生一般结婚早，结婚对象通常也是医生。他看起来人不错，不像是没有家室的人。他回到家之后，可能会在晚餐前喝一杯啤酒，和他的妻子聊聊今天过得怎样，说点产前死亡之类的话。然后他的女儿给他看在学校里画的画，他会亲亲她，对她说：你真棒。

我从医疗团队那一张张憔悴的脸上看得出来，这份工作，即使对他们来说，也是很糟糕的工作。不过他们到底受过专业训练，对我来说就不一样了，深感被麻木的失败感包围。就在他们把催产素装好准备开始引产时，我听到妇产科病房的远端传来了另一个女人的号叫。"妇产"。只要想想，就会发现这是一个奇怪的词。我会成为母亲吗？准确地说，有没有什么词能描述我将要成为的那个角色？

有人问起孩子的父亲，我摇摇头。没有"父亲"可以联系，只有我的朋友米娅。她看上去一脸愁苦，因为我们精心准备的分娩方案——香薰蜡烛、水池、装满杰克·约翰逊和巴赫音乐的 iPod……被淹没在无尽的医疗琐事中。她幻想一切都是安全无害的，生孩子就像只比水疗或按摩稍微吃力一点，而不是可能致命的事件。"二百分之一的致命可能性。"吉福德医生说。在三分之一的概率下，找不到死因。我身体健康，怀孕前每天做普拉提，每周至少一次。但这毫无用处，和我的年龄也没关系。有些胎儿就是死了。我可能没了孩子，小伊莎贝尔·玛格丽特·卡文迪许可能没了妈妈。一个生命永远不会出现了。随着宫缩开始，我深吸一口气，心中充满恐惧。维多利亚甲醛瓶中的可憎图像浮现在我的脑海中。我尖叫着收缩肌肉。但助产士对我说，还没到时候。

不过随后——就在我生产过后，或者说死产过后，一切归于奇怪的平静。很显然是荷尔蒙在作怪，每位新妈妈都能感受到：爱、幸福与放松的混合。她是那么完美，安静。我把她抱在怀里，像所有的母亲那样保护着她。她身上有鼻涕和体液的味道，还有甜美的新鲜皮肤的味道。像其他新生儿一样，她温暖的小拳头松松地拳曲在我的手指上。我感到——快乐。

助产士把她带走了，帮她做手模脚模，好放在"记忆盒子"里。这是我第一次听说这个词，所以助产士解释给我听：院方会给我一个鞋盒，里面装着伊莎贝尔的头发、包裹她的布、照片和石膏模。有点像棺材：纪念一个从未降临世间的人。助产士回来时，带来了一个像幼儿园手工作品的东西。粉红色石膏制作的手，蓝色石膏制作的脚。我终于醒悟：没有手工作业，没有墙上的画，没有择校，也没有穿不下的校服。我失去的不仅是一个宝宝。我失去的是一个女婴、一个少女、一个女人。

她的脚和她整个人都冷下来。当我用房间里水龙头的水帮她洗掉脚趾上最后一块石膏时，我问助产士，我能把她带回家待一段时间吗？助产士看起来疑惑不解，说："这会有点奇怪吧？你可以在医院里抱着她，抱多久都行。"于是我说，我准备好让他们把她带走了。

透过泪水，我看着伦敦的灰色天空，感觉身体的一部分已经死去。回到家，肆虐的悲伤反而让我变得麻木。朋友们对我孩子的死感到震惊，但我从同情的话语中能听出他们的话外之音。其他妇女在与大自然的赌博中，在与生殖与遗传学的战斗中都获得了胜利，而我输了。在这之前，我一直高效率，很成功。我发现悲伤与受挫似乎是同一种感觉。

然而，奇怪的是，从表面上看，一切又恢复如常。我与日内瓦的办公室简短联系之后，那件事情在酒店客房和无聊的餐厅里发生了。发生孕吐之后，我才发现，我们并没有自以为的那么小心。他打来电话，发来电子邮件，给了我关于"决定""安排"和"时机不好"的礼貌暗示。在那些暗示变成完全陌路的感觉之前，我仍以为，哪怕这桩风流韵事最后不会变成长久的稳定关系，也没什么不好：34岁，未婚，还有机会。我有两份工作，收入丰厚。我所任职的金融公关公司一向以慷慨的生育福利闻名。我不仅可以带薪休假长达将近一年，和宝宝一道起床，而且当我返工的时候，还能申请弹性出勤的工作安排。

我告诉公司,我生了死胎。我的雇主伸出了援手,给我无限期长假,毕竟他们为我投保了生育保险。我发现自己待在一个做好了孩子降生准备的公寓里:库斯特牌婴儿床、博格步牌高级婴儿车和贴上了手绘马戏团图案墙纸的婴儿房。我足足花了一个月的时间往水槽里挤完了母乳。

官僚机构想办好事,却办不成。我发现法律对死胎没有作出特别规定:一个处在我这种境遇的女人必须先去办理死亡登记,然后办理出生登记。法制内的残酷。一想起来,我就生气。还要办一场葬礼,同样来自法律要求。尽管我也想办一场葬礼,但对于从未出现过的人,很难进行悼念。我尽力了。

我接受了咨询服务,但在我心里知道这并没有区别。有一座悲伤的山峰要爬,没有多少交谈能帮到我。我需要工作。当我想清楚这一点时,却发现自己已经不能续约下一年的劳动合同了——表面上不能开除休产假的员工,但实际上,任何雇主都有权力那么做。我辞了职,去做兼职慈善,投身促进死产科研的运动。这意味着我再也负担不起原来的公寓房租了,无论如何,我都要搬走了。我要忘了婴儿床和马戏团墙纸,但永远都待在一个伊莎贝尔缺席的家。

彼时：艾玛

我被什么东西吵醒了。

我一下子反应过来：不是烤肉店外的醉汉，不是街上的斗殴，也不是警用直升机在空中盘旋，因为我对这些声音都很熟悉，熟悉到根本不会在意。我抬起头倾听到底是什么声音。砰的一下，接着又是一下。

有人在我们的公寓里走来走去。

想到这个小区最近发生过入室盗窃案。一瞬间，我的肾上腺素激增，导致胃部有些痉挛。随后我想起，西蒙出去跟同事喝酒消遣，我没等他回来就上床睡觉了，这动静听起来他应该是喝多了。真希望他能先洗个澡再爬上床。

我大概能从街上的噪音高低来判断现在有多晚。没有红绿灯前的引擎轰鸣，没有烤肉店门口的车门砰砰作响。我拿起手机瞄了一眼时间。虽然没戴隐形眼镜，我仍看见手机显示的时间是两点四十一分。

西蒙沿着走廊走进来，醉得不记得浴室边上的地板总是嘎吱作响。

"没事，"我叫道，"我醒着。"

他的脚步在门外停了下来。为了表示我没生气，我补充道："我知道你喝醉了。"

有人开口说话，但听不清在说什么，像是耳语。

他带人回家了。某个醉醺醺的同事没赶上最后一班开往郊区的火车。真烦人。明天我会很忙——应该说是今天了，给西蒙宿醉的同事做早饭不在我的计划中。不过西蒙应该有办法使尽花招来哄我，叫我宝贝，夸我漂亮，告诉他的朋友我差点成了模特，而他是世界上最幸运的男人，然后我就会屈服，然后我就会上班迟到。又一次。

"那就等会儿见吧。"我有点生气地叫道。他们大概要再去打游戏。

门口的脚步声并没有远去。

我有点生气地甩腿下床。对他的同事来说，我身上穿的还算得体：旧T恤和平角短裤。我把房门拉开。

但我的动作远没有门外那个人来得快。那人一身黑，头上戴着头罩，猛地用肩膀把门撞开，我被顺势撞倒在地。我大声尖叫——至少我以为自己是在尖叫，也可能只是在大喘气。惊恐的感觉似乎掐住了我的喉咙。厨房的灯亮着，他举起刀时，我看到了刀面的反光。那是一把小刀，和一支钢笔差不多大。

他的眼睛和他的黑色头罩形成了强烈的反差。当他看到我的时候，眼睛瞪得更大了。

"哇哦！"他叫道。

我看到他身后还有一个头套，还有一双眼睛，那双眼睛看起来更紧张。

"别管了，老兄。"第二个人说。闯进来的两个人，一个是白人，一个是黑人，但都操着一口街头混混的黑人口音。

"放轻松，"第一个人说，"觉得恶心，是吗？"

他把刀伸过来，直戳我的脸。

"把电话拿过来，你这臭婊子。"

我僵住了。

但这次我的动作比他快。我把手伸到身后，他以为我去拿电话，其实我从边桌上抓了把刀。那是厨房用的切肉大刀，刀柄在我手里感觉非常光滑，很有分量。一眨眼的工夫，我从身后抽出刀，在那兔崽子的肚子上划了一刀，就在肋骨稍微下面一点。这一刀很顺，我觉得他没有出血，于是把刀抽出来又捅了他一刀。血没有像恐怖电影里那样喷射出来。接下来的事情就简单多了。我一刀戳穿了他的手臂，然后捅进他的下腹部，再捅进更下面接近睾丸的地方，残忍地用刀在他的腹股沟绞动。他倒地后，我踏过他的尸体走向下一个。

"你也跑不了，"我对他说，"你刚才就在那儿，却没阻止他。你这个混蛋。"我把刀插进他的嘴里，感觉就像往邮筒里扔封信那么简单。

接下来一切我全忘了。后来我尖叫着醒了。

"很正常，"卡罗尔点头说，"这非常正常。事实上，这是好现象。"

即使现在，即使待在安静的客厅里，即使卡罗尔在对我进行心理治疗，我仍浑身发抖。附近，有人正在修剪草坪。

"怎么会是好现象？"我木然地说。

卡罗尔又点点头。事实上，无论我说什么，她总会点头，好像在暗示我："我一般不会回答治疗对象的问题，但愿意为你破例，仅此一次，只是为了你，为了你这个进步神速，甚至正在发生转机的对象。"至少她每次疗程结束后都这么说。因为是警方把她介绍给我的,所以她的水平应该不错。不过老实说,我更希望他们能抓住那些狗杂种,而不是丢一张心理治疗师的名片给我。

"想象自己手上有把刀,可能是因为你在潜意识里想要控制已经发生的那些事。"她说。

"真的吗?"我问,把腿盘起来。在卡罗尔崭新的沙发上,就算没穿鞋,我也不太清楚能不能这么做。不过一想到自己花了五十英镑,总要做点什么。我接着说:"你说的潜意识是不是要我不要去想把手机交出去之后发生了什么?或者直接问我这个蠢货为什么没从一开始就在卧室放把刀?"

"那只是一种解读,艾玛,"她说,"不过在我看来,这种解读对你帮助不大。遭到袭击之后,受害者往往自责多过谴责施暴者。但你要知道,犯罪的是他们,不是你。"

"听着,"她补充道,"作为疗程的一部分,我不会太关注当时到底发生了什么。从那个角度来看,这一步很重要。在最近的几次回忆中,你开始反击——开始责备袭击你的人,而不是责备你自己,并否认自己是受害者。"

"但我就是受害者,"我说,"什么都没改变。"

"现在是?"卡罗尔静静地问,"还是曾经是?"

她停顿了好一阵子,然后说她有时候把这种停顿叫作"治疗性空间"。这说法听起来很蠢,毕竟只是一阵子的沉默而已。她接着温柔地提示:"那么西蒙呢?他怎么样?"

"他在努力。"我说。

我觉得这话会产生歧义,于是补充道:"我是说他在努力做到他能到的最好，每天给我倒茶，表示同情之类的。他可能觉得因为事发当晚他不在，所以他对整件事都负有责任。他大概还以为他能一个人干翻两个歹徒，然后做个好市民，把他们扭送去警察局。其实呢，假使他当时在家，可能已经被捅死了，要不就被折磨到说出银行卡密码。"

卡罗尔温和地说："这个社会现在有点……大男子主义结构，艾玛。当这个结构受到破坏的时候，的确会让男人们感觉受到威胁，感到没有安全感。"

这一次的沉默差不多足足长达一分钟。

"你现在吃东西还正常吧？"她接着问道。

不知出于什么原因，我向卡罗尔透露了我曾经患有饮食功能失调症。好吧，"曾经"这个词只是相对的说法，因为得过这个病的人都知道，这个毛病一旦得了就不容易好。但凡发生什么事情或失去控制，就会复发。

"西蒙会逼我吃东西，"我说，"我没事。"

我没告诉她的是，有时候我为了让西蒙觉得我吃过了，会特地把盘子弄脏后放在水槽里。有时候出去吃饭回来，我会设法把吃下去的东西都吐出来。我生活中的某个部分已经失控了。其实我喜欢西蒙的原因之一，是喜欢我生病时他照顾我的样子。问题是，我不生病的时候他也全身心地关注我、关切我，简直要把我逼疯了。

"他们闯进来的时候，"我突然说，"我什么也没做。我自己都不理解为什么。那时的我因肾上腺素激增而全身颤抖。要么打，要么跑。但我既没打也没跑。我什么都没做。"

我没来由地开始哭。我抓起卡罗尔沙发上的一只靠垫，抱在胸口，感觉就好像使劲抱着这个靠垫就能把我的生活从一摊狗屎中抽离似的。

"你还是做了些什么，"她说，"你装死了。按照人的本能来说，这非常有效，就像野兔和家兔——家兔跑，野兔蹲。在这种情况下，任何反应都没有对和错，也不用假设什么，只有发生了什么。"

她身体前倾，从茶几上递了一盒纸巾给我。"艾玛，我想做些尝试。"我擤完鼻涕后听见她说。

"什么？"我迟钝地说，"不要催眠，我跟你说过，我不要被催眠。"

她摇摇头。"有一种治疗技术叫作'快速眼动疗法'，眼动脱敏，再加工。起初，这种治疗过程会有点奇怪，但非常直接、有效。我会坐在你身边，用手指在你的视野范围内来回摆动，而你需要忘记脑中的那些伤痛。同时，我会要求你的视线跟着我的手指来回移动。"

"这么做有什么意思？"我疑惑地问。

"事实上，"她说，"我们不知道'快速眼动疗法'的原理到底是什么，但这个手段可以帮你回顾发生过的事情，透视自己。这对那些无法回想起事件细节的人来说特别有效。想试一下吗？"

"好啊。"我耸耸肩。

卡罗尔把她的椅子移到离我只有几英尺近的地方，伸出两个手指。

"请你集中注意力去想象入室抢劫刚发生时的画面，"她说，"先让这个画面保持静止，就像暂停影片放映一样。"

她开始来回移动她的手指。我的视线顺从地跟着来回移动。

"就是这样,艾玛,"她说,"现在,开始播放影片。记住你的感觉。"

起初,很难集中注意力。但当我习惯了她的手指的动作之后,就能够集中注意力在脑海中回放那晚发生的事情了。

客厅传来一声响。

脚步声。

耳语。

我起床。

门突然打开,刀戳向我的脸。

"深呼吸,"卡罗尔喃喃道,"就像我们刚才练习的那样。"

深呼吸两次,三次。我起床……

刀。闯入者。两人急促地争吵。发现我的存在之后,到底是逃出去还是干脆把这房子洗劫一空?年纪稍大的那个拿着刀,指向我。

小瘦鸟。她在做什么?

"呼吸,艾玛,呼吸。"卡罗尔在指导我。

他用刀抵住我的喉咙。"她敢做,就杀了她,对吧?"

"不行,"我恐惧地尖声说道,"我做不了这个,对不起。"

卡罗尔往后一靠。"你做得非常好,艾玛。真棒。"

我又深呼吸了几次,慢慢恢复镇定。根据之前的几次疗程的经验看,到了这个时刻,她一般需要我来说点什么打破沉默。但我现在根本不想再讨论任何关于抢劫案的事情。

"我们大概会去寻找新的公寓。"我说。

"哦,是吗?"卡罗尔的声音一如既往地不带任何感情色彩。

西蒙的公寓位于一个糟糕的小区,就算我没遇上这档子事——拉高了犯罪率——这地方也很糟糕。"我觉得邻居们肯定恨死我了。因为我,他们的房子大概贬值了百分之五。"

"我敢肯定他们不恨你,艾玛。"她说。

我把卫衣的袖子放进嘴里吮吸起来。这是我最近复发的另一个老毛病。我说:"我知道搬家就是在示弱,但我不能再住在那里了。警方说这类罪犯有可能二次回到现场作案。他们很显然会产生一种拥有感,会觉得受害者似乎属于他们。"

"你当然肯定不属于他们,"卡罗尔安静地说道,"你只属于自己,艾玛。我不觉得搬家是在示弱,恰恰相反,这正说明你开始自己作决定了。拿回控制权。我知道,现在对你来说的确是很艰难的时刻。不过,人们总会从这样的创伤中走出来的。你只需要知道,这是需要时间治愈的。"

她瞥了一眼时钟。"做得真棒,艾玛,你今天的进步很大。下周还是老时间见,好吗?"

此时：简

30. 下面哪句话用来描述你目前的个人感情最为恰当？
1）更像是朋友而非恋人
2）简单而舒适
3）深情而热烈
4）狂风骤雨般的激情
5）完美却短暂

  申请表上的问题似乎越来越奇怪。起初，我还会一题一题地认真思考。不过到后来，题目越来越多，我几乎没办法一一思考答案，就凭直觉勾选了。

  他们要我提供三张近照。我选了在朋友的婚礼上拍摄的一张照片、几年前和米娅爬斯诺登山①时的一张自拍和为了求职拍的一张标准证件照。这样就完成了。我附了一封信，没有什么夸张的，只是一种礼貌，告诉对方我多么喜欢富门大街1号，以及我将如何努力而正派地在那里生活。虽然只有短短几行，但我差不多改了五六次才满意。中介让我别抱太大希望，大多数申请人都

---

① 位于西北威尔士，威尔士第一高峰。

过不了这一关。但我上床睡觉时仍满怀希望,觉得自己能行。一个全新的开始,一个崭新的起点。就在即将进入梦乡的时候,一个词浮现在我的脑海:重生。

2.我会持续工作,直至尽善尽美。
(按从左至右的程度打分,满分5星)
同意★★★★★不同意

彼时：艾玛

一周过去了，我们的申请杳无音讯。又一周过去了。我发邮件问询他们是否收到了申请。仍是石沉大海。我开始生气了——他们要我们回答了那么多愚蠢的问题，挑照片，还附上信件，那么至少应该回信说一句，告诉我们没通过。后来，我终于收到一封来自蒙克福德官方网站的系统邮件，标题是"富门大街1号"。我甚至没时间感受紧张，立刻打开了这封邮件。

请于明天（3月16日，星期二）下午五点前来面试，面试地点：蒙克福德事务所。

其他什么都没有。没有地址，没有细节，也不告诉我们将会见到爱德华·蒙克福德本人还是他的什么下属。不过，当然了，地址很容易在网上查到。而且，见谁也没什么关系。就是这样，我们扫清了全部障碍，只剩下最后一关。

蒙克福德事务所位于市区内一座现代建筑的顶楼。明明有门牌，但人们还是喜欢把这座大厦叫作"蜂巢"。这座大厦看上去就像个巨大的石制蜂窝，在金融城那堆方方正正的玻璃幕墙建筑中，杵在通往圣保罗大教堂的路上，活像外星人留下的灰白怪蛹。从街面上看去，这座大厦就更加奇怪了，没有前台，只有一堵长条形的灰白墙壁；从熙熙攘攘的进出人流来看，墙上的两个开口想必是通向电梯。这些人不论男女，都穿着看上去昂贵的黑色西装和有领衬衫。

我感到手机震动。屏幕上跳出："蒙克福德大厦，是否登记进入？"

我点了下"是"。

"艾玛和西蒙，欢迎。请乘坐3号电梯至14楼。"

我完全不知道这座大厦是如何认出我们的，也许邮件内嵌了网络插件[1]。西蒙比较懂这些高科技的玩意儿。我给他看了一下，希望能让他兴奋一下，但他只是无动于衷地耸耸肩。他不喜欢这种充斥着金钱味又太过自信的地方。

除了一个比我们更格格不入的男人之外，没有什么人在等我们打算乘坐的电梯。那男人有一头灰白的长发，往后梳了个马尾，但看起来还是邋遢。胡子大概有两天没刮了，身上的毛衣有了蛀洞，下身配了条破破烂烂的亚麻裤子。我瞄了一眼他的脚，发现他居然没穿鞋子，只穿了双袜子踩在地上。他正在吃巧克力之类的东西，应该是那种膨化巧克力棒，嚼起来非常大声。电梯一来，他就先拖着步子走进去，站在电梯靠里的位置。

我想找电梯按钮，但发现根本找不到。我猜它应该只停在那些预设好的楼层。

电梯上行时非常平顺，丝毫没有移动的感觉。我能感到那个

---

[1] 网络插件（cookie），指某些网站为了辨别用户身份、进行会话跟踪而储存在用户本地终端上的数据，这些数据通常经过加密。

男人的眼神在我身上游移，最后，目光停留在我的腹部。他边盯着我看，边舔着手指上的巧克力碎片。我尴尬地用手去遮他盯视的部位，发现衬衫卷上去了，裤腰上方有一小块肚皮露了出来。

"艾，怎么了？"西蒙发现我不自在，于是问道。

"没什么。"我说。我把脸转向他，避开那个奇怪的男人，悄悄把衬衫塞进裤子。

"改主意了？"西蒙低声问道。

"我不知道。"我说。我没有改主意，但我不想让西蒙觉得这件事没有讨论的必要。

电梯门打开，那男人拖着步子走出去，还在嚼那根巧克力棒。"好戏上演了。"西蒙边说边环顾四周。

这是一个线条流畅的巨大空间，开放式，采光极佳，充分利用了大楼的宽度：从曲面玻璃幕墙的一侧可以俯瞰伦敦城——圣保罗大教堂的穹顶、伦敦劳埃银行……几乎所有地标建筑都尽收眼底。稍远处是金丝雀码头，蜿蜒的泰晤士河流经狗岛，一路向东流去。一张皮椅上坐着一名金发女郎，身穿裁剪得体的黑色西装，正在 iPad 上点着什么。

"艾玛和西蒙，欢迎，"她说，"请坐，爱德华马上就会来见你们。"

她应该是在用 iPad 接收邮件。大约十分钟的沉默之后，她说："请跟我来。"

她推开一扇门。从这扇门开启的方式就能看出门的厚重度和极好的平衡感。里面有个男人站在一张长桌边，双手握拳，撑在桌上看蓝图。图纸大到覆盖了整张桌面。我远远地看了一眼，发现那图纸不是打印出来的，应该是手稿。桌角整齐地按照长短摆着两三支铅笔和一块橡皮。

"艾玛，西蒙，"男人抬起头说，"你们想来点咖啡吗？"

他很吸引人。这是我所注意到的第一件事，也是我注意到的所有的事。他的头发是浅金色的，鬈发服帖，修剪得极短。他身穿黑色套头羊绒衫，里面是有领衬衫，丝毫不花哨，但羊绒衫很有型地挂在他宽阔的肩膀上。他的笑容很迷人，那是一种略带自嘲的笑容。他看起来不像我想象的那种奇怪的强迫症患者，倒像是性感而轻松的老师。

西蒙也显然注意到了这一点，或者是注意到了我的反应，突然大步上前抓住了爱德华·蒙克福德的肩膀。

"爱德华，是吗？"他说道，"还是叫你爱迪？爱德？我叫西蒙，很高兴见到你，伙计。你这地方真棒。这是我的女朋友，艾玛。"

我感到很难堪，因为我知道每当开始西蒙模仿这种伦敦腔，就是他感觉到了威胁的时候。于是我飞快地说："咖啡就好。"

"两杯咖啡，爱丽莎。"爱德华·蒙克福德非常有礼貌地对助理说道。他示意我和西蒙走到桌子的另一边。

"那么，告诉我，"他说——我们坐下后，他直勾勾地看着我，完全无视西蒙的在场，"你为什么想要住在富门大街 1 号？"

不，他不像老师，而是像校长，像政府高官。他盯着我的眼神还算是比较友善的，但能看出有一点点的凌厉。当然，那让他看起来更吸引人。

我们本来就觉得会被问到一些问题，还为此练习过作答，于是我说，我们很感激这个机会，会好好珍惜这房子里的一切。西蒙在我身边一言不发地怒视着。我说完后，蒙克福德点点头，他似乎觉得有点无趣。

"我觉得这房子会改变我们。"我听到自己说。

他看上去总算有点兴趣了。"改变你们？如何改变？"

"我们遭遇了入室盗窃，"我缓慢地说，"两个男人……好吧，其实是孩子，十来岁的孩子。我记不太清楚具体发生了什么，现在还有些创伤后遗症。"

他若有所思地点点头。

似乎从他的反应中得到了鼓励，于是我继续说："我不想眼睁睁地看着劫匪全身而退，我想成为那种能够决定自己命运的人，那种会全力反击的人。我觉得这栋房子会帮我变成那样的人。我是说，我们平时是不会去遵守这些规矩的，但我们希望有机会试一试。"

又是一阵沉默。我在心中自我反驳："发生在我身上的那些事跟租约有什么关系？这房子又怎么能把我变成不一样的人？"

面无表情的金发女郎把咖啡端了进来。我跳起来接过一杯，但由于起身动作太快，又太紧张，结果把一杯咖啡，一整杯，全都翻倒在桌上的图纸上。

"上帝啊，艾玛，"西蒙倒吸一口气，也一下子跳了起来，"看看你都干了什么？"

"实在对不起，"我可怜兮兮地道歉，眼看着咖啡色的"河流"慢慢在设计图上流淌开来，"天哪，实在太抱歉了。"

金发助理冲了出去。我觉得我们的机会在慢慢溜走，那份夸张的空白清单、那些填写在调查问卷上的所有寄托了希望的谎言，现在都变得一文不值。对面的这个男人最不愿意看到的恐怕就是咖啡翻倒在他美丽的房子里。

出乎我的意料，蒙克福德只是笑了笑。"这些图纸画得一塌糊涂,"他说,"几个礼拜前就该扔掉了。你倒是省了我的麻烦。"

助理拿着纸巾回来,又吸又擦。"爱丽莎,你这样做只会越弄越糟,"蒙克福德严厉地说,"让我来。"

他把图纸卷起来,把咖啡装在里面,像一团巨大的尿布。"把它扔掉。"他递给助理说。

"哥们,我真的很抱歉。"西蒙说道。

蒙克福德总算拿正眼看他了。

"永远不要为你爱的人道歉,"他安静地说道,"那会让你看起来像个蠢货。"

西蒙怔住了,一句话都说不出来。我则惊得目瞪口呆。爱德华·蒙克福德迄今为止的举止让他看起来并不像是会说出这种话的人。过去若有人对西蒙稍微不客气,他就直接上拳头了。蒙克福德随后转身对我说:"我会通知你结果的。感谢你跑一趟,艾玛。"

停顿了一下,他补充道:"也谢谢你,西蒙。"

此时：简

在"蜂巢"14楼的前台等待时，我看到两个人在玻璃隔断的会议室里争执。我很肯定其中一个就是爱德华·蒙克福德。我在网上搜索过他的照片，他的穿着和照片里的一样——黑色套头羊绒衫，白色有领衬衫，鬈发衬托出他干练而充满美感的面孔。他很帅，但不是第一眼就会被吸引的那种帅气，而是在他斜嘴微笑时散发出了一种自信而充满魅力的气场。另一个男人正冲他吼。玻璃很厚，使这地方像实验室一样安静，我完全听不清他们在吵什么，不过这人的手势动作和肤色让我觉得他可能是俄罗斯人。

站在房间一侧、时不时插话的那个女人肯定就是这位俄罗斯大亨的老婆，她比丈夫年轻许多，穿着一身花哨的范思哲印花套装，头发染成了昂贵的金黄色。她的丈夫根本无视她的存在，反倒是蒙克福德时不时地转头看着她。在俄罗斯人男人终于停止咆哮之后，蒙克福德冷静地说了几句话，摇了摇头。俄罗斯人再度爆发，比先前更暴怒。

衣着光鲜的黑发前台走了过来。"恐怕爱德华还在开会。需要些什么吗？想喝水吗？"

"没事，谢谢你，"我冲着面前那群人微微点头问道，"那个会议是怎么回事？"

她顺着我的眼光看过去。"他们是在浪费自己的时间。他不会改的。"

"他们在吵什么?"

"这个客户之前找我们设计了一套房子,那时候他还没和前妻离婚。他现在的妻子希望在房子里加装一只雅家炉①,好让房子里感觉比较温馨。他是这么说的。"

"蒙克福德不做温馨的设计吗?"

"不是这个意思。如果当时的约定中不包含这一条,那么爱德华就不会改动设计,除非是他自己对设计感到不满意。他曾经花三个月的时间去整改一座避暑别墅的屋顶,只是为了把屋顶降低四英尺。"

"为一个完美主义者工作,感觉如何?"我说。很明显,这个问题有点冒犯。她冲着我淡淡地笑了一下,转身走开。

于是我继续围观他们吵架——更准确地说,是单方面的咆哮,因为爱德华·蒙克福德几乎没有回应。他礼貌而又不失兴趣的表情让对面这个男人的怒火如同海浪拍打在礁石上,没有激起任何反应。终于,会议室的门被重重地推开,那位客户冲了出来,而他那穿着高跟鞋的妻子则一步一扭地跟在他身后。蒙克福德最后慢慢地走出来。我理了理裙子站起身来。经过深思熟虑,我决定穿一身普拉达套装,海军蓝,过膝百褶裙,不花哨。

"这位是简·卡文迪许。"黑发前台提醒爱德华。

他转身看着我。有那么一瞬间,他似乎有点意外,甚至有点吃惊。看起来他原本想象中的我不是他现在看到的样子。过了一

---

① 雅家炉(Aga),一种铁制的炉具,用于烹饪和取暖。"雅家炉小说"趣指描写英国中产阶级妇女生活的小说,因她们喜用此炉而得名。

会儿,他伸出手:"你好,简。进来吧。"

我想睡他。我连招呼还没打就已经感到身体里有什么东西越过了道德的底线,作出了这样的判断。他帮我打开会议室的门,就连这么简单的日常礼仪,都似乎充满了不寻常的意义。

我们在一张铺满了建筑模型的长桌两端面对面坐着。我感觉他在审视我的脸。仔细观察他,我发现他竟是如此英俊,特别是他的眼睛,一双摄人心魄的淡蓝色眼睛。虽然我知道他大概只有三十多岁,但他的眼角已经有了些许细纹。我奶奶总说这叫"笑纹"。这些皱纹为爱德华·蒙克福德的脸增加了鹰一般的沉稳。

"你赢了吗?"他还没说话,我就先问他。

他似乎摇了摇头。"赢了什么?"

"刚才那场争吵。"

"哦,你说的是那个啊,"他耸耸肩笑道,脸上的表情一下子放松下来,"简,我设计的建筑对入住者是有要求的。我觉得那些要求并非令人无法忍受。事实上,如果入住者能满足那些要求,得到的回报将远远大于付出。从某种意义上说,我想,这也是为什么你现在坐在这里吧?"

"你是指?"

他点点头说:"大卫是我的技术合伙人,他提起过一些叫作UX的东西,这是一个科技术语,指'用户体验'。如果看完了租约上的条款,你一定已经注意到,我们从富门大街 1 号搜集信息,用来帮助其他客户提高用户体验。"

事实上,我跳过了大部分条款,那些条款用芝麻绿豆般的小字密密麻麻地打了差不多二十页。"比如?"

他又耸了耸肩,包裹在毛衣下的肩膀看起来宽厚而结实。"大多是一些元数据,'使用频率最高的房间'之类的信息。而且我们会不断地要求受访者更新问卷的答案,需要跟踪他们对这些问题的回答会如何变化。"

"这种小事,我能接受,"我停顿了一下,意识到这种回答听起来有点草率,"我是说,如果我能得到这个机会的话。"

"很好。"爱德华·蒙克福德面前有一只茶盘,上面放着一壶牛奶,一碗外包糖纸的方糖。他俯身把方糖重新码成一个完美如同魔方般的正方体,又把所有的茶杯把手转到同一个方向。"我可能会请你见见我的客户,帮我告诉他们,住在一个没有雅家炉和奖杯橱窗的房子里并不是世界末日。"说话间,他的眼角又露出了笑意。我感到自己的腿都软了。我感觉自己变得不像是我自己了。我想,这是相互的吗?我也对他回以一个鼓励性的微笑。

短暂的停顿之后。"那么简,你有什么要问我吗?"

我想了想说:"是你建造了富门大街1号那栋房子吗?"

"是的。"他没有具体讲述。

"那你住哪儿呢?"

"大多数时候住酒店。通常都住在项目附近。只要把那些松松垮垮的靠垫都塞到壁橱里,这些酒店房间也没那么糟糕。"他又笑了笑,但我知道他不是在开玩笑。

"没有自己的家,你不会觉得有点遗憾吗?"

他耸耸肩说道:"这样我就能专心工作了。"他说这话的语气让我问不下去了。

这时,有人莽撞地走了进来,几乎用了九成力气把门重重推开,撞在门吸上。"爱德,我们要讨论一下关于带宽的问题。那些蠢货打算把钱省在光纤上,他们根本不明白那些几百年前的黄铜线缆就跟铅制自来水管一样应该被淘汰——"

说话的是个邋遢的大块头，肥胖的双下巴上留着参差的胡茬，头发比胡茬略深一些，胡乱扎了个马尾辫。尽管室内开着空调，他却只穿了拖鞋和短裤。

蒙克福德似乎对这突如其来的打扰不以为然："大卫，这是简·卡文迪许。她在申请租住富门大街1号的那栋房子。"

这人一定就是大卫·希尔了，他的技术合伙人。这人的眼窝极深，我甚至无法看清他眼中流露出的表情。他毫无兴趣地朝我看了看，随即转头对蒙克福德接着说："真的，让这座城市拥有自己的专有卫星才是唯一的解决方案。我们需要重新考虑所有的——"

"专有卫星？这个想法有意思，"蒙克福德若有所思地说道，瞥了我一眼，"恐怕你得让我们单独聊一下，简。"

"当然可以。"就在我站起来的时候，大卫·希尔低头盯着我裙子下面的光腿。蒙克福德注意到了，皱起了眉头。我感觉他似乎想说些什么，但最后忍住了没说。

"感谢你花时间见我。"我礼貌地说道。

"我很快就会联系你。"他说。

彼时：艾玛

随后，就在第二天，我收到了一封电子邮件：你的申请通过了。

我不太相信这是真的，因为这封邮件里除了这句话什么都没有：没有告诉我什么时候能搬进去，也没有提他们的银行账户信息，就连下一步要怎么操作都没有告诉我。我给那个叫马克的中介打了电话，因为提交申请这档子事，我跟他已经挺熟了。他没有我当初想象中的那么坏。

当我告诉他结果的时候，他听上去是真心为我高兴。"既然这房子空着，"他说，"你愿意的话，这周末就能搬进去。还有些文件要签一下，然后我会教你怎么在手机上装那个APP。差不多就这些事情。"

差不多就这些事情。这句话代表我们成功了，我们即将搬进全伦敦最棒的房子。我们。我和西蒙。现在，一切都将会发生改变。

3. 你被卷入了一场交通事故中。你知道自己是肇事方，对方司机却有点懵，以为是因为她才导致了车祸。你会对警察怎么说：是你的责任还是对方的责任？

1）她的责任

2）你的责任

此时：简

我坐在富门大街1号空空荡荡的、极致简约的室内，心满意足。

我的视线落在了那座空芜的花园里。我已经知道这花园里为什么一朵花都没有。上网查了之后才知道，这座花园的造型源自日本寺庙中用来修行的设计概念：枯山水。这类花园的形态极具象征意义：山、水、天空。这种花园是用来让人冥想而非用来种植的。

爱德华·蒙克福德在妻儿去世后去日本住了一年。正是这条线索，才让我想到去搜索一下关于日本的这些信息。

在这里，就连宽带也不太一样。卡米拉为我的手机和电脑都下载安装了APP，还给了我一个特制的手环，用来启动富门大街1号的感应器，随后她连上宽带，输入密码。在这之后，我打开电脑后就再也看不到谷歌或者苹果浏览器之类的搜索界面了，取而代之的是空白页面和"管家"两个大字，页面上只有三个按钮："家""搜索""云端"。点击"家"，我就能看到富门大街1号目前的所有状态，包括灯光、采暖之类的。有四种不同的模式可供选择：工作、宁静、娱乐和自定义。"搜索"是用来上网。"云端"是"我的备份"和存贮空间。

每天，"管家"系统会根据户外的天气情况告知我今天该穿什么衣服、日程安排如何、有什么衣服需要清洗。如果我准备在家做饭,它会告诉我冰箱里还有什么食材以及可供选择的菜谱,并告诉我吃了这些之后会在我的体内产生多少热量。"搜索"功能过滤掉了所有广告、减肥弹窗、令人沮丧的新闻故事、排行榜、十八线明星八卦、垃圾邮件和网络插件。这套系统里没有书签功能,没有搜索历史,没有存储数据。只要关掉屏幕,所有的信息都会被清除。这让人感到一种奇异的自由。

有时候,我给自己倒一杯红酒,随意走来走去,这里摸摸那里碰碰,熟悉熟悉环境,感受这些冷冰冰而又昂贵无比的材质,精确地调整一把椅子、一只花瓶的位置。

当然,我也早就听说过密斯·凡·德·罗①的那句"少即是多",但在此之前我根本没想到"少"可以如此情色,如此丰腴,如此性感撩人。屋子里仅有的几件家具都是经典设计:汉斯·瓦格纳②的浅色橡木餐椅、尼科尔的法国鲸鱼高脚凳、光滑的里梭尼沙发③。屋内还有一些精心摆放、简约而奢侈的道具——厚实的白色毛巾、高支亚麻床单、人工吹制的带有温度计的细高脚红酒杯……每次的触摸都会让人感到小小的惊喜,让人感到有品质的宁静与满足。

我感到自己像是电影里的角色,住在这么有品位的房子里似乎让我连走路都感觉更加优雅了,站姿也更挺拔了,尽全力让自

---

① 密斯·凡·德·罗(Ludwig Mies Van der Rohe,1886—1969),德国著名建筑师,提出了"少即是多""流通空间""全面空间"等建筑理念。
② 汉斯·瓦格纳(Hans Wegner,1914—2007),丹麦室内和家具设计师,代表作品有"中国椅""Y椅""孔雀椅"等。
③ 里梭尼(Lissoni),意大利高级家居品牌。

己融入屋内的每一道风景。当然了，没有人会看到我的举止，但富门大街1号这套房子似乎就是我的观众，"管家"的自动播放列表悄无声息，像放电影似的，把给我打出的分数展示在这不大的空间里。

你的申请通过了。那封电子邮件里只有这一句话。由于那次会面实在太短暂了，让我有一种不太好的感觉，自认为会收到坏消息。但看起来，爱德华·蒙克福德似乎做任何事都喜欢速战速决。我也确定了自己不是在异想天开，那种冥冥中相互吸引的电流的确曾经存在。好吧，他知道我住在哪儿，我想。等待本身就具有种充溢全身的情色感，像无声的前戏。

随后，花出现了。在我搬进来的当天，一束花躺在门口的台阶上——那是一大捧百合花，静静地躺在塑料包装里。花里没有卡片，不知道他是不是对所有租客都这么做，还是仅仅只是送给我。反正我只是简简单单地给他发了句"谢谢"而已。

两天后，一模一样的花出现了。一周后，出现了第三束百合花，连插花的方式都一样，在我门口摆放的位置也一模一样。富门大街1号的每个角落里都充斥着百合花浓浓的香气。真的，这有点过分了。

当我收到第四束花的时候，觉得忍无可忍了。包花的塑料玻璃纸上有花店的电话。我打过去问他们有没有可能把送到我这里的花换成其他的品种。

电话那头的女人听起来似乎被搞糊涂了："我这里查不到送往富门大街1号的订单啊。"

"客户名字是不是爱德华·蒙克福德？或者蒙克福德事务所？"

"完全没有类似的信息。事实上，你那个区根本不会有我们的订单,因为我们在汉默史密斯区,无法配送到你们那么偏北的区。"

"我知道了。"我迷惑不解地挂上电话。第二天,当我收到更多百合花的时候,我把花从地上捡起来,准备扔进垃圾桶。

就在这时,我看到了:一张卡片。这是这么长时间以来的第一张卡片,卡片上这么写道:

艾玛,我永远爱你。睡个好觉,亲爱的。

彼时：艾玛

就像我们期待的那样，一切都很棒。好吧，只是我个人的期待。西蒙对我言听计从，但我看得出他对这件事还是有所保留。或者，他只是对受惠于那个建筑师、对只要付这么便宜的房租这件事耿耿于怀。

不过就算是西蒙，看到浴室里那个比餐盘还大的花洒时，他仍吃了一惊。花洒还能通过我们手上的防水手环识别出我和西蒙各自喜好的水温。第二天早上醒来时，卧室里的灯光慢慢暗去，就像电子模拟的日出。街道上的噪声被厚厚的墙壁和玻璃隔离——我从不曾睡得这么好。

当然，拆我们自己的行李几乎没花什么时间。富门大街1号已经有太多的好东西了，所以我们那些旧玩意儿只能塞入储藏空间。

有时候，我会端着一大杯咖啡坐在楼梯上，用膝盖顶着下巴，慢慢体味着这一切多么美好。别把咖啡洒了，亲爱的，西蒙一看到我就对我叫道。这已经成了一个段子，因为我们面试的时候把咖啡洒了，才通过了申请。

我们都避而不谈蒙克福德曾叫西蒙"蠢货"，西蒙也显得似乎对这件事情毫无芥蒂。

"开心吗？"西蒙问。说话间，他在我身边坐了下来，坐在楼梯的台阶上。

"开心,"我答道,"不过……"

"想搬出去了?"他说道,"受不了了?我就知道。"

"下星期是我生日。"

"是吗,亲爱的?我怎么不记得了。"

他肯定是在开玩笑。西蒙总是非常重视情人节和我的生日之类的日子。

"我们为什么不请些朋友过来呢?"

"你是说开个派对?"

我点点头。"星期六。"

西蒙看起来有点担忧。"我们能在这里举办派对吗?"

"不会弄得很乱,"我说,"不会和上次一样的。"

我这么说,是因为上次我们开派对时惹得三个邻居分别打电话报警。

"好,那就这样吧,"他迟疑道,"那就星期六吧。"

星期六晚上九点,房子里挤满了人。我在楼梯上和花园里摆满了蜡烛,昏黄的烛光摇曳着。一开始,由于在"管家"系统里找不到"派对"设置,我还曾有点焦虑。不过我翻看了下《使用守则》,上面并没有写"禁止派对"。可能他们忘记加了,不过,既然白纸黑字没有禁止,那就没什么不可以。

我们的那些朋友走进门之后显得难以置信,不过他们还是开了些玩笑,说什么家具在哪里、为什么我们还不把自己的东西拿出来之类的。西蒙很享受这种玩笑,只要他的朋友们显露出羡慕和嫉妒,他就会乐在其中,以前是限量版手表、新潮APP或最酷炫的手机,而现在,他住在一套最高级的房子里。我意识到他在慢慢适应现在的自己，骄傲地向大家展示厨房里的炉灶、全自动安保系统、嵌在石墙细缝上的插座，甚至连床底下分为男用女用的抽屉都要给人看看。

我本想邀请爱德华·蒙克福德，但西蒙劝我别请他过来。这不，凯莉在人群里一阵阵叽里呱啦地说，要是蒙克福德在场，一定会恨透了眼前这一切乱象噪声、群魔乱舞。他可能会立即在租约里加上一条：立刻把所有人赶出去。甚至有一刻，我想象了这副场面——爱德华·蒙克福德不请自来，关上了音乐，命令所有人出去——不过，这想象让我感觉挺舒服的。但这么想太蠢了，毕竟这是属于我的派对。

西蒙双手抓满了啤酒瓶，走过我身边时亲了亲我。"你看上去棒极了，寿星女，"他说，"这条裙子是新的吗？"

"这是条旧裙子。"我撒谎。他再次亲了亲我。"你们俩，找个没人的地方吧。"索尔为了盖过音乐声，冲我俩高声叫嚷，阿曼达把他拖进了跳舞的人群中。

一堆酒、一点迷幻药、在音乐声中大声喊叫……这帮人冲进了小花园抽烟，冲着邻居大喊大叫。到了差不多凌晨三点，人渐渐散去。索尔花了足足二十分钟，试图劝我和西蒙出去找家夜店继续喝。我说了几句话后就筋疲力尽了，西蒙则说他已经喝了太多，最后阿曼达把索尔送回了家。

"我们上床吧，艾。"他们走后，西蒙对我说。

"再等一会儿，"我说，"我累得动不了。"

"你闻起来太美了，实在太美了，"他边说边嗅我的头颈，"我们上床吧。"

"西……"我有点犹豫地说道。

"怎么了?"他说。

"我今晚不想做,"我说,"对不起。"

"我们搬进来之后就没有做过。我们甚至都没花时间谈一谈,其他很多事也都没好好谈谈。"

"你说过,搬来这里之后,事情会变得不一样。"过了一会儿,他又温柔地说道。

"会的,"我说,"只是需要时间。"

"当然了,"他说,"不急,艾,一点都不用着急。"

过了一会儿,我们俩并排躺在黑暗中,他低声说:"还记得我们是怎么为贝尔福特花园的公寓洗礼的吗?"

那是一桩蠢事,我们给自己定了个挑战目标:搬进去之后的第一个星期,轮流在每个房间里做爱。

他没再说话。寂静蔓延,最终,我沉沉睡去。

此时：简

我请了几个朋友来吃午餐，作为简单的乔迁派对。米娅和理查德带来了他们的孩子，弗雷迪和玛莎。贝丝和彼得带来了山姆。我和米娅就读剑桥的时候就认识了，她算是我认识最久的密友。我知道连她的丈夫都不知道的事情，比如她在伊比沙岛举办婚礼前夕和另一个男人上了床，差点儿就不打算去结婚了。还有生完弗雷迪之后，她产后抑郁极为严重，导致她怀玛莎的时候一直盼望流产。

不过，无论我多爱这几个朋友，也不该把他们几个凑到一起。我这么做的唯一理由就是这房子足够大。无论这几个人再怎么机灵，最后，他们的话题都会回到孩子身上。理查德和彼得跟在他们各自蹒跚学步的婴儿身后，手里似乎都攥着根隐形的绳子拉着他们，生怕这些石地板、夺命楼梯，还有那些顶天立地的玻璃墙弄伤孩子。女士们往大杯子里倒着白葡萄酒，傲娇地抱怨着她们的生活是多么无聊："天哪，上个礼拜我看六点档新闻时睡着了！""那可没什么，我看儿童BBC频道①都能睡着！"玛莎把嘴里嚼烂的食物吐在了餐桌上，山姆在用沾满巧克力慕斯的手指往玻璃窗上抹。这时候我发现，不要孩子其实挺好的。我心里其

---

① 英国BBC旗下的儿童频道。

实很想让他们全都离开,然后收拾房间。

不久,米娅又制造了点儿很有意思的状况。她在帮我准备沙拉时叫道:"简,你把非洲勺子放哪里了?"

"那些勺子啊,我捐给慈善商店了。"

她奇怪地看了我一眼。"那些可是我送给你的。"

"是的,我知道,"米娅曾经去一家非洲孤儿院当义工,她给我带回来孤儿院孩子们手工雕刻的两把沙拉勺,"我决定不带着它们搬来了。不好意思,你介意吗?"

"不介意。"说话间,她的脸上露出小小的失望。很明显,她介意。但很快,午餐准备好了,她很快忘记了这一切。

"那么,简,你的社交生活怎么样?"贝丝满上第二杯酒后说道。

"还是一如既往地无聊。"我说。几年来,我在这群人中的角色一直没有变过:我每次都需要跟她们说,我的性生活是多么多么地糟糕,这样她们就不会感到过于失落,同时又能让她们感觉自己跟我比起来过得还挺优渥。

"你的那个建筑师怎么样?"米娅说,"他有什么动向吗?"

"哦,我还不知道有个建筑师,"贝丝说,"说来听听。"

"她喜欢设计这房子的那个建筑师。对吧,简?"

彼得把山姆带去了花园。那孩子蹲在一块草皮边上,往草皮上撒了一把碎石头。我心想,如果我现在去阻止他,是不是会让人感觉我像个烦人的老太婆。"反正我什么都没做。"我说。

"哎,别晃来晃去了,"贝丝突然说,"快抓住他,要不就太迟了。"她停下来,又担心地说道:"该死,我并不想——"

悲伤和痛苦在我的心头蔓延,但我还是冷静地说:"没事,我知道你不是故意的，反正我的生物钟似乎也有些迟钝。"

"实在对不起，我实在太不会说话了。"

"我在想，外面那个人是不是他，"米娅说，"我是指你那个建筑师。"

我皱了皱眉头。"你说什么？"

"刚才我到车上给玛莎拿企鹅的时候，看到门口有个捧着花的男人。"

"什么花？"我说。

"百合花。简？"

我已经冲到门口。自从我发现那张奇怪的字条之后，那些神秘的花一直在困扰着我。当我拉开门时，那捧花已经躺在了台阶上，而他已经差不多走到了马路上。"等等！"我在他身后叫道，"等一下，行吗？"

他转过身。他和我的年纪差不多，可能年长几岁，黑发之中过早地出现了丝丝白发。他的脸色苍白憔悴，眼神却出奇地坚定。"怎么了？"

"你是谁？"我指了指那捧花，"你干吗一直要给我送花？我的名字不是艾玛。"

"很明显，这些花不是送给你的，"他一脸厌恶地说道，"我不断地送新的花过来，就是因为你一直把我送的花拿回家，所以我留了那张字条，好让你的迟钝脑袋搞清楚那不是用来装饰你的设计师厨房的。"他停顿了一下，接着说："明天是她的生日。如果她还活着的话。"

终于，我明白了。这些花不是礼物，而是用来悼念的，就像人们留在车祸现场的花。我在心里埋怨自己满脑子都是爱德华·蒙克福德，根本没往这方面想。

"真是太对不起了，"我说，"她……是在这附近过世的吗？"

"在那栋房子里。"他指指我身后，富门大街 1 号。

我顿时背后一凉。"她死在这里？发生了什么？"话音刚落，我就意识到自己问得有点儿鲁莽，"我是说，这不是我该问的……"

"这要看你问的是谁了。"他打断我。

"你这话是什么意思？"

他那憔悴的眼神直勾勾地看着我。"她是被谋杀的。尸检报告上写了死因不明，但是所有人，包括警察，都知道她是被谋杀的。他先给她洗脑，然后杀了她。"

一时间，我觉得这都是胡说八道。这个人会不会是精神错乱？但他看起来太真诚，太普通了，不像是在乱说。

"谁？是谁杀了她？"

他摇摇头，转身往他的车子走去。

彼时：艾玛

派对过后，第二天早上，我们还躺在床上，我的手机响了。这是新买的手机，我的旧手机在那次入室盗窃事件中丢了。我花了好一会儿才意识到这个新铃声是我的手机在响。从昨晚到现在，我的头一直很痛。但我还是能看到整个卧室的光线随着电话铃声慢慢地亮起来，窗户上的玻璃慢慢地从暗色变成透明。

"艾玛·马修？"是一个女人的声音。

"是的。"我说。昨晚的派对之后，我的声音一直很嘶哑。

"我是维尔岚警长，"她说，"是你所属辖区的警察。我和我的同事现在正在你的公寓楼外面，刚才按了门铃。我们能进来吗？"

我忘记通知警方我们搬家了。

"我们现在不住在那里了，"我说，"我们现在住在亨登，富门大街1号。"

"稍等。"维尔岚警长说。她肯定把手机按在了胸口转头跟别人说话。她的声音一下子变得很闷。过了一会儿，她又回到电话线上。

"我们二十分钟后到，艾玛，你的案子有了重大进展。"

他们来的时候，我们已经把派对残留物收拾得差不多了。不幸的是，石地板上洇着些红酒渍，这需要之后仔细地清理。虽然派对之后的富门大街1号并不在最佳状态,但即便如此,维尔岚警长还是被震惊了。

"这地方和你原来住的地方大不一样。"她一边四下打量着一边评论道。

我昨天花了整晚跟那些朋友解释这里的租房守则,现在丝毫没有力气再说一遍了。"我们要负责照看这栋房子,"我说,"所以租金便宜。"

"你刚才说有了新进展,"西蒙不耐烦地问,"你抓到他们了吗?"

"我觉得,是的。"那位较年长的警官说。他刚才向我们自我介绍说他是克拉克警探,声音低沉而冷静,有着农夫般结实的身材和红润的面颊。我一下子就喜欢上了他。

他说:"星期五晚上,我们抓到两个人,他们入室盗窃的作案手法与你们之前遭遇的那一起非常相似。然后我们去搜查了他们位于刘易舍姆区的住所,找到了一些东西,都是在我们数据库中登记失窃的物品。"

"太好了,"西蒙兴高采烈地说,看了我一眼,"不是吗,艾玛?"

"太棒了。"我说。

一时间,沉默。

"艾玛,因为我们起诉他们的可能性很大,所以我们需要多问你一些问题,"维尔岚警长说,"也许,你会希望我们单独聊一下?"

"没事的,"西蒙说,"抓到那些狗杂种真是太好了。我们会竭尽所能地协助办案,对吧,艾?"

警长仍看着我说:"艾玛?你是不是想让西蒙回避一下?"

在这种情况下,我怎么可能回答"是"?在富门大街 1 号,根本没有隐私可言。所有的房间都连在一起,就连卧室和浴室都是相通的。

"就在这里好了,"我说,"我需要出庭吗?我是说出庭作证之类的?"

他们两个互相看了一眼。"这要看他们是否认罪了,"维尔岚警长说,"我们希望所有的证据都能够落实,那么他们就没什么好再狡辩的了。"

她停顿了一下,随后说道:"艾玛,我们在刚才说的那个地方搜出来不少手机。其中有一台,我们确定是你的。"

我突然间有了一种不祥的预感。我对自己说,深呼吸。

"有几台手机中存储了一些照片和视频,"她继续说,"一些女性的性爱照片。"

我在等。我知道他们接下来要说什么,但我还是一言不发,就让这些话在我耳边掠过,就当这些话都是胡说八道。

"艾玛,我在你的手机上发现,其中一个男人拍下了和你进行性交时的视频。你能跟我们谈谈这个吗?"

我感到西蒙向我转过头。我没有朝他看。沉默像烧化的玻璃,不断拉长,变细,最终,折断。

"是的。"我终于开口,声音低到几乎听不见,轻到连自己都很难听见自己在说什么,耳中只有砰砰的敲击声。但我知道我现在必须说些什么,这些东西是无法轻易抹去的。

我深深吸了一口气。"他说他会把视频发出去,"我说,"发给所有人。发给我手机通讯录中的每一个人,他强迫我……对他做那些。就是你看到的那些。然后他用我的手机拍了下来。"

我停下来。这种感觉就像是站在悬崖边往下看。"他手上有刀。"我说。

"慢慢来,艾玛,我知道这很难。"维尔岚警长温柔地说道。

此刻,我根本无法直视西蒙,但我强迫自己继续说下去:"他说,如果我跟任何人——警察或男朋友——说起这件事,他就会知道,然后就会把视频发出去。这台手机是我的工作用手机,所有人的联系方式都存在里面,我的老板,我任职公司的所有同事,还有我的家人。"

"另外……恐怕我们还是要问一下,"克拉克警探满怀歉意地说道,"这个男人当时有没有可能留下些DNA?可能在床上?或是你当时穿的衣服上?"

我摇头。

"你听懂问题了吗,艾玛?"维尔岚警长问道,"我们问的是,当时,迪恩·纳尔逊射了吗?"

我用余光看到西蒙攥紧了拳头。

"他捏住了我的鼻子,"我小声说,"他逼我吞下去。他说一滴都不能剩,这样警察就找不到DNA了。正因为这样,我当时就知道告诉你们也没用。对不起。"

这时,我朝西蒙看去。"我很抱歉。"我再一次说。

又是长时间的沉默。

"艾玛,在你之前的口供里,"警探克拉克温柔地说道,"你对我们说,你记不清案发当时具体发生了些什么。为了我们能够更好地理解,你是不是可以用自己的话告诉我们,你那么说的目的是?"

"我想忘记发生过的一切,"我说,"我不想承认。我不敢告诉任何人。我觉得耻辱。"

我哭了起来。"我最不想告诉的就是西蒙。"我说。

啪的一声。西蒙把咖啡杯扔到了墙上，白色瓷片和棕色液体在灰白的石墙上炸开。"西蒙，不要。"我绝望地请求，但他已经转身离开。

我用袖子擦了擦眼泪，然后说："你们能用这个视频给他定罪吗？"

他们交换了一下眼神。"这很难，"维尔岚警长说，"陪审团都希望看到DNA之类的证据。我们很难通过这段视频来指控嫌疑犯——他非常小心，根本没露脸，连刀都没有拍进去。"

她停顿了一下，继续说："另外，我们必须向辩方律师坦陈你一开始说你不记得了是个谎言，我怕对方会拿这个来做文章。"

"你刚才说还有其他手机被搜出来，其他那些受害人会提供相关的证据吗？"

"我们怀疑他也对其他人做了同样的事情，"克拉克警探说道，"罪犯，特别是性罪犯，通常会在连环犯罪过程中形成出一定的犯罪规律，他们会重复那些有效的犯罪手段而不再使用那些无效的手段。他们甚至会在不断重复中把犯罪变成一种仪式。不过很遗憾，我们目前还无法找到其他受害人。"

"你是说，她们当中居然没有一个人报警？"我听出刚才这段话里的意思，追问道，"他的威胁这么管用？以致所有的被害人都保持沉默？"

"看起来是这样的，"克拉克警探说，"艾玛，我能理解你之前为什么没有告诉任何人，但现在必须让我们知道到底发生了什么，这很重要。你愿意来警察局重新录口供吗？"

我痛苦地点点头。他抓起外套,和蔼地说:"谢谢你对我们坦诚,我知道这一切有多艰难。但请理解,根据法律,任何形式的强迫性行为都是强奸,我们会以这一罪名起诉他。"

西蒙离开了超过一个小时。我花了点儿时间捡起马克杯的碎片,把墙壁擦干净。就像一块白板,我想,唯一不同的是,写下的东西永远擦不掉了。

当他回来时,我仔细观察了他的脸,想弄清楚他的表情。他的眼睛红红的,看起来他刚才一直在哭。

"对不起。"我痛苦地说。

"为什么,艾?"他低声说,"为什么不告诉我?"

"我怕你会生气。"

"你是怕我连这点儿同情心都没有?"他看起来既疑惑又生气,"你觉得我根本不会在乎?"

"我不知道,"我说,"我连想都不愿意去想,我——我感到羞耻。对我来说,假装没有发生是最容易的。而且,我很害怕。"

"上帝啊,艾,"他叫道,"我知道有时候我是挺蠢的,但你真的觉得我不在乎?"

"不是的……是我不好,"我痛苦地说,"我本该跟你说这件事的,对不起。"

"一定就像蒙克福德说的那样,你打心底里觉得我是个蠢货。"

"这跟蒙克福德有什么关系?"

他指指地板说:"漂亮的石墙,夸张的双层挑高空间,这就是我们在这里的原因,是吗?因为我配不上你,因为我们的旧公寓配不上你。"

"这不是你的问题,"我干巴巴地说,"而且,我也没那么觉得。"

突然,他开始摇头。我发现他的怒火来得快去得也快。

他说:"其实,如果你告诉我就好了。"

"警方觉得他有可能无法被定罪。"我说。我想还是一次性把坏消息都说完比较好。

"什么?"

"他们没有确切地解释。不过,因为我改了口供,而且没有其他受害者提供类似的口供,所以他们觉得他可能会逃过审判。他们说,我的口供可能没什么意义。"

"哦,不!"他说,握起拳头,重重地砸在石桌上,"我向你保证,艾玛,要是这个杂种被释放了,我一定亲手杀了他。我知道他的名字了:迪恩·纳尔逊。"

此时：简

朋友们走后，我打开笔记本电脑，输入"富门大街1号"，然后加上了"死亡"和"艾玛"这两个关键词。

没有结果。但我知道"管家"系统和谷歌搜索还是不太一样。谷歌会针对搜索关键词返回成千上万甚至上百万的结果，而"管家"系统则会挑选一个最佳结果，除此之外就什么都没有了。大多数情况下，我会觉得不被大量信息轰炸是好事情。但当我想搜寻一些我不太确定的东西时，这种系统就不太好了。

第二天是星期一，我得去"保持希望"慈善基金会上班。这家基金会的办公室位于国王十字区的三间拥挤不堪的办公室里，和光鲜亮丽的富门大街1号形成了鲜明的对比。我在那儿有一张办公桌，确切地说，是和泰莎共用的半张办公桌。跟我一样，她也是兼职。除此之外，我俩还共用一台吱呀作响的旧的台式电脑。

我把之前的搜索关键词输入这台电脑，用谷歌搜索。大多数搜索结果是关于爱德华·蒙克福德的。烦人的是，一个名叫艾玛的建筑新闻记者写了篇关于爱德华的文章，题为《混乱之死》，因此大概有五百条链接是指向这篇文章的。不过，我还是在搜索结果的第六页发现了我要寻找的东西。一份本地报纸的归档网页。

亨登区死亡案调查结果显示死因不明

艾玛·马修，26岁，被发现死于南亨登区富门大街的一栋出租公寓内。警方花了六个月的时间进行调查，到去年7月，死亡调查的结论为死因不明。

詹姆斯·克拉克说："我们有一些潜在线索，足以去抓人。不过，皇家检控署认为，没有足够的证据可以认定艾玛的死确属他杀。当然，我们还是会竭尽所能地继续调查这桩无法解释的死亡案件。"

这栋房子是由业界屈指可数的知名建筑师爱德华·蒙克福德设计，房子在验尸官的结案陈词中被描述为"一个健康而又安全的噩梦"。此前的调查显示，马修的尸体是在一个未铺地毯的开放式楼梯下被发现的。

当地居民在2010年曾经试图抗议建造这栋房子，不过最后，市长办公室仍下达了施工许可。

邻居麦琪·埃文斯昨天说："我们一再警告规划师，这种事情肯定会发生。现在最好把这栋房子拆了，造一栋跟周边更配套的房子。"

蒙克福德事务所昨天拒绝就此发表评论。该公司没有就该案接受调查。

原来如此。不是两起死亡，我想，而是三起。首先，蒙克福德的家人，然后是这一起。富门大街1号比我想象的更具有悲剧性。

我的脑中浮现了这么一幅画面：一个年轻女子的尸体躺在光

滑的台阶之下,鲜血从破碎的头骨中流出,在地板上蔓延……验尸官当然是对的:没有扶手的开放式楼梯极为危险。而且,在已有惨痛先例的前提下,蒙克福德为什么仍没有采取任何措施以提高安全系数——用玻璃围起来或加些扶手?

显然,我已经知道答案了。"我的建筑对人是有要求的,简,我觉得这些要求并不是无法忍受的。"毫无疑问,租约中的某处一定写清了:由租客承担使用楼梯的一切风险。

"简?"艾比叫我,她是这里的办公室经理。我抬头看着她。"有人来看你,"她看起来有点儿慌乱,脸上有一抹绯红,"他说他叫爱德华·蒙克福德。我得说他很帅。他在楼下等你。"

他站在狭窄的等候区,穿着几乎和我们上次见面时一模一样,黑色羊绒套头衫,白色开领衬衫,黑色长裤。唯一能够让人把他和这寒冷天气联系起来的,是他脖子上的一条围巾,法式活结打法。

"你好。"我说,其实我心里更想说:你到底来这里做什么?

他刚才在仔细研究墙上张贴的关于"保持希望"的海报,不过现在他转身看着我。"这就清楚了。"他温柔地说道。

"什么清楚了?"

他指着其中一张海报:"你也失去了一个孩子。"

我耸耸肩:"是的,没错。"

他没说"我很遗憾"之类的通常人们用来没话找话的废话。他只是点了点头。

"我想找你喝杯咖啡,简。我一直都在想你。如果你觉得这很唐突,我马上就走。"

这三句话里包含了太多假设，太多疑问，太多暗示。虽然我一时没办法消化这么多的信息，但我的第一反应是：我没自作多情，电流的确是"交互"的。

第二反应则是：当然，好极了。

"那是在剑桥的时候。对于学艺术史的学生来说，工作不是那么好找。事实上，我从来没想过今后到底准备干些什么。我曾经在苏富比拍卖行实习过一段时间，到头来也没有转正。后来我又分别在几个画廊找到了工作，当时我的职位叫'资深艺术顾问'，听上去好听，其实就是前台。接着我的工作慢慢偏向公关方面。一开始，我在伦敦西岸工作，服务一些媒体客户，但我一直不太适应苏活区的环境。我喜欢这座城市，这儿的大多数客户都挺保守。实话实说，我挺喜欢这份收入。不过这份工作也很有意思。我们的客户都是金融业巨头——对他们来说，'公关'就是避免让他们的名字在各类报纸上出现。我是不是说得太多了？"

爱德华·蒙克福德微笑着摇摇头："我喜欢听你说。"

"你呢？"我问，"你原本就一直想做建筑师吗？"

他耸了耸宽厚的肩膀说："我在自家的家族企业里做了一段时间，是一家印刷公司。我恨那个地方。后来我父亲的一个朋友在苏格兰建造度假屋，他在当地找的建筑师非常糟糕。我跟他说，给我同样的预算，让我来试试。这份工作我是边做边学的。我们会上床吗？"

话题转变之快，让我张口结舌。

"人与人之间的关系就像生命一样，变得越来越无足轻重，"他温柔地说，"情人节卡片、浪漫的举动、特殊纪念日、毫无意义的亲密关系——拘谨的传统导致无聊和惰性，让一切尚未开始就结束了。但如果我们把这一切都剥离出去呢？不受传统观念约束的关系是纯净的，有一种简单而自由的感觉。两个人在一起，如果只着眼于当下而不为将来作任何打算，听起来就很令人振奋。我追求这种感觉。我也想让你明白，我到底在说什么。"

我明白他说的是不负责任的性爱。之前曾有很多男人约我出去，他们当时肯定也是出于同样的目的，伊莎贝尔的父亲也是其中之一。但没人能如此自然地把这种事情挑明了说。虽然我心里还是有点失望——我其实挺喜欢出人意料的浪漫，但失望归失望，我仍有点好奇。

"你想上谁的床？"我说。

答案肯定是富门大街1号的那张床。如果说，跟爱德华·蒙克福德打交道到现在，使我以为他是个小气而木讷的情人，那么这个极简主义者会不会在做爱前先叠好裤子呢？那个鄙视软装和花纹靠枕的人会不会对体液之类的激情的产物感到恶心呢？要是让我发现事实并非如此，我会感到非常惊喜。他关于开放关系的说法只是委婉地表达了男性所追求的快感。在床上，爱德华体贴入微，慷慨大方，绝不简单了事。在我抵达高潮而模糊了所有感官之后，他才最终释放了自己。他在我体内抽动时，臀部不断震颤紧绷，一遍一遍喊我的名字。

简，简，简。

后来回想起来，他似乎想要把这名字刻在脑海里。

事后我们躺在一起，我想起了之前看过的一篇文章。"有个男人往这里送过花。他说那花是送给一个去世的人，叫艾玛。这件事情跟这道楼梯有关，是吗？"

他的手在我的背上轻轻抚摸，没有停下来。"没错。他打扰到你了吗？"

"还好，如果他失去了他所爱的……"

他沉默了一会儿。"他是在怪我——他让自己相信，从某种意义上来说，这栋房子是罪魁祸首。但验尸报告证明她当时喝醉了。发现尸体的时候，淋浴还开着。她一定是在楼梯上跑动的时候，由于脚没擦干，滑了下来。"

我皱了皱眉头。"冷静"的富门大街1号里似乎不太可能有人奔跑。"你是说她当时在逃？"

他耸耸肩："或者是急着去给人开门。"

"那篇文章说警察抓到了人，但没说抓了谁。不管抓了谁，最后警察还是放他走了。"

"是吗？"他的浅色眼眸让人捉摸不透，"我不记得全部的细节了，当时我在外地忙项目。"

"他提起有个人，说有个男人给她洗脑——"

爱德华看了看表，坐了起来。"不好意思，简，我完全忘记了，我还有个现场勘察要去完成。"

"你还有时间吃点儿东西吗？"我说。他这么急着走，让我很失望。

他摇摇头。"谢谢，不过已经很晚了。我会打电话给你。"他边说边伸手去拿衣服。

4. 我压根不想把时间浪费在那些不去提升自己的人身上。

同意★★★★★不同意

彼时：艾玛

"事实上，"布莱恩高傲地说，"在确定我们的价值之前，我们无法给出使命陈述。"他环顾会议室，似乎是在看谁敢不同意。

我们在公司的 7b 房间开会。这是一间跟 7a 和 7c 一模一样的玻璃盒子。翻页板上写着会议的主题："使命陈述"。之前的会议上贴的纸条仍斑驳地留在上面，其中一张上面写着："24 小时待命？紧急仓储能力？"与之相比，我们的议题似乎还比较有意思。

一年多来，我曾谋求往营销方向发展。能来到这里，主要是因为阿曼达和索尔是我的好朋友，而不是因为布莱恩召我来开会。索尔在金融领域位高权重。每当布莱恩看向我的时候，我都会积极地点头。其实我一直觉得做市场营销比开这种会议光鲜亮丽得多。

"有人做会议记录吗？"丽奥娜问，随后看向我。在她的暗示下，我走到了翻页板的边上，拿起了马克笔，装成一名积极进取的新人，在顶部写下"价值"。

"能量。"有人说。我顺从地写了下来。

"正能量。"另一个人说。

说话声开始此起彼伏。关爱。活力。可靠。

查尔斯说："艾玛，你忘了写'活力'。"

"活力"就是他说的。"'活力'和'能量'难道不是差不多的意思吗？"我问。布莱恩皱了皱眉头。我随即写下了"活力"。

"我们需要扪心自问，'流动'公司有什么更高的目标？"丽奥娜自以为是地环顾会议室，"在'流动'公司工作的我们，能为人类带来怎样的贡献？"

一阵长久的沉默。"运送桶装水？"我提议。我这么说是因为"流动"公司的主营业务是为办公室的冷水机运送桶装水。布莱恩又皱了皱眉头，于是我决定闭上嘴，不再说话。

"水很重要。水即'生命'，"查尔斯说，"艾玛，写下来。"于是我顺从地照做。

"我之前在什么地方看到有文章写过，"丽奥娜补充道，"我们的身体基本上是由水构成的。所以，基本上，我们身体的绝大部分是水。"

"水合作用。"布莱恩若有所思地说道。有几个人点头附和，包括我在内。

索尔推开门，把脑袋探进来。"啊哈，市场部的创意天才们在努力工作啊，"他亲切地说，"进展如何？"

布莱恩咕哝道："还在折腾使命陈述。"

索尔瞥了一眼翻页板。"其实还挺好陈述的，不是吗？帮助人们减少拧开水龙头的麻烦，所以向他们收取高昂的费用。"

"滚，"布莱恩笑着说，"你这是在帮倒忙。"

"艾玛，你还好吗？"索尔准备离开时顺便跟我打了个招呼，眨了眨眼。我看到丽奥娜转头向我看过来。我相信她并不知道我在高层还有贵人。

我在翻页板上写下了"大部分是水"和"水合作用"。

会议终于结束了。"流动"公司的使命和目标变成了："每天，在每一个地方，创造更多使用冷水机的机会。"这个提法得到了所有人的赞同，一致认为极具创意。我回到自己的办公桌前，等所有人都出去吃午饭的时候拨出了一个电话号码。

"蒙克福德事务所。"一名听上去很有教养的女性声音应答了电话。

"请转接爱德华·蒙克福德。"我说。

静默。蒙克福德事务所的电话不会在等待转接的间隙播放音乐。然后传来："我是爱德华。"

"蒙克福德先生……"

"叫我爱德华。"

"爱德华，关于我们的合同，我有几个问题要问你。"

我知道我应该通过那个叫马克的中介来咨询这类事情，但我觉得中介肯定会跟西蒙说。

"那些条款没有商量的余地，艾玛。"爱德华·蒙克福德坚定地说道。

"那些条款没有问题，"我先让他放心，"我只是不想搬出富门大街1号。"

他停顿了一下。"你为什么要搬出去？"

"西蒙和我共同签署了那份租房合同……如果，其中有一个人不住了而另一个人还想继续住下去，可以吗？"

"你和西蒙分手了吗？听到这个我很遗憾，艾玛。"

"这……还只是一个假设。我只是想知道会发生什么事情，仅此而已。"

我的头好痛。离开西蒙只是一个念头，这个念头给了我一种奇怪的感觉，让我眩晕。是那次入室盗窃案的后遗症？是因为跟卡罗尔的对话？还是因为富门大街1号？因为那些强大的空间感让一切变得更加清晰？

爱德华·蒙克福德思考了一下，很有技巧性地答道："那样的话，你们就违约了。不过，我觉得，可以签一份变更协议，声明你愿意独自承担所有责任。找个执业律师，花上十分钟，就能帮你搞定一份这样的文件。你付得起房租吧？"

"我不知道，"我老老实实地说道，"对于富门大街1号这样高级公寓来说，这个价位的房租几乎是象征性地收取。但以我微薄的薪水而言，还是略微沉重。"

"好吧，我想我们肯定能想出什么办法来。"

"你真是太好了。"我说，更感到自己不忠，如果西蒙听到这段对话，他会指责我不通过中介而是直接打电话给爱德华·蒙克福德，是因为我内心深处想给他打电话。

我回到富门大街1号，一个小时左右，西蒙回来了。"这都是什么？"他说。

"我在做饭，"我说，向他报以微笑，"在做你最爱吃的惠灵顿牛肉。"

"哇，真棒。"他环顾了一下厨房说。必须承认，厨房有点乱，但至少他能看到我的努力。"大概多久能好？"他问。

"我午休的时候去买了食材，然后准时下班，把所有的食材都准备好了。"我自豪地说。

跟爱德华·蒙克福德通完电话，我感觉糟透了。我在想什么呢？西蒙已经很努力了，过去的几周，我确实表现得像个怪物，于是我决定好好补偿他，从今晚开始。

"我还买了葡萄酒。"我对他说。西蒙看到我已经把一瓶酒喝掉三分之一的时候瞪大了眼睛，但什么都没说。"哦，还有橄榄和薯片，还有其他的小吃。"我继续说。

"我要去洗个澡。"他说。

等他洗完澡下来的时候，牛肉已经在烤箱里，我也有点喝醉了。他递给我一个小包裹。"我知道明天才是正日子，宝贝，"他说，"但是我想让你现在就收到这个礼物。生日快乐，艾。"

从外形我就能看出是一只茶壶。但当我把包装纸剥开的时候发现，这可不是什么普普通通的茶壶，而是一件工艺相当高超的艺术品，外面绘有孔雀的图案，就像20世纪90年代的豪华游轮上使用的那种。我的呼吸急促起来。"太漂亮了。"我说。

"我在易特斯[①]上找到的，"他自豪地说，"你看出来了吗？就是奥黛丽·赫本在《蒂凡尼早餐》里用过的那只茶壶，那是你最喜欢的电影。这应该是从一家美国的古董店运过来的。"

"太让人意外了，"我说，放下茶壶坐到他的腿上，"我爱你。"我咬着他的耳朵喃喃说道。

我没说什么废话。我们都没说什么废话。我把手滑进他的腿间。

"你被什么附体了吗？"他被逗笑了。

"没什么，"我说，"大概是被你附体了，或者是被你身体的

[①] 易特斯（Etsy），网络商店平台，以手工艺品交易为主要特色，曾被《纽约时报》拿来和易贝易趣（eBay）及亚马逊（Amazon）比较。

某个部分附体了。"

我在他腿上扭动,感觉它开始变硬。"你真的很有耐心。"我在他耳边轻声说道。我顺势滑下来,跪在他腿间。我本来计划晚饭后再做,但现在乘着酒兴,时机刚好。我拉开他的拉链,抬头看他,给了他一个邀请的挑逗眼神。

抚弄了大约一分钟,我感觉它没有变得更硬,而是软了下去。我更努力地去做,却越来越糟糕。我再次抬头看他,发现他紧闭双眼,双拳紧握,似乎想努力让自己勃起。

嗯嗯,我呻吟着,想要刺激他。嗯嗯嗯嗯嗯。

听到我的声音,他睁开了眼睛,一把推开我。"上帝啊,艾玛。"他说。他站了起来,拉上拉链。"上帝啊。"他反复说这句话。

"怎么了?"我呆呆地问。

他低头瞪着我,表情怪异。"迪恩·纳尔逊。"他说。

"他怎么了?"

"你怎么能对我做你对那——那杂种做过的事呢?"他说。

轮到我瞪向他了。"你别无理取闹。"我说。

我总算回过神了。这段时间,虽然我自以为是我在回避跟西蒙做爱,但事实上是西蒙在回避和我做爱。

"你让他在你嘴里。"他说。

我就像被打了一拳,往后一缩。"不是我让他,"我说,"是他逼迫我。你怎么能这么说?你怎么敢这么说?"

我的心情一下子从喜悦欢欣变成痛苦不堪。"我们该吃牛肉了。"我说。

"等等,"他说,"我有话要对你说。"

他看起来很痛苦。我想,来了,他要跟我分手了。

"警察今天来找我了,"他说,"是关于证据中的一处……矛盾。"

"什么矛盾?"

他走向窗户。天已经黑了,但他还是看着外面,就好像他能看见什么东西。"那次入室盗窃之后,"他说,"我给警方录了口供,告诉他们我在酒吧喝酒。"

"我知道,"我说,"在波特兰酒吧,不是吗?"

"是波特兰,"他说,"警察去查了,波特兰没有夜间营业许可证,警察还查了我的信用卡记录。"

听起来很费解,为了查西蒙,警察去查了那间酒吧?"为什么?"我问。

"他们说如果不那么做,纳尔逊的律师就会指控警方不作为。"

他停顿了一下。"我那晚没去酒吧喝酒,艾玛。我去了一家夜总会,脱衣舞夜总会。"

"所以,你是说,"我缓慢地说道,"我被那个畜生强奸的时候,你在看裸体女人跳舞?"

"我和好几个人,艾。索尔和其他人,不是我提出来要去的,我一点儿都不喜欢那里。"

"你花了多少钱?"

他看起来很困惑。"这重要吗?"

"你花了多少钱?"我咆哮。我的声音在石墙之间产生了回音。我第一次意识到富门大街1号里面还能产生回音,感觉就好像这房子也参与进来,和我一起对他吼。

他叹了口气。"不知道,三百英镑吧。"

"上帝啊。"我说。

"警方说，所有证据都要呈上法庭。"他说。

我现在完全理解了。不是因为只要被朋友拖出去他就可以透支信用卡去看那些他根本动不了一根手指头的裸体女人，也不是因为他觉得那男人对我做了那档子事之后我就不再纯洁，而是因为他这么做能帮迪恩·纳尔逊脱罪，辩方律师会说我跟西蒙的关系已经完了，既然我们对彼此撒谎，当然就会对警方撒谎。

然后他们接下去就会说，那晚我是自愿的，所以我录口供时没有说实话。

我感到恶心，走到水池边。为这个夜晚特别准备的红酒、黑橄榄和小吃从我的嘴里吐出，滚烫而苦涩。

"滚，"我吐完直接说，"快点滚，拿上你的东西滚。"

我这辈子大概都在梦游，居然会让这么软弱无能的男人来假装爱我。是时候结束这一切了。我再次说："滚。"

"艾，"他恳求，"艾，你知道你在说什么吗？这不像你。你这么说完全是因为发生在你身上的一切。我们彼此相爱。我们会熬过去的。别再说那些你明天就会后悔的话。"

"我明天绝不会后悔，"我说，"永远也不会后悔。我们现在就分手，西蒙。我们之间完了，我再也不想和你在一起了。"现在我总算有勇气这么说了。

此时：简

"他说什么？"

"他说没有束缚的男女关系有一种令人愉悦的纯净。我是说，这不是他的原话，但就是这个意思。"

米娅看上去有点被吓到了："那家伙是说真的吗？"

"好吧，这就是问题所在。他只是……和我交往过的那些人很不一样。"

"你确定你没得斯德哥尔摩综合征之类的毛病吗？"米娅四下打量了一下富门大街1号里的苍白空间，"住在这个地方……有点像是住在他的脑子里。大概他已经把你洗脑了。"

我大笑。"就算不住在他设计的房子里，我大概也会觉得这个人挺有意思。"

"那你呢？除了不需要负责就能跟你做之外，他看上了你什么？"

"我不知道，"我叹了口气，"无论怎样，我无从知晓他的想法。"

我告诉她，爱德华在我的床上突然说要离开。她听着，皱起了眉头。"听上去这个人的问题很严重，J，要不，这个人就算了吧？"

"每个人都有问题，"我轻轻地说道，"我也有。"

"两个破碎的人不能拼成一个完整的人。你现在需要一个温柔而又可靠的人，一个照顾你的人。"

"悲剧的是，温柔和可靠都不是我想要的。"

米娅没有对此发表评论。"在那之后就没联系了？"

我摇摇头。"我没给他打电话。"我并不想告诉她，我第二天就给他发了电子邮件，他却一直没有回复。

"好吧，果然是没有束缚，"她沉默了一阵，"送花的人呢？还继续送花来吗？"

"没有了。不过爱德华说那只是个意外。很显然，那可怜的姑娘从楼梯上摔了下来。警方当时曾考虑过谋杀的可能性，但是找不到实质的证据。"

米娅盯着我。"就是这道楼梯？"

"是的。"

"还有谋杀？这都是什么乱七八糟？你听了不害怕？你正住在犯罪现场啊。"

"还好吧，"我说，"我是说，这当然是一个悲剧。不过就像我说的，也许这根本就不是犯罪现场，很多房子里都死过人。"

"但不会像这样，你现在是一个人住……"

"我不会害怕。这是一栋安静的房子。"我曾经怀抱死去的婴儿。一个数年前死去的陌生人，完全不会对我造成任何困扰。

"她叫什么名字？"米娅拿出 iPad。

"那个死去的姑娘？艾玛·马修。怎么了？"

"你不好奇吗？"她指了指屏幕，"我的上帝啊。"

"什么？"

她默默地拿起 iPad 给我看。屏幕上有个女人的照片，差不多二十五六岁。十分漂亮，苗条，深色头发，看起来有些眼熟。"然后呢？"我说。

"你看不出来吗?"米娅问道。

我又仔细看了看图片。"看不出来什么?"

"J,这姑娘长得和你一模一样。或者说,你长得和她一模一样。"

从某种角度来看,她说得对。那年轻女人和我一样,头发和眼睛的颜色都很罕见——咖啡色头发,蓝眼睛,皮肤非常白。她比我瘦,比我年轻。我是素颜,她的妆比我浓,眼睛上涂着夸张的睫毛膏——但我确确实实看得出来:我们两个容貌相似。

"不仅脸很像,"米娅补充道,"你看到她的站姿了吗?很美。你也是。"

"是吗?"

"你知道就是这样。你还是觉得这个男人没有问题吗?"

"可能只是巧合吧,"我终于开口,"并没有什么依据证明爱德华之前和这个姑娘交往过。这世界上成千上万的女人都有着咖啡色的头发和蓝眼睛。"

"你搬进来之前,他知道你长什么样吗?"

"知道,"我承认,"搬进来之前有一个面试。"甚至在那之前,他还问我要了三张照片。当时我没仔细想,为什么房东会想看租客的照片?

米娅想到什么时,总会瞪大眼睛。"他的妻子呢?叫什么名字?"

"米娅,别……"我虚弱地说道。我很清楚,这一切已经走偏得太远了。但她仍在不停地刷 iPad。

"伊丽莎白·蒙克福德,结婚之前叫伊丽莎白·曼嘉里。"过了一会儿,她说道。"让我们来试试图片搜索……"她飞快地浏览图片,"这个不是她……国籍不对……找到了。"她吃惊地吹了个口哨。

"什么?"

她把屏幕转向了我。"果然不用负责任。"她低声说道。

一个深色头发的年轻女子坐在建筑师专用画架前对着镜头微笑。这张照片的像素很低,不过我还是看得出来这个女人和艾玛·马修非常像。换句话说,也和我很像。

彼时：艾玛

向西蒙和警察承认曾在"是否能想起来被强奸"这件事上撒谎已经很难了，再把这些告诉卡罗尔则是难上加难。不过好在卡罗尔对这事的反应还是挺温和的，这让我感到一阵轻松。

"艾玛，这件事你是完全无辜的，"她说，"有时候，我们只是没准备好去面对事实。"

令我吃惊的是，她在治疗过程中觉得，和迪恩·纳尔逊比起来，西蒙对我的威胁更大。她想知道西蒙是否接受分手这件事，是否试图跟我联系（事实上他的确这么做了，而我已经不回他的消息了）以及我打算如何应对。

"这对你造成了怎样的影响，艾玛？"她说，"你希望接下去发生什么事情？"

"我不知道。"我耸耸肩。

"好吧，我这么问：这次分手是你们的最终决定吗？"

"并不是西蒙的最终决定，"我承认，"我们之前也分过手，但他总是一再恳求。我被烦到最后，觉得还是跟他复合更轻松一点。但这次不一样。我把过往都放下了——所有那些无用的东西。我觉得这给了我力量，也能把他放下了。"

"但人与人之间的关系不像丢掉东西这么简单。"卡罗尔说。

我眼神锐利地看着她。"你不会觉得我做错了吧？"

她思考片刻，说："创伤经历有一个令人好奇之处，就是这种经历会让人模糊自己原本的边界和底线。有时候这种改变是暂时的；不过有时候，当事人会非常喜欢自己性格当中全新的一面，就让这新的一面成为了他们性格中的一部分。我没法说这是好事还是坏事，艾玛，这只能由你自己来判断。"

疗程结束后，我约了律师起草租约变更。爱德华·蒙克福德说得没错，我去了一家当地的律师事务所，花了50英镑就搞定了。律师告诉我，唯一需要注意的是，这个变更同时需要西蒙在上面签字。然后我又花了50英镑让他帮我审查了一遍所有的文件。

今天，上次的那个律师对我说他从来没见过这样的协议。起草这份文件的人滴水不漏。他说保险起见，要让西蒙在这份文件上也签个字。

我觉得西蒙应该不肯在这种正式文件上签字，从而确定分手这个事实。但我还是把文件拿了回去。律师一边帮我找信封装文件，一边啰唆地说："我查了下档案，真是太有意思了。"

"哦？"我问，"什么有意思？"

"看起来富门大街1号的历史有些悲剧，"他说，"战争年代，原址上的老宅被德国人炸毁了，住在里面的人全死了，全家都死了。这家人没有什么亲戚活下来，因此当地政府签署了一项强制回购令，把房子的残留部分拆除。这块地就一直空着，直到这位建筑师把这里买了下来。他原本的计划是造一栋比现在这栋房子传统得多的建筑，但一些邻居给政府写信，说他们受到了欺骗。当时事情闹得很大，至少从表面上看，闹得很大。"

"不是都过去了吗?"我说,"我对这房子的过去不感兴趣。"

"的确。可是随后他又做了一件火上浇油的事情,申请了一份许可:申请可以在房子下面埋葬死者。事实上,是申请可以埋葬两个人。"

"埋葬?"我疑惑不解地重复道,"这么做居然是合法的?"

律师点点头说:"这在外人看起来,很令人吃惊,但流程非常简单。只要环保部门不反对,当地并没有任何地方法规禁止这样做,当地政府部门无论如何都只能同意。唯一的条件是,死者的姓名和埋葬地点必须被标注在图纸上。就在这里。"

他拿出一份装订好的复印材料,从复印材料背面打开了一张地图。"伊丽莎白·乔治娅·蒙克福德与马克西米利安·蒙克福德长眠于此。"他大声念道。

他把这份复印材料和其他材料塞进信封里递给我。"给,要是愿意的话,你可以留着。"

此时：简

　　米娅走了之后，我打开自己的笔记本电脑输入"伊丽莎白·曼嘉里"，只是想在米娅不在的时候看一下到底是怎么回事，但是在"管家"系统上搜索不到任何图片。

　　我对米娅说的是事实：虽然我在富门大街1号住的时间不长，但我并不觉得这是一个可怕的地方。不过现在，寂静和空虚似乎把这里变得阴森了。当然了，这种感觉很可笑，就像听了鬼故事被吓到一样可笑。不过我还是把灯光调亮，走了一圈，巡查——其实我并不知道该去巡查什么。很明显，没有人闯进来。但从某种感觉上来说，这栋房子不再让人感到那么安全了。

　　我感到被监视了。

　　我不再去想这种感觉。即使在刚搬进来的时候，我也觉得这地方像电影片场。我喜欢这种感觉。从那时到现在所发生的一切，也只是跟爱德华·蒙克福德之间愚蠢而堕落的性爱，以及发现他所偏爱的女性类型。

　　她躺在楼梯下的地板上，脑浆迸裂。我无意间看到了那个位置。这里在擦干净之前是不是有一个清晰的血迹的轮廓呢？当然，我对自己说，我甚至都不知道当时这里是否有血迹。

　　我抬头看。在上方，在楼梯顶部，我看见了些什么：一道之前没有见过的灯光。

我小心地走上楼梯,盯着这道光看。靠近之后,我发现这道光是打在一扇小门上,最多不过五英尺高的小门。这是一扇嵌在墙上的暗门,和卧室及厨房里的隐形橱柜是一样的结构。我之前根本没意识到这里还有一扇门。

"喂?"我叫道。没有回应。

我伸手把门一推到底。门里面是一间又深又高的储藏室,存放着各种清洁用品:拖把、刮板、吸尘器、地板抛光机,甚至还有一把伸缩梯。我差点大笑出声。我应该想到在富门大街1号这种地方肯定会有这种储藏空间。每周来一次的清洁工是一位中年的日本妇女,几乎一句英文都不会说,从不和我进行任何形式的互动。应该是她忘了把这扇门关上。

看起来这间储藏室原本被预设了其他的功能:一面墙上布满了电线。计算机线缆通过屋顶的开口进入到富门大街1号的内部。

我在清洁用品中挤出一条通道,把头从开口探出去。通过手机发出的光亮,我看到一条和屋子差不多等高、可供爬行的槽隙,槽隙底部铺有更多的线缆。这个槽隙通向位于卧室上方的一个看起来更大、类似阁楼的空间。我只能远远地看到一些水管。

对我来说,总算找到解决那些烦人问题的地方了。我不能把伊莎贝尔的衣服和其他东西,包括我的书,一起送到乐施会,但是把它们拆包并整齐地堆放在富门大街1号的壁橱里似乎是违反租约的。自从我搬进来之后,那个行李箱就一直放在卧室里,我一直在找合适的地方来放置这个箱子。我把行李箱拿了上来,从那个槽隙推进去,一直推到阁楼里。这样箱子就能放在那里了,不会再碍眼了。

手机发出的光不是很亮。当我的脚碰到一个软软的东西时,我低头看到了一个睡袋。那个睡袋被塞在两根椽子之间。睡袋似乎在这里放了很长时间,满是灰尘。我拎起睡袋,里面有什么东西掉了出来。那是小女孩睡衣上的一对扣子,上面印着小小的苹果。我摸了摸睡袋里面,除了几团袜子之外就什么都没有了。还有一张揉成一团的名片,上面写着:卡罗尔·扬森,执业心理治疗师。名片上还印有网站地址和电话号码。

转过头,我还看到一些零零散散的东西:空的金枪鱼罐头、蜡烛头、空的香水瓶和塑料瓶装的能量饮料。

奇怪。奇怪而又莫名其妙。

我无法知道睡袋是否属于艾玛·马修——我甚至不知道在富门大街1号曾经有过多少其他的租户。如果这些东西属于艾玛,我肯定永远都猜不到:是怎样的恐惧让她想离开那个美丽而时尚的卧室,爬到这里,睡在睡袋里?

电话铃响了,铃声在安静的空间里显得非常嘈杂。我接起电话。

"简,我是爱德华。"熟悉的声音说道。

彼时：艾玛

我本想在一个比较中性化的地方和西蒙见面，比如酒吧。不过，虽然他答应签字，但是他说他只在富门大街1号签，除此之外，他哪里也不去。

"我本来就要过来的，"他说，"我搬出去的时候，有些东西没拿完。"

我很勉强地答应了："那么，好吧。"我把所有的灯开到最亮，穿了一条邋遢的牛仔裤，配上一件最难看的旧衬衫。就在我整理厨房的时候（虽然东西很少，但还是会乱），突然听到身后有什么动静，不禁倒吸了一口凉气。

"你好，艾。"他说。

"天哪，你吓死我了，"我生气地说道，"你是怎么进来的？"

"我为了拿回东西，所以保留了进门密码。别担心，我拿完东西就会删掉。"

"好吧。"我勉强地应付他。心中暗暗记下，到时候要去问问那个叫马克的中介如何屏蔽别人使用进门密码。

"你怎么样？"西蒙问道。

"我很好。"我说。我本应该也问问他怎么样，但我已经看出来他不怎么好。他一喝多，脸色就会变得惨白，发型也变得很糟糕。

"协议在这里,"我边说边把协议递给他,"这是笔。我已经签好了。"

"喂!喂!难道我们就不能先喝上一杯吗?"

"我不觉得这是个好主意,西。"但从他傻笑的样子看得出来,他已经喝过了。

"这完全不对。"他看完协议后说。

"这是律师起草的。"我说。

"我是说我们,我们做的这一切大错特错。我们彼此相爱,艾。我们有各自的问题,但是我们内心深处仍爱着对方。"

"别把事情弄得很复杂,西蒙。"

"复杂?"他说,"这有点过分,不是吗?我才是那个被赶出去无家可归的人。要是你不让我回来,我会很生气。"

"我不会让你回来。"我说。

"你会的。"

"不,我不会。"我说。

"但我已经回来了,不是吗?我就在这儿。"

"你只是回来拿东西。"

"或者只是回到有我的东西的地方。"

"西蒙,我现在请你出去。"我开始生气了。

他斜靠在料理台上。"我们先喝一杯,好好聊聊,之后再说。"他说。

"去你的,"我叫道,"你就不能成熟点?"

"艾,艾,"他开始哄我,"别生气。我只是说,我爱你,我不想失去你。"

"就用这种办法?"我讽刺地说道。

"啊!"他说,"所以说还有办法?"

我彻底发怒了。我知道,只要我说一句"将来我们可能还有机会在一起",也许他就会平静地离开了。原来的那个艾玛会这么说,不过现在的艾玛已经不比从前了。

"不,"我坚定地说,"我们再也不可能成为一对了,西蒙。"

他向我走来,把手放在我的肩膀上。我能从他的嘴里闻到酒气。"我爱你,艾。"他重复道。

"别这样。"我挣扎着说道。

"我无法不爱你。"他说。他的眼神看起来有点狂乱。

电话铃响了。我环顾四周。我的手机在料理台边缘闪烁着,震动着。

"放开我。"我在他胸口推了一把说道。

这次,他放开了我,我抓起手机。"喂?"我说。

"艾玛,我是爱德华。我只是想确认一下:关于之前我们谈及的合同问题,你是否已经解决了?"爱德华·蒙克福德的声音听起来公事公办而又彬彬有礼。

"解决了,谢谢。西蒙现在就在这里,准备签字呢。"

我又加了一句:"至少,我希望他能签字。"

短暂的沉默。"让他听电话,好吗?"

爱德华和西蒙通话的时候,我看到西蒙的脸色越来越阴沉。通话大概持续了一分钟,在这段时间里,西蒙几乎一言不发,只是间或说了几个"呃"和"嗯"。

"给。"他闷闷不乐地把手机还给我。

"喂?"我说。

"西蒙现在就签字,艾玛,"爱德华说道,"然后他会离开。

我会过来查看一下他是否真的走了，另外，我想和你上床。当然，别对西蒙说这个。"

他挂了电话。我目瞪口呆地看着手机。我没听错吧？但我知道自己没有听错。

"他对你说了什么？"我问西蒙。

"我不会伤害你，"他并没有回答我的问题，只是伤心地说，"我永远都不会伤害你。我不是故意的，我只是无法不去爱你，艾。我会让你回心转意的，你会看到我有多爱你。"

爱德华·蒙克福德什么时候到？我还有时间去洗个澡吗？我审视富门大街1号的室内状况，起码有十几处违反了租约规定：地上的东西、料理台上的东西、石桌上的时尚杂志、塞满了的垃圾桶、散落在地板上的垃圾。更不用说卧室像是被轰炸过，另外，我仍没有擦掉上次派对留下的红酒渍。我飞快地洗了个澡，把自己收拾了一下，挑了一条简单的半裙和衬衫。我犹豫了一下是否要喷香水，想想还是觉得那样有点夸张。而且我依然觉得爱德华可能是在开玩笑，要不就是我听错了。

但我希望自己没有听错。

手机再次响起。这次仍是"管家"系统告诉我有人在门口。我按了下视频按钮，看到了爱德华。他捧着一束花，拿着一瓶酒。

所以，我没有听错。我按下"接受"，让他进来。

我站在楼梯上的时候，他已经在楼下，渴求地看着我。在这个楼梯上没法走得很快，必须一步一步小心地往下走。还没碰到他，我就已经因为幻想而眩晕了。

"你好。"我紧张地说道。

他看着我，凑过来，用他的头发在我的左耳旁厮磨。我的头发还没干，贴在头颈上感觉有点凉。他的手指沿着我的耳垂一路向下抚摸，我一下子跳了起来。

"没事的，"他轻轻地说，"没事的。"他的手指顺着我的脸颊滑向下巴，抬起了我的头。

"艾玛，"他说，"我无时无刻不在想你。但如果你觉得这一切来得太快，你说一句话，我就走。"

他解开我衬衫最上面两粒扣子。我没穿胸罩。

"你在发抖。"他说。

"我被强奸过。"

我本不想这么脱口而出。我只是想让他知道，他对于我有特别的意义。

一瞬间，他的表情阴沉了下来。"是西蒙干的？"他狂怒地说道。

"不，他不会……是闯进我房子里的罪犯中的一个，我跟你说过那次入室盗窃。"

"那么，这的确有点仓促了。"他说。

他把手从我的衬衫中抽出来，帮我扣好了扣子。我觉得自己像个孩子一样，被穿好衣服，准备上学。

"我只是想让你知道。万一……如果你愿意，我们还是可以上床的。"我虚弱地说道。

"不，我们不上床，"他说，"今天不行。你跟我来。"

5a）米开朗琪罗的大卫雕像和一个饥饿的孩子,两者只能救一个,你的选择是?

1）雕像

2）孩子

此时：简

"在这里停。"爱德华指示出租车司机。我们来到了市中心。玻璃、钢塔、戏剧性、现代化的建筑，碎奶酪状的顶部。爱德华付车钱的时候看到我正抬头仰望这些摩天建筑。"特罗菲建筑，"他说，"进来吧。"

他把我拉进一座教堂。这是一座又小又单调的社区教堂，淹没在这群现代主义的巨兽群中——如果不说是教堂，我根本注意不到。教堂的内部装修很棒，虽然看起来平平无奇，只是一个正方形空间，但整个空间里充满了从高处的窗户里投射进来的光。这里的墙壁和富门大街1号一模一样。太阳穿过透明玻璃窗，在地板上形成光柱。这里除了我俩，空无一人。

"这是我在伦敦最喜欢的建筑，"他说，"看。"

我顺着他的目光抬头，看到了一幅让人窒息的景象。我们的头顶有个巨大的圆顶，这个圆顶所带来的苍白空旷主宰着整座教堂，飘浮在小教堂中央的最纤细的柱子上。教堂正中央的祭坛下方（至少我认为是祭坛）有一块长约五英尺的石板。

"大火灾之前，伦敦有两种教堂，"我注意到他没有压低声量，"在英国还处于天主教统治的时期，那种暗黑、阴郁风格的哥特式教堂千篇一律：拱顶、纹饰、彩色玻璃和不加修饰的清教徒集会室。火灾之后，重建伦敦的人们看到了开创新型建筑风格的机会:一个任何人都可以进去参拜的地方,无论他们有着何种宗教信仰。 于是有人故意采取了这种抽象而又整洁的风格。但他们心里知道,他们是在用某些东西来取代哥特式的阴郁。"

他指着地板上的光,那光就像是把石头从内部点亮了。"光,"他说,"启蒙运动① 真的是用光把人照亮的。"

"这座教堂的建筑师是谁?"

"克里斯托弗·雷恩。游客成群结队地拥向圣保罗大教堂,但这座教堂才是杰作。"

"太美了。"我由衷地赞美。

一个星期前,爱德华打电话给我时没有寒暄,直奔主题:"我想带你去看建筑,简。你想来吗?"就像他突然从我床上离开那件事没有发生过一样。

"好的。"我毫不犹豫地说道。并不是我没把米娅的警告当回事。相反,是她的警告激起了我对这个男人的兴趣。

事实上,他今天把我带到这里让我感到安心。如果他只是因为我和他的妻子长得像,只是被我的身体吸引,那么他又何必做这些事? 我必须接受他为我们定下的规则。我已经决定好好享受每一刻,不要因为想太多而为这段关系增加多余的负担。

离开圣斯蒂芬教堂,我们去了位于林肯客栈菲尔德广场上的约翰·索恩② 故居。门口有张告示说今天不对公众开放,但爱德华依然按响了门铃,直呼馆长的名字,并跟他打了招呼。 经过一番友好的商讨,馆长把我们领了进去,让我们随便逛。 屋子里摆

---

① 启蒙主义的英文"Enlightenment"里有"光"(light)。
② 约翰·索恩(John Soane, 1753—1837),英国新古典主义建筑大师。

满了艺术品和令人好奇的物件,从希腊雕塑的残片到木乃伊猫应有尽有。我很惊讶爱德华居然会喜欢这个地方,但他温和地说:"我设计有我自己的风格的房子,不代表我不懂欣赏其他风格,简,只要它们足够优秀,并且独创。"

从书房的一只箱子里,他抽出了一张新古典风格寺庙的建筑图纸。"这很棒。"

"这是什么?"

"这是他为他的妻子建造的陵墓。"

我拿过图纸,假装细看,可我的脑海中只有一个词,挥之不去:陵墓。

当我们乘出租车返回富门大街1号时,我满脑子仍在想那个词的意义。当我们接近1号时,我开始用一种全新的眼光看待这栋房子,让这栋房子和我刚才看到的那些建筑产生某种联系。

来到门口,他停了下来。"你要请我进去吗?"

"当然。"

"我不希望自己理所当然地进你的家。你知道吗?这种事需要你情我愿才好。"

"你能这么想,挺好。不过我真的想请你进来。"

彼时：艾玛

"我们去哪里？"爱德华叫车时我问他。

"沃尔布鲁克广场。"他说，他对司机也是这么说的。接着，他又说："我想带你看些建筑。"

尽管我有无数疑问，但在我们到达市中心之前，他一句话都没多说。我们被壮观的现代建筑包围着。当我还在想会进入哪一幢楼的时候，他拉着我走向了一座教堂，一座被包围在光鲜亮丽的银行楼宇之间、显得格格不入的教堂。

教堂的内部挺漂亮，只是有点沉闷。上方有一个巨大的穹顶，穹顶下方是祭坛，地板的正中央有一块巨大的石板。这让我想到异教徒的仪式及其祭祀品。

"在伦敦大火之前，有两种教堂，"他说，"暗黑哥特式教堂和清教徒用来祭拜的集会所。大火之后，人们重建伦敦的时候，创造了一种混合的新风格，他们知道，必须用一些新的东西来取代哥特式的阴暗。"

他指指地板，从大玻璃窗透进来的阳光在地面上形成了一个十字阴影。他说："启蒙运动真的有光。"

当他走来走去四处看的时候，我盘腿坐在祭坛的石板上，身体向后下腰，直到脖子碰到石板。接着我又做了些其他动作：桥式、反弓式和卧英雄式。我学过大约六个月的瑜伽，现在还能完成所有的体式。

"你在干吗?"爱德华问道。

"在把自己变成祭祀品。"

"这个祭坛是亨利·摩尔①的作品,"听他的口气,似乎不太赞同我的举动,"他选的石材和米开朗琪罗使用的是同一种花岗岩。"

我敢打赌他在这上面做过爱。

"我觉得我们该走了,"爱德华说,"我可不想被这座教堂禁止入内。"

我们叫了出租车,前往大英博物馆。他和入口处的管理员说了几句,然后那根原本拦着的红绳被抬起来,我们进入了博物馆内仅供学术参观的部分。一名馆员打开了一个柜子,把我们两个人留在了那里。"戴上。"爱德华递给我一副白色的棉纱手套,自己也戴了一副,然后他从柜子里拿出一块石头做成的东西。"这是奥尔梅克人制作的仪式面具,他们是第一个开始建造城市的美洲文明,三千年前就灭绝了。"

他把面具递给我。我接过来,生怕掉在地上。面具上的眼睛栩栩如生。

"太棒了。"我说。事实上,和教堂一样,我不太喜欢这种地方,但我喜欢和他待在一起。

他满意地点点头。"我给自己定了一个规矩,每次来博物馆只看一样东西,"我们往外走的时候他说,"要是超过了一件东西,就没办法好好欣赏了。"

---

① 亨利·摩尔(Henry Spencer Moore, 1898—1986),英国著名雕塑家。

"所以，这就是为什么我不喜欢博物馆，"我说，"我一直都没找到正确的参观方法。"他笑了。

现在我感到有点饿了，我们去了一家他熟悉的日本餐厅。他说："我们两个的菜都由我来点。"他点了些炸猪排之类简单菜式，说："英国人其实挺怕真正的日本菜。"

"没关系，"我说，"我什么都吃。"

他抬起眉毛。"你想挑战吗，马修小姐？"

"随你。"

于是他为我点了生鱼寿司——章鱼、海胆和各种虾。

"还行。"我对他说。

"好吧。"他说。随后，他用流利的日语对厨师说了些什么，显然是让厨师加入他的恶作剧游戏。厨师一想到要给一个"外国女孩"上几道她应该完全无法接受的日本菜，就忍不住笑了出来。不久，一盘盘白色物体就端了上来。

"尝尝。"爱德华说。

"这是什么？"

"这东西叫白子。"

我勇敢地夹了两个放到嘴里。这东西在我齿间爆开，流出了浓稠的奶油状黏液。

"不错啊。"我边吞边说，真心觉得这东西好恶心。

"这是鱼的精囊。在日本，这是一种公认的美食。"

"棒极了。但我觉得我更喜欢人类。接下来是什么？"

"厨师特选。"

女服务员端上一整条鱼。让人吃惊的是，我发现鱼还活着，侧躺着，尾巴轻轻地抬起，放下，嘴巴一张一合，似乎想要说些什么。鱼的上半身被切成薄片。我有些畏缩,但还是闭上眼睛张口吃。

吃到第二口,我就停不下来了。

"作为一个吃客,你的胆子很大。"他不情不愿地承认。

"我不是一般的吃客。"我回敬道。

"有些事情,我想你应该知道,艾玛。"

他看起来很严肃,于是我放下了筷子洗耳恭听。

"我不会与人进行传统意义上的交往,"他说,"就像我不设计传统意义上的房子。"

"好的,你想怎么交往?"

"人际关系就像人的生命历程,往往堆积一些没有必要的东西。情人节卡片、浪漫的举动、特殊的纪念日、毫无意义的亲昵关系……如果我们把这一起都抛弃呢?一种不受传统束缚的关系自有一种纯净感,一种简洁和自由。但这需要双方都达成共识,知道自己在做什么。"

"我记住了。我不会想要情人节卡片。"我说。

"如果这段关系不再完美,我们就要往前看,不留遗憾。同意吗?"

"会持续多久?"

"重要吗?"

"不重要。"

"有时候,我觉得,假如所有的已婚者必须在某个期限内离婚,那么他们的婚姻一定会很完美,"他开玩笑似的说道,"假设三年吧,人们肯定会更加珍惜彼此。"

"爱德华,"我说,"如果我同意,我们会上床吗?"

"我们根本不需要上床。我是说,如果你不想上床。"

"你不觉得我被玷污了?"

"什么意思?"

"有些男人……"我的声音低了下去,但我必须说出口,颤抖地吸了口气,"西蒙得知我被强奸之后,我们就不再做爱了。他做不了。"

"上帝啊,"爱德华说道,"但是你呢?你确定我们之间不会太快了吗?"

我冲动地在桌子底下抓住他的手,把他的手放到我的裙子底下。他看起来有点吃惊,但还是顺从了。我差点大声笑出来。让你看,让你盯,让你触摸我。

我把他的手拉进我的胯间,感受他的指尖抚过我的内衣。

"绝对不快。"我说。

我抓住他的手腕不松,顶着他,摩擦他。他把我的内衣拨开,滑入一根手指。我抬起膝盖,把桌子顶得嘎嘎作响。我盯着他的眼睛,他看起来有点魂不守舍。

"我们走吧。"他说,却没有收回手指。

此时：简

事后，我感到昏昏欲睡。爱德华用肘部撑起自己，仔细审视着我。他的手在我的皮肤上游走，当他摸到我生育伊莎贝尔时留下的妊娠纹时，我下意识地试图躲开。但他阻止了我。

"别。简，你很美，你身上的每一寸都很美。"

他游走的手指在我的左胸发现了一个疤痕。"这是什么？"

"童年时发生了一次事故，我从自行车上摔了下来。"

他点点头，好像这个解释可以接受，并继续抚摸到我的肚脐。"像气球打结的地方。"他扒开我的肚脐时说道。接着，他的手指往下摸。"你不用脱毛蜡？"他说。

"没有。需要用吗？我最后一次……维托里奥喜欢这样，他是这么说的。"

爱德华沉思。"你至少应该修剪得对称些。"

一瞬间，我们的对话变得非常滑稽。"你是想要我修剪一下吗，爱德华？"我翻身对着他。

他把头靠向一边。"是的，我想是的。好笑吗？"我笑喷了。

"没事。为了你，我会修到无比光洁。"

"谢谢，"他在我的肚子上吻了一下，就像在那里插了个小旗子似的，"我去冲个澡。"

我听到浴室的石隔板后面传来嘶嘶的水声。聆听水声变化，我能看见他的身体在花洒下时进时出，光滑的躯体转来转去。我傻傻地思考着：这些传感器如何识别出是他？他是否在系统中保留了一些特权？或者使用了为访客设计的客用设置？

水声停了。过了几分钟，他还没出来，于是我坐起来。从浴室方向传来了摩擦声。

我循着声音来到隔板边。爱德华将一条白色毛巾裹在腰上，蹲在淋浴间里，用布擦着石墙。

"淋浴用水是硬水，简，"他头都不抬，"如果不用心去擦，就会在石材上堆积石灰垢。现在的石灰垢已经很明显了，你每次洗完澡，应该把浴室墙擦干净。"

"爱德华……"

"什么？"

"这不会有点……强迫症吗？"

"不会，"他说，"这只是'不懒惰'而已，是细致。"

"每次洗完澡都把浴室墙擦干净，不是有点儿浪费生命吗？"

"也许吧，"他理性地说，"但生命短暂，所以更加不能容忍这短暂的生命不够完美。"他站起来。

"你还没有做过测评吧？"

"测评？"

"'管家'系统测评，默认设定是每月一次。我会调整为每天一次，"他停顿了一下，"简，我相信你会做得很好，但有个测评成绩显示在那里，会让你做得更好。"

第二天一早，我醒来后心情很好，只是身体有些僵硬。爱德华已经走了。淋浴前，我下楼喝了杯咖啡，在笔记本电脑上看到了"管家"系统的留言：

简，请评估以下陈述，分数为1—5，其中1为非常同意，5为非常不同意。
1）我有时会犯错误。
2）我很容易失望。
3）我会为了些无足轻重的事情变得焦虑。

一共有十几道题，我打算过一会儿再做。我煮了咖啡拿上楼。我走进浴室，期待着花洒喷出温水。然而，水是冷的。

我挥动手臂上的手环，水仍是冷的。断电了？我努力回忆着存放清洁剂的橱柜里是否有保险丝盒。不对啊：楼下有电，否则"管家"系统不会工作。

然后我意识到是怎么一回事了。"该死的爱德华，"我大声说，"我只想洗个澡！"

果然，我又仔细研究了一下"管家"系统，看到了这些文字：部分房屋设施被禁用，直到作业完成。

这鬼系统好歹让我煮了杯咖啡。我坐下来写作业。

彼时：艾玛

过程很棒。

虽然很棒，但还没到令人惊叹的地步。

我能感受到他的克制，像绅士。但在床上，我最不想要的就是绅士。我希望他自私霸道，他完全有这种潜质啊！

要提升的空间还有很多。

事后，我穿着睡袍坐在石桌上看他做菜。做饭前，他穿上一条围裙，对于这样一个充满男性魅力的男人来说，这个举动颇显女气。不过一旦准备好食材正式开始做菜，他就集中全部精力了，火力全开，能量四射。他把锅里的食材颠到半空，然后接住，就像是在抛饼。几分钟后，晚餐就准备好了。

"你以前有过这样的关系吗？"我边吃边问。

"什么关系？"

"无论你怎么称呼：无需负责，若即若离。"

"是的，长久以来都是这样。你知道吗？倒不是因为我反对传统的关系，只是我的生活方式真的不允许有传统关系。所以我作了一个清醒的决定：只接受短暂的男女关系。我发现，作出这样的调整之后，反而能更好地开始：变得更专注，把马拉松变成百米冲刺。当你知道一段关系不会永远持续下去的时候，就会更加懂得欣赏对方。"

"一般会持续多久？"

"直到一方叫停，"他说这话的时候丝毫没有笑意，"这种关系只能建立在双方达成共识的基础上。不要以为没有约束就等于没有承诺或不需要努力，这只是一种不同于传统的承诺和不同于传统的努力。之前，我所拥有的完美的关系，有的不超过一个星期，有的持续好几年。跟时间长短无关，质量最重要。"

"和我说说那个持续了好几年的。"我说。

"我从不跟别人谈论以前的恋人，"他坚定地拒绝，"我也永远不会和别人谈论你。无论如何，现在轮到我了。你的调味料是按什么顺序排列的？"

"我的调味料？"

"是。我从寻找孜然开始，就一直很困惑，它们显然不是按字母顺序排列或按日期排列。是按照口味吗？还是按照出产地？"

"你是在开玩笑吗？"

他看着我。"你的意思是随机排列？"

"绝对随机。"

"哇。"他说。我觉得他的语气充满了嘲讽，不过他有时的确令我难以捉摸。

离开时，他对我说："这是一个美好的夜晚。"

5b）现在，您可以选择向当地一家博物馆捐赠一笔小额资金，用于为重要的艺术品筹集资金；或将其发放给非洲的饥饿人士。你选哪个？

1）博物馆

2）饥民

此时：简

"我很欣赏这件作品严苛而多元的呈现方式。"穿灯芯绒夹克的男人拿着香槟杯，对着玻璃和钢结构的屋顶挥来挥去，大声说道。

"融合了非笛卡尔基础架构和社会功能……"旁边的女人真诚地说。

"暗示了一连串的欲望之后否认……"

除了行话之外，我发现这种派对其实和我在时尚界工作时所参加的画廊开幕派对没什么两样：很多穿着一身黑的来宾，很多香槟，很多时髦的须型和昂贵的斯堪的纳维亚眼镜。今晚的派对是庆祝大卫·奇普菲尔德新音乐厅的落成。我慢慢熟悉这些建筑师的名字：诺曼·福斯特、扎哈·哈迪德（已故）、约翰·派森、理查德·罗杰斯。有些建筑师今晚将出席，爱德华告诉我。还有一场激光烟火表演，可以透过玻璃屋顶观看，这场表演从肯特郡也能看到。

我游走在人群中，手中拿着香槟杯闲逛，听听别人在说什么。我这么走来走去是因为即使爱德华邀请我来，我也不想成为他的负担。无论如何，当我想聊天的时候，找人说话并不难。这里有很多微醺的男性，个个非常自信，不止一个人跟我搭讪："我认识你吗？"或者："你在哪里工作？"或者简单地打个招呼：

"你好。"

我注意到爱德华在朝我看,于是转头向他走去。他离开了身边那群人。"感谢上帝,"他静静地说,"如果我再多听一遍关于流程的重要性,大概就要疯了。"他看着我:"有没有人告诉过你,你是这个房间里最漂亮的女人?"

"实际上,有几个人,"我穿着海尔姆特·朗设计的便于行动的露背后开叉连身短裙,配上一双简单的克洛伊平底鞋,"但他们都不像你会说这么多话。"

他笑了。"过来。"

我跟他来到一堵矮墙后。他把香槟杯放在墙头,抚摸我的臀部。

"你穿内衣了。"他指出。

"是的。"

"我觉得你应该脱掉,它会破坏你美丽的曲线。别担心,没人会看到。"

有那么一小会儿,我僵住了。然后我四下看了一圈,没有人朝我们看。我尽可能隐蔽地脱下,垂手去取出的时候,他抓住了我的手臂。

"等一下。"

他提起了我裙子的下摆。"没人会看。"他又说了一次。

他抚摸着我的大腿,我震惊了。"爱德华,我——"

"别动。"他轻声说。

他的手指来回游走,几乎没有碰到我。我觉得自己向他靠,渴望更多的压力。这不是我,我想。我不会做这样的事。他的手指围绕中心滑了两圈,三圈,然后,毫无预兆地轻轻滑入。

他停下来，从我手里拿过杯子，放在他的香槟杯旁。随即用双手环住我，一手在后，一手在前，探究，回旋。派对的喧哗声渐渐隐去。我呼吸困难，脑中只剩下一个问题：会不会有人留意我们？他控制了一切。虽然场合不妥，但快感席卷而来。

"你想找个没人的地方吗？"我耳语。

"不。"他简单地回答道，信心满满地加快了速度，我感到高潮即将到来。我的腿发软，于是他双手的承重更大。我到达了高潮，抱着他不断颤抖，烟火在头顶爆开，是远在肯特郡也能看到的激光烟火表演，我总算回到了现实。人们都在为烟火表演鼓掌，感谢上帝，他们不是在为我鼓掌。

他把手抽出来，我仍在颤抖："对不起，简，我必须过去和几个人打招呼。"

他大步走向了前方几个人，我敢肯定他们一定都是知名建筑师或上议院的议员。他微笑着向他们伸出手，几秒钟前，那只手还在我体内。

派对散场时，我仍在回味：我们刚才真的做了吗？我真的在一个挤满人的房间里到达高潮了吗？现在的我还是我吗？他带我去了附近的日本餐馆，就是那种厨师站在料理台后方操作的日本餐馆。饭店里的顾客大多是亚洲人：穿深色西装的生意人。大厨向爱德华问好，看起来他们很熟：互相鞠躬，用日语交谈。

"我告诉他我们打算吃什么，"我们在桌边坐下后他告诉我，"信任板前的推荐，意味着尊重他。"

"你的日语很流利。"

"我在东京盖过房子，不久前。"

"我知道，"他在日本设计的摩天大楼是一座优雅、感性的螺旋形建筑，像一只巨大的钻头直插云霄，"那是你第一次去日本吗？"

我当然知道不是。我看着他把筷子排列到完全平行。

"我的妻儿去世后，我在那里住了一年。"他轻声回答。第一次瞥见他无意间流露的本性，我感到了一种微小的亲密感，这种感觉让我兴奋。"那地方不会让我有家的感觉，我只是喜欢那里的文化：强调自律和克制。在我们国家，节俭往往是因为贫穷，但在日本，他们认为那是美的最高形式，称之为'渋い'①。"

女服务员端上来两碗汤。碗是上色的竹制碗，非常小巧，可以一手掌握。"比如这些碗，"他边说边拿起一只碗，"这对碗年代久远，而且不成套。这就是渋い。"

我喝了一口汤。感到有些东西在我的舌头上扭动，有一种奇怪的感觉。

"顺便说一下，它们还活着。"他继续说道。

"什么东西？"我吃惊地问。

"汤里有些小虾和刚出生的小鱼，大厨会在煮汤的最后一刻把银鱼扔进去，是公认的美味。"他冲着寿司料理台举手示意，大厨再次向我们鞠躬。"叫'新'的大厨的最擅长料理的是活海鲜。希望你撑得住。"

女服务员上了另一道菜，放在我们两人之间。这是一条红色的鲷鱼，漂亮的古铜色鳞片在白萝卜条的映衬下显得非常光亮。

---

① 英文表示为 shibui，室町时代有"涩""苦"之意，形容未成熟。自江户时代起，意义发生改变，成为代表极简主义的美学词汇，指舍弃不必要的装饰，整体简洁，但又依然关注微妙的细节。

鱼的一边被整齐地切成生鱼片，一直切入鱼骨。但这东西居然还活着，尾巴像蝎子尾巴一样翘起来，再轻轻落下，鱼嘴一张一合，眼珠还在转动。

"哦，我的上帝。"我泛起一阵恶心地说道。

"尝尝。很好吃，我向你保证。"他伸出筷子夹了一片白色的鱼肉。

"爱德华，我没办法吃这东西。"

"没关系。我会帮你点其他东西。"他向那个站在我们身边的女服务员打了个手势，但我肚子里的汤突然感觉要泛上来。刚出生。这个词在我的脑袋上重重地砸了一下。

"简。你没事吧？"他担心地看着我。

"我不行……我不行了……"

悲伤这种东西有一个很奇怪的特点，就是会在最不经意间突然袭来。一瞬间，我回到了产房，抱着伊莎贝尔，像盖披肩一样把襁褓布裹在她的头上，让她的身体保持温暖，来自我的身体的温暖。其实那只是拖延时间，她细小的四肢慢慢变冷。我看着她的眼睛，她小小的眼睛紧闭着，眼睛下面还有可爱的小眼袋。我想知道她的眼睛是什么颜色，到底是像我一样的蓝色还是像她爸爸一样的黑色。

我眨了眨眼，回忆消失了，但失败和绝望混杂那种沉闷的重量把我压垮了。我一下子趴在自己的手腕上哭了起来。

"哦，我的上帝，"爱德华拍了拍自己的额头，"小鱼。我怎么会这么蠢？"他急忙用日语对女服务员说了些什么，指着我，点了其他的食物。但我已经来不及等食物上桌了，什么都来不及了。我冲向餐厅门口。

彼时：艾玛

"谢谢你能来，艾玛，"克拉克警探说道，"咖啡加一块糖，是吗？"

警探办公室像一个存放着各类文书和文件的小盒子。相框里有一张老照片，克拉克警探站在一堆橄榄球运动员的前排，捧着一座可笑的大奖杯。他递给我的速溶咖啡的杯子上绘有加菲猫的图片，对警署来说，这么个杯子似乎有点太孩子气了。

"没关系，"我紧张地说，"你找我来有什么事？"

克拉克警探喝了一大口咖啡，把杯子放在桌子上，把一盘饼干推到我身边。

"两名与你的案件有关的嫌犯都不认罪，并提出了保释申请。对于涉嫌的共犯格兰特·刘易斯，我们几乎无计可施。但是，对于那个强奸你的人，迪恩·纳尔逊，情况就不一样了。"

"哦。"我说。虽然我还是不明白他为什么叫我过来听他解释这些。他们不认罪，这当然是坏消息，但他难道不能打个电话告诉我？

"作为受害者，"克拉克警探继续说，"你有权做一份受害者的个人陈述，新闻界有时称之为影响性声明。你可以向保释听证会讲述他们的罪行给你造成了怎样的影响，以及纳尔逊若是在审判开始前处于自由行动的状态，你将会是怎样的感受，等等。"

我点点头。怎样的感受？我真的没有什么感受。只要他坐大牢，其他无关紧要。

看到我没什么热情，克拉克警探轻轻地说："事情是这样的，艾玛，纳尔逊是一个聪明而又有暴力手段的人。如果他在此期间被关在监狱里，我个人会觉得更好。"

"他在保释期间不会再次冒险犯案吧？"我问。我想知道警探到底想要干什么。

"你认为我可能处于危险之中，"我盯着他又问，"他可能试图阻止我出庭作证。"

"我不想让你受到惊吓，艾玛。幸运的是，恐吓目击证人的情况非常罕见。但是在目前这种情况下，基本上，对整个案子的定性都取决于你一个人的证词。最好确保安全，以免事后遗憾。"

"你想要我做什么？"

"为保释听证会写一份受害者个人陈述。我们可以给你提供一些要点，但这篇东西越个人化越好。"

他停顿了一下。

"我应该提醒你，一旦你的陈述被法庭宣读，它就成了一份法律文件。辩方有权在审讯时对你进行质询。"

"谁来宣读呢？"

"可以是起诉律师，也可以是警察。但如果由受害者自己宣读，一定更加有说服力。法官也是人。而且我觉得你会给他留下深刻的印象。"

过了一会儿，克拉克警探的表情柔和了下来，眼眶似乎都有些湿润了。然后他清了清嗓子说："我们将提出特别措施申请，那意味着你在听证会期间可以和纳尔逊隔离。当你宣读声明的时候,你看不到他,他也看不到你。"

"但他会在那儿听着。"

克拉克警探点点头。

"如果法官不赞同我的说法,他获得了保释,怎么办? 会不会让事情变得更糟?"

"我们会确保你的安全,"克拉克警探安慰我,"毕竟你都搬家了,他不知道你目前住在哪里。"

他亲切地盯着我看。

"那么,艾玛。你会写这份陈述并在法庭上宣读吗?"

这就是他叫我过来的目的,我明白了。 他知道,如果他在电话里对我说这些,我可能会说"不"。

"如果你认为这会有所帮助,我愿意。"我这么说道。

"好姑娘。"他说。

这句话换其他任何人来说,听起来都会有点居高临下。但我能感觉到他的如释重负,也就不介意了。

"听证会将在星期四举行。"他补充说。

"这么快?"

"他有一个锲而不舍的律师。当然,所有这一切都是由纳税人出钱。"

克拉克警探站起来。"我会帮你找一间空的审讯室。 你现在就可以开始写。"

此时：简

餐厅事件发生数天后，我收到了两个包裹。较大的那个包裹扁扁的，上面有个显眼的字幕 W，代表邦德街的万德乐中心；较小的那个包裹和一本平装书差不多大。我把较大的那个包裹放在石桌上。包裹虽然很大，却几乎没有分量。

包裹里是一件用薄绵纸包裹的连衣裙。我把衣服搭在手臂上，黑色的丝质面料如水般垂落，我立刻能想象这件衣服包裹在皮肤上的感觉会有多么温软、顺滑。

我拿着衣服上楼试穿。几乎不需要我费力，衣服就自己挂在我的身上了，贴合每一寸肌肤。我转身的时候，衣服也跟着我转，有意思极了。我仔细看这件衣服的面料的织法，发现它是沿对角线斜裁的。

这件衣服需要一条项链来搭配，我想。突然间，我猜到那个小包裹里是什么了。

小包裹里有一张卡片，上面的手写字非常漂亮，堪比书法。

简：
　　我是一个不知不觉的傻瓜，请原谅我。
　　　　　　　　　　　　　　　　　　　　爱德华

天鹅绒垫布上有一只贝壳状的盒子，里面有一条三排式珍珠项链。珍珠不大，但颜色和形状一看就不凡，有一种奶油色，不是很圆，颗粒深处透出乳白色的闪光。

这个颜色和富门大街1号的墙壁颜色完全一致。

项链有点小——太小了，刚戴上去我就发现了：项链紧紧地勒在我的喉咙上，一度让我觉得快被这根毫无弹性的项链勒死了，和那件连衣裙带给我的感觉完全不一样。但当我在镜子里看到这套搭配的效果时，被自己惊艳了。

我用一只手拢起头发，仔细端详。是的，就这样，头发拢到一侧。我拍了张自拍照发给米娅。

我想，爱德华也应该看看这张照片，于是给他也发了一张："不需要原谅。不过谢谢你。"

他不到一分钟就回了消息："太好了。我两分钟后到。"

我走下楼，站在玻璃窗前，面向大门，努力摆出最佳姿势，等待我的情人。

他把穿着那身连衣裙、戴着珍珠项链的我抱到了石桌上，急切，直接，没有前戏，一言不发。

在此之前，我从未与人如此交往过，从未在床以外的地方做过。有人说我既独立又冷淡，甚至有人说和我亲热索然无味。不过现在我却在这种地方，这样做。

后来他似乎从某种恍惚当中回过神来。彬彬有礼、周到细致的爱德华又回来了。他煮了意大利面，从一只没有标签的瓶子里倒出来一些橄榄油，加一些新鲜的山羊奶酪和大量的辣椒粉，做成酱汁。他告诉我，这种橄榄油被称为"泪"，是橄榄在压榨之前进行清洗时,从表皮渗出的第一滴珍贵的眼泪。每当橄榄丰收之际,都有人从托斯卡纳给他带来几瓶。辣椒则来自马利亚尔海岸的代利杰里①。"虽然有时我也使用柬埔寨的贡布胡椒,但代利杰里辣椒更温和,更具芳香。"

缠绵过后吃点简单的美食。不知何故,这让人感到遇上了老手。

吃完意大利面,他把碗放进洗碗机,开始洗锅。做完这些,他才从皮包里拿出文件。"我把评分标准给你带来了。我觉得你会想知道自己的成绩如何。"

"我及格了吗?"

他没笑。"是这样的,你的总分是80。"

"我应该得几分?"

"没有真正意义上的标准分。但是,随着时间的推移,我们希望看到这个分数下降到50,甚至更低。"

我不免觉得他在责怪我。"我做错了什么?"

他快速地浏览手上的文件。我看到文件上有几行数字,像Excel电子表格。"你可以多做些运动,每周两次应该够了。搬到这里之后,你减了些体重,但可以继续减。你的耐压水平在可接受范围之内。你讲电话时,语速有点快,但这也挺正常。你几乎不喝酒,这很好。体温、呼吸和肾功能都很好。你的睡眠充足,花了大量时间在睡觉。最重要的是,你对生活的看法变得积极。你的人格完整度和纪律性越来越高。而且你洗完澡也记得去擦掉石灰质了。"他笑了起来,表示最后一条只是开玩笑,但我已经

---

① 位于印度,东经75°29′北纬11°44′。

愤怒得无法呼吸了。

"你竟然知晓我的一切！"

"当然。如果你仔细阅读了租房条款，就不会这么吃惊。"

我的愤怒消失了。因为我知道这是我自找的，正是这个原因，我才能住进富门大街1号。

"这事关你的未来，简，"他补充说，"在家就能检测你的健康指标。如果有任何重大问题，'管家'系统会及早提醒你去看医生。这些统计数字可以让你控制自己的生活。"

"如果人们不想被偷窥呢？"

"他们不会。由于我们还处于测试阶段，所以采集了你的具体数据。对未来的用户，我们只会留意大致的趋势，而非如此具体的个人数据。"他站起来。

"再试试吧，"他好心好意地说，"看看你是否已经习惯。如果你不习惯，那也是一种反馈，我们会依据反馈来调整系统，使其更容易被住户接受。但我的经验告诉我，你很快就会感觉好起来。"

彼时：艾玛

我看着自己为受害者个人陈述所作的笔记，思考着如何开头。这时，我的手机响了。我瞥了一眼屏幕，是爱德华。

"你好，艾玛。你收到我的消息了吗？"他听起来很开心。

"有什么消息？"

"我留在你办公室的留言。"

"我没有上班，"我说，"我在警署。"

"你没事吧？"

"不太好。"我说。我看着自己的笔记。克拉克警探告诉我，在一些标题下，需要对要点进行分组列出小标题：他做了什么？我当时感觉怎样？对我的恋爱关系造成的影响如何？我现在感觉如何？我盯着自己写的答案：心生厌恶、胆战心惊、羞耻难当、肮脏不堪……只是一些词语，但不知怎么的，我从来没有想过自己会沦落到这一步。

"非常不好。"我又说。

"哪个警署？"

"西汉普斯特德。"

"我十分钟内到。"

手机被挂断了。但我立刻感觉好多了，因为现在我需要一个强悍而果断决绝的人，一个像爱德华这样的人，来重新整理我的生活，重新帮我安排我的一切，让一切重回正轨。

"艾玛。哦，艾玛。"他说。

我们坐在西尾街的一家咖啡馆里。我一直哭，偶尔会有人向我们投来怀疑的目光：那个女孩是谁？那个男人做了什么把她弄哭了？但是爱德华完全无视他们，把手温柔地放在我的手上，让我安心。

要去讲述这么可怕的事情，这本身就很可怕，我却觉得很特别。爱德华的关切完全不同于西蒙那种不安的愤怒。

他拿起我的陈述笔记。"我能看吗？"他轻声问。我点点头。他开始看，偶尔皱皱眉头。

"你给我留了什么留言？"我说。

"哦，那个，只是一个小礼物，事实上是两件礼物。"

他从身边拿起一只袋子，上面有一个粗体的"W"标志。

"给我的？"我惊讶地问道。

"我想请你陪我去一个非常乏味的场合，所以我想，至少应该为你置办些可穿的东西。但你现在不会有心情去想这些了。"

我从包里拿出一只"贝壳"。"你可以打开，如果你愿意打开。"他温和地说。

盒子里是一条项链。这不是普通的项链。我一直想要一条珍珠贴颈项链，就像奥黛丽·赫本在《蒂凡尼早餐》里戴的那种。不一样的是，这条项链是三排而不是五排，也没有吊坠。但是我已经能够想象这条项链戴在我脖子上的样子，就像领子一样，高耸，紧致。

"真漂亮。"我说。

我伸手去拿那只较大的盒子，但他阻止了我。"别在这里拆。"

"你要带我去的是什么场合?"

"某项建筑奖的颁奖礼。非常无聊。"

"你获奖了?"

"我想是的。"

突然,我感到很高心,冲着他笑了起来。"我回家换衣服。"我说。

"我跟你回去。"他说。

他站起来,在我耳畔低语道:"我知道,只要看到你穿上那条裙子,我就会想要你。"

此时：简

我醒来时，爱德华已经走了。感觉就像跟已婚男人的不伦之恋差不多吧？我想。这个想法让我稍微舒服了点儿。比如在法国，人们对类似的感情关系并不那么看重，像我们这种感情并非不正常。

当然，米娅觉得这将是另一场灾难。他永远不会改变，这种长久以来自我满足的家伙不会是什么好人。当我对此表现出反感时，她激动地说："简，你像个女学生一样幻想融化他心头的坚冰，但事实上，他只会轻而易举地伤透你的心。"

但是，我的心已经被伊莎贝尔伤碎了，我回想。爱德华已然进入了我的生活，所以，不让米娅知道他对我有多重要反而会让事情处理起来更轻松。

事实证明爱德华是对的："对于恋爱中的恋人来说，无欲无求就是完美。"我不必听他说他一整天要面对的那些琐事，也不去争论由谁扔垃圾，不需要讨论两个人的作息表，也没有家长里短的琐屑。我们在一起的时间远没有久到让彼此感到无聊。

昨天他没有脱掉我的衣服就让我得到了高潮。我注意到他喜欢这样，喜欢自己穿得整整齐齐而我只戴着项链，还喜欢用手指和舌头就让我浑身发抖。似乎这样仍令他觉得控制力不够：他要我失控。只有这样，他才会充分地让自己释放。

这似乎是他的一个挺有趣的特点,我一边下楼一边回味。门口有一小堆潮湿的邮件。我之前问过爱德华为什么不安装信箱,对于一栋精心设计的房子来说,这样的疏漏似乎很奇怪。他告诉我,因为富门大街1号建成时,他的合伙人大卫·希尔预测,电子邮件将在十年内完全取代纸质信件。

我飞快地看了一下这些邮件:大多是与即将举行的地方选举有关的政治宣传单,我觉得自己不一定会去投票;关于当地图书馆垃圾收集频率的辩论,这和我在富门大街1号的生活毫无关系;几封写给艾玛·马修女士的信。显然都是些垃圾邮件,我把收件人改成了卡米拉,然后丢到一边。

最后一封信是写给我的。信封看起来平平无奇,起初我认为这也是垃圾邮件。然后我看到了医保标志"医疗基金会",不由得心跳停顿了一下。

亲爱的卡文迪许女士,

　　验尸报告:伊莎贝尔·玛格丽特·卡文迪许(亡故)。

我同意进行尸检,去寻找答案似乎是正确的选择。当我按照预约去见吉福德医生时,他告诉我没有什么发现,但我会收到一封关于最终结果的信件。那已经是一个月前的事了。估计这封信一直被卡在邮局系统里。

我坐下来,头有点儿晕。反复把这封信读了两遍,试图去理解其中的医学术语。这封信从我怀孕期的简短病史开始,他们把时间节点设定为院方意识到我的状况有些不对的前一个星期,当时我的背很痛,于是去妇产科进行检查。他们做了一些测试,听了胎儿的心跳，然后把我送回家，我洗了个澡。当时我觉得伊莎贝尔的胎动很活跃，也就放心了。信中表明，他们的所有程序都是正确的，包括根据 NICE① 指南进行的耻骨联合-宫底高度测量。在对我的后续随访中，他们发现伊莎贝尔的心跳已经停止了。最后是尸检报告。一堆数字对我来说毫无意义，先是血小板计数和其他血液数据，其次是评述：

肝脏：正常。

一想到病理学家小心翼翼地摘除了她小小的肝脏，我的喉咙就收缩了。但报告上不止这些。

肾脏：正常。
肺部：正常。
心脏：正常。

我直接跳到结论部分：

虽然本阶段无法进行确切的诊断，但胎盘血栓形成的征兆可能指向部分胎盘早期剥离，导致窒息而死。

胎盘早期剥离。这种词听起来就像是咒语而不像是杀死我宝

---

① NICE 是指英国国家健康与临床优化研究所，是一个为促进健康、防治疾病而提供国家级指导意见的独立机构，是全球最大的国家级资助指南制定项目。截至 2002 年，已发表了超过 120 个指南。

宝的病因。看到这里，我又哭了起来，情不自禁地不断抽泣。泪水充盈了我的眼眶，吉福德医生的签名在湿透报告的泪水中看起来像是在液体中流动。无论如何，这份报告中的大部分词语我都无法理解。和我在办公室里共用一张办公桌的泰莎曾有助产士的经验。于是我决定把这封信带去我工作的地方，或许她可以告诉我更多的信息。

泰莎边仔细阅读这封信边不时关切地抬头看看我。她当然知道我曾经经历过死产：许多志愿在"保持希望"机构工作的女人都有类似经历。

"你知道这是什么意思吗？"她终于说。我摇摇头。

"是这样的，胎盘早期剥离是指胎盘破裂。实际上，这说的是胎儿早已无法获得营养和氧气了。

"他们真好心，用英文写这份报告。"我说。

"是的。但那可能另有原因。"

我看着她，觉得她话中有话。

"当你背痛时，"她慢慢地说，"到底发生了什么？"

"嗯，"我回想起来，"他们确认，由于我是第一次怀孕，那是我的过度焦虑导致的。但他们都非常好，我甚至不记得去做过那些他们说起的测试。"

"耻骨联合-宫底高度测量，这是一个医学术语，其实就是用卷尺来测量你肚子的大小，"她打断我说道，"虽然 NICE 指南提及每次孕检必须要做这一项，但这项检查并不会发现胎盘问题。心电图做了吗？"

"心脏监视器吗？是的，护士给做了。"

"她给谁看了心电图吗？"

我努力回想:"我想她打了电话给吉福德医生,并把结果读给了他,告诉他结果正常。"

"还有其他扫描检查吗?定期超声波?多普勒?"泰莎的声音变得严肃起来。

我摇摇头:"没有。他们让我回家,洗个热水澡,尽量不要担心。而且我觉得伊莎贝尔一直在踢我,所以以为他们是对的。"

"你说的'他们'是谁?"

"我想,应该是指护士。"

"护士还和其他人说话了吗?高级助产士?住院医生??"

"我不记得有。泰莎,到底怎么回事?"

"这封信措辞严谨,试图掩盖伊莎贝尔的死亡是出于医疗疏忽。"她直白地说道。

我盯着她看:"疏忽?怎么疏忽?"

"一般来说,一个健康胎儿的死亡由以下两个问题之一造成:其一是接生的问题,在你的案例中,这个原因显然不成立;第二个常见原因是,超时工作的助产士或初级医生未能正确分析监护报告。在你的案例当中,高级医生应该亲自检查结果,并针对你的背部疼痛给出报告——只要做一次多普勒扫描,就能发现胎盘问题。"我知道多普勒扫描,"保持希望"发起的运动的目标就是能让每个准妈妈都能做这个扫描,每个孕妇的费用大约为15英镑。英国国家医疗服务体系目前还没有把这个项目列为必检,除非高级医生明确要求。这是英国的死胎率高居全欧前列的原因之一。"恐怕你回家后感觉到的胎动已经不是正常的胎动,很有可能是孩子痛苦的挣扎。我们有这家医院的记录,他们一直人手不足,高级医生尤其不足。吉福德医生的名字一再出现,他的工作量太大了。"

我几乎没怎么听懂这些话，心里想着：但是他人很好啊。

"当然，你可以说这不是他的错，"她补充道，"只有证明确实是由高级医生造成了医疗事故之后，我们才能要求医院增加医护人员。"

我记得吉福德医生对我说过，即使他向我提早透露伊莎贝尔死了，在大多数情况下仍无法查出死因。他那么说，是否为了掩盖自己团队的失误？"我该怎么办？"

她把信还给我。"回信，索要所有的医疗记录副本，我们后续交由专家审查。但如果医院果真掩饰他们的疏忽，就要考虑提起诉讼了。"

彼时：艾玛

"《建筑师杂志》年度创新奖的得主是——"

主持人停了一下，打开信封。"蒙克福德事务所。"他宣布。

我所在的公司员工这桌大声欢呼。获奖建筑物的图片被投射到大屏幕上。爱德华起身往领奖台走去，一路上，他向祝贺他的人表示感谢。

这和西蒙带我去参加的那些杂志派对完全不一样，我想。

爱德华拿着奖杯朝麦克风走去。"我可能得把它摆在壁橱里。"他说，难以置信地看着手中的树脂玻璃奖杯。大家都笑了。"极简主义者还是能开开自己玩笑的，"紧接着，他的语调变得严肃起来，"有人曾经说过，一位好的建筑师和一位伟大的建筑师之间的差异在于：好的建筑师会屈服于诱惑，伟大的建筑师却不会。"

他停顿了一下。宽敞的空间里鸦雀无声，现场的建筑师们似乎都在留神聆听。

"作为建筑师，我们痴迷于美学，痴迷于创造出令人愉快的建筑物。但如果我们能认识到建筑本身真正的功能是让人抵制诱惑，那么也许，建筑……"

他有些迟疑，似乎在思考什么。

"……也许建筑其实与建筑物不同。我们都承认，城市规划也是一种'建筑'：高速公路网、机场……都是建筑的延伸。但，如何看待科技层面？如何看待我们漫步其中、潜伏其中、嬉戏其中的隐形的互联网之城？如何看待我们生活的框架结构、把我们拴在一起的无形纽带以及我们的抱负和渴望？从某种程度上来说，这些是否都属于建筑的结构？"

他又停顿了一下，然后继续说：

"今天早上，我和某人聊了一下，她之前在自己的家中被人袭击，她的私人空间被侵犯，财物被盗。就因为这个简单而悲剧性的事实，她对周围环境的态度发生了改变，甚至可以说被扭曲了。"

他没有看向我，但我觉得房间里的每个人都知道他是什么意思。

"建筑的真正功能不就是防患于未然吗？"他质问，"不就是惩罚罪犯、治愈受害者、改变未来吗？作为建筑师，我们为什么只把视线停留在建筑物的外墙上？"

一片寂静，观众现在看起来很困惑。他继续说：

"大家都觉得蒙克福德事务所服务的是小众高端客户。但我已经看到，我们的未来不能仅在丑陋的社会之外修建一些美丽的避风港，而是要建立一个不同的社会。"

他举起奖杯。

"谢谢你们把这个荣誉颁给我。"

掌声听起来很是礼貌，但环顾四周，我看到人们笑着互相挤眉弄眼。

我也鼓掌，比任何人都大力地鼓掌，因为站在台上的那个人是我的爱人，我才不管别人是不是在笑话他。

那天晚上我问起他的前妻。

我仍穿着那条裙子,但事后,我小心翼翼地把裙子脱下来,挂在墙板后的那个小壁橱里,随后只戴着那根项链回到他温暖的身边。

"律师告诉我,你的家人被埋在这里。"我试探性地问道。

"怎么?哦,"他说,"土地注册处的条款。"

他沉默了好一阵子。

"我认为我已经得到了答案:是她的主意,"他终于说,"她读了关于'人柱'的文章之后,说那就是她想要的。如果她死在我前面,她想被埋在我们自己的建筑物的门槛下。当然,我们从来没有想过——"

"人柱?"

"日本人所说的'人体支柱',据说这么做会给建筑物带来好运。"

"你不介意我问起她?"

"看着我。"他突然认真地说。我转过头看着他的眼睛。

"伊丽莎白很完美,用她自己的方式,"他轻轻地说,"但她已经是过去式了,这也是完美的一部分。而我们,则是当下。你是完美的,艾玛。我们不需要再说一次。"

第二天早上,他走了之后,我想在网上搜索关于他前妻的信息,但在"管家"系统上找不到任何相关结果。

他当时是怎么说的呢?人柱。我试着搜索。

我皱起了眉头。网上说,人柱不是指在建筑物下埋葬死者,而是要把人活埋在建筑下:

造新的房子或堡垒时把活人当作房子的一部分来祭祀的习俗非常古老。用人血浸泡基石和房梁的习俗遍布世界各地，这种令人作呕的习俗盛行于几世纪前的欧洲。毛利人的著名传统中，那人把自己的孩子埋在他新房子的一根柱子下。

我跳转到另一篇文章：

这种牺牲必须与建筑物的重要性相匹配。普通的帐篷或房子可以用动物来凑数，有钱人的房子可以用奴隶来牺牲，但是诸如寺庙或桥梁这样的神圣的结构，则需要具有特别价值的重要祭祀品，这种祭祀品将会给主持祭祀的人带来巨大的痛苦或不适。

有那么一刻，我产生了一个疯狂的念头，心想，爱德华的意思是否在说他牺牲了自己的妻子和儿子？然后我发现另一篇更有意义的文章：

今天，这种做法蔓延至世界各地的民俗中：新船下水时在船头砸一瓶香槟、在门柱下埋银块或者把常绿树枝铺设在摩天大楼上。亨利·珀塞尔（Henry Purcell）选择在威斯敏斯特大教堂的"器官下"埋下动物器官。在许多社会里，特别是在远东地区，很多建筑都把亡者的名字作为建筑物的名字，也许卡内基音乐厅或洛克菲勒广场之类的用慈善家来命名的建筑和上述祭祀没什么区别。

我长嘘一口气。回到床上,把鼻子埋在枕头上,搜寻他的踪迹:气味和身体的形状仍然留在床单上。我回味着他说的话:"这很完美。"然后面带微笑地转身入睡。

此时：简

"从前门走进去，到达房子的内部之前，你会穿过一道小而幽闭的走廊。这是一种经典的收放自如的建筑设计。这个例子很好地说明，爱德华·蒙克福德设计的房子虽然颇具创新性，但仍是以传统为设计基础的。更重要的是，这样的设计更加说明蒙克福德是一名重视用户体验的建筑师。"

导游正带着十来位参观者穿过厨房。"从用户反馈报告来看，在这个整体视觉效果都强调紧缩和克制的空间之内，用户们发现自己的食量比以前减少了。"

在我搬进来之前，卡米拉曾告诉我，偶尔，我可能需要开放富门大街1号供人参观。那时候我似乎并没有觉得有什么问题，但随着第一个开放日的日益临近，我越来越紧张了。我觉得展示的不仅仅是房子，连我也是展示内容的一部分。几天前，我就已经把房子打扫干净，小心翼翼地不去违反任何一条守则。

"建筑师及其客户长期以来都想要创造具有目标感的建筑物，"导览继续说道，"银行之所以看起来坚不可摧，部分原因是因为委托建造银行的那些人想要向潜在的存款人灌输信念。法庭的设计则要求建筑物具备对法律和秩序的尊重。宫殿的设计旨在震撼和压制那些走进来的人。如今，随着科技和心理学的发展，一些建筑师对这些内容的应用远超以往。"

导游很年轻，时髦的须型似乎有些过度修饰，但我从他那种权威的气场中感觉到，他可能是某间大学的讲师。但看上去不是所有的参观者都是学生，有些可能只是好奇的邻居或游客。

"你们可能没有意识到这一点：现在就像是在一种复杂的超声波场中游泳，这是一种增强情绪的波形。想象一下，一家医院，其结构本身就成为治疗过程的一部分，或者能帮助痴呆症患者恢复记忆。这栋房子可能看起来很简单，但它所承载的远景非同一般。"

他转过身来，走向楼梯。"请排成纵队跟着我，上台阶时请特别小心。"

我留在楼下没有上去，能听到导游正在向大家说明卧室的照明将如何调整用户的昼夜节奏。我等他们下来之后才走上楼，好让自己稍微有点隐私。

我上楼之后被吓了一跳，因为有一个男人仍留在我的卧室里。他把壁橱打开，虽然是背对着我，但我还是能够很确定他在看我的衣服。

"你他妈到底在干什么？"我叫道。

他转过身来。他是参观者中的一个，无边框眼镜后面的双眼显得苍白而平静。

"我在看你是怎么叠衣服的。"听起来稍微有点口音。可能是丹麦语，也许是挪威语。大约三十岁的样子，穿着军装风格的连帽防寒短上衣，发型干净，发际线较高。

"你怎么敢！"我当场就爆发了，"这是我的隐私！"

"住这栋房子里的人都不该有隐私。你签了字，还记得吗？"

"你是什么人？"他看起来知道得挺多，不像是个观光客。

"我之前申请过，"他说，"我曾经申请住在这里，申请了七次。我会是一个完美的人选，但他选择了你。"他再次转身面朝壁橱，飞快地把我叠好的T恤再次叠好，码得像商场里一样整齐。"爱德华看中了你什么？我觉得大概是看重可以跟你做爱吧。女人是他的弱点。"我气得喘不过气来。这个精神错乱的男人站在我的卧室里，让我几乎要昏过去了。"他受到修道院和宗教社区的启发，但他忘了妇女被禁止进入那些地方是有原因的。"他拿起一条裙子，灵巧地两三下叠好。"真的，你应该离开。你走了，爱德华会变得比现在好很多，就像其他人一样。"

"什么其他人？你在说什么？"

他冲我一笑，笑得像孩子一样甜蜜。"哦，他没有告诉过你吗？你之前的那些人。你知道吗？没人能坚持下去。这才是问题的关键。"

"他是个疯子，"我说，"好可怕。说得他好像认识你一样。"

爱德华叹了口气："我想，从某种程度上来说，他认识我。或者至少，他认为他认识我。他了解我的作品。"

我们坐在用餐区。爱德华带了葡萄酒，精致的意大利葡萄酒。不过此时的我仍然在发抖。自从搬进富门大街1号之后，我还从来没有喝过酒。"他是谁？"

"我办公室的同事们管他叫'我的追踪者'，"他笑了起来，"那当然是个笑话。这个人实际上人畜无害，叫约根什么的。他本来在攻读建筑学学士学位，之后因为有些精神问题，就退学了。他对我设计的建筑物有些痴迷，这不是什么稀罕事，巴拉甘、柯布西耶、福斯特……这些人身边都有些烦人的追踪者，都觉得和他们之间有些什么特别的关系。"

"你有没有报过警?"

他耸耸肩:"什么意思?"

"爱德华,你当真看不出来有什么问题吗?艾玛·马修死的时候就没人去查查这个什么约根在不在附近?"

他谨慎地看了看我。"你不会还在想这件事吧?"

"就是刚才在这里发生的事情,我当然还在想!"

"你还和你那个男朋友联络吗?"听起来,如果我那么做了,他不会高兴。

我摇摇头:"他没再回来过。"

"好的。你相信我,约根不会伤害任何人。"他喝了口酒,然后弯下腰吻了我。他的嘴唇像吃了葡萄一样甜。

"爱德华……"我推开他。

"怎么?"

"艾玛和你是情人吗?"

"这有关系吗?"

"没关系。"我说。当然,其实我觉得有关系。

"我们交往过一小段时间,"他终于说,"在她死之前,早就结束了。"

"曾经就像……"我不知道自己为什么要这么问,"就像我们现在这样吗?"

他凑到我身边,双手捧着我的头,盯着我。"简,听我说,艾玛是个迷人的女人,"他轻声说,"但她已经是过去了。现在,我们之间的一切,如此完美。不要再提起她了。"

虽然他那样说，但我心中还是有一个疑惑没有完全揭开。

我知道，只有深入了解他所爱过的女人，才更能了解他。

我要在他内心筑起的高墙下打出一条地道，好拉近我和他之间的距离。

第二天早上，他走了之后，我把之前在艾玛睡袋里发现的名片找了出来。卡罗尔·扬森，执业心理治疗师。上面有网址和电话号码。我准备在笔记本电脑上查一下，下午那个站在我卧室里的男人说的话提醒了我：住这栋房子里的人都不该有隐私。你签了字，还记得吗？

我拿起手机，走到客厅最远处的角落，我在那儿发现了邻居家的未加密宽带信号。信号非常微弱，但已经足以让我打开卡罗尔·扬森的网站。她拥有综合心理治疗的证书，擅长领域：为创伤后受压力和被强奸者提供咨询，以及缓解丧亲之痛。

我拨通了这个号码。

"你好，"电话那头一个女人应答后，我说，"我最近失去了亲人，不知道是否能来您这里咨询一下？"

6. 跟你很亲近的人向你坦承他们醉驾撞了人。后来他们戒酒了。你有义务向警方报案吗？

1）报案

2）不报案

彼时：艾玛

爱德华准备做饭就像外科医生准备做手术，在开始制作前，要把所有应用之物都在固定的位置上摆放整齐。今天他带来了两条活的龙虾，巨大的钳子用带子扎了起来，活像一副拳击手套。我主动要求帮忙，于是他给了我一个"大根"让我来切碎，那是一种腌制过的日本白萝卜。

他今晚很开心。我心里其实希望这种开心是因为跟我在一起，但他说是因为有好消息。

"因为我在《建筑师杂志》颁奖典礼上的感言，艾玛，有人听了这个发言之后，要我们提交设计作品去参加竞标。"

"大项目？"

"非常大。如果我们中标，新城镇将全部由我们来设计建造。这将是实践我之前所说的那些设想的绝好机会：不仅仅是建筑物的设计，可能是一个全新的社区设计。"

"一整座这种建筑的城镇？"我看着富门大街1号的极简主义设计说道。

"有什么不可以？"

"我只是不敢相信大多数人会想要这样生活。"我说。我没告诉他，每当他要来这里时，我都得发疯般地将脏衣服飞快地塞到壁橱里，把盘中吃了一半的食物往垃圾桶里倒，把杂志和报纸藏在沙发靠垫下。

他说:"这风格行不行得通,可以由你来证明,你就是一个被建筑改变的普通人。"

"我是被你改变的,"我说,"而且我不认为你能和整座城镇里的人做爱。"

他带来一些日本茶,用来搭配龙虾。茶叶被包在一个小小的纸包里,看起来就像是折纸游戏。他说这种茶产自宇治地区,日本名称叫作"宝石露珠"。我试着学习他的发音。他纠正了我好几次,然后假装嫌弃地放弃了。

不过,当我用那只艺术茶壶泡茶时,他的反应就完全不是假装的了。"那是什么?"他皱着眉头问。

"这是西蒙送给我的生日礼物。你不喜欢吗?"

"我想,这东西泡茶还行。"

然后他泡上茶,开始处理龙虾。他拿起刀,将刀锋滑进头甲之下。随即,他快速地把龙虾头拗断,发出了"咔"的一声。他处理尾巴的时候,龙虾的腿不断地抽搐。他往每侧都切上一刀,龙虾肉于是顺利地滑了出来,看起来就像一坨灰色的软骨组织。随后,他几下就将棕色的外皮去掉,在冷水下再次冲洗龙虾尾,将其切成刺身。蘸料是用柠檬汁、大豆和米醋调制的。他只花几分钟就调好了。

我们用筷子吃饭,一件接一件地做,最后还是上了床。我几乎每次都是在他之前达到高潮,今晚也不例外。我很怀疑他连做爱都要深思熟虑,考虑周详,就像做其他所有事情一样。

我很想知道有什么事情能让他失去控制,什么样的启示或不为人知的真相能让他放开对自己如此严格的约束。总有一天会让我发现的，我想。

正当我快要迷迷糊糊睡过去的时候，我听到他低声问："你现在是我的，艾玛，你知道吗？你是我的。"

"嗯，"我困倦地说，"我是你的。"

我醒来时，他已经不在身边。我走到楼梯口，看见他在楼下整理用餐区。

我还是很饿，准备下楼跟他一起收拾。在楼梯上走到一半，我看到他拿起西蒙的茶壶，小心地把茶叶渣倒进水槽。突然，"啪"的一声，地上满是茶壶碎片。

看到他抬起头，我觉得自己必须发点儿声音出来。"我很抱歉，艾玛，"他平静地说，紧握双手，"我应该先把手擦干的。"

我想过去帮忙，但他拦住了我："你赤着脚，别下来，会弄伤你的。"

"当然了，我会帮你再买一个，"他说，"芬兰的玛莉美歌有一款就挺不错，包豪斯的也挺好。"

我还是走进了厨房，蹲下来捡碎片。"没关系，"我说，"只是一只茶壶而已。"

"是的，一点都没错，"他理性地说道，"只是一只茶壶。"

我感到一点奇怪的小兴奋，因为被占有，因为被满足。你是我的。

此时：简

卡罗尔·扬森的诊所位于皇后公园的宁静绿荫之中。一打开门，她的表情就非常奇怪，看起来很吃惊的样子。但一会儿就恢复了平静，把我领进客厅。她让我坐到沙发上，解释说这只是一个探索性疗程，看看她是否能帮到我。如果我们决定继续，那么我们每周将会固定时段地进行治疗。

"这么问吧，"她说完那些程序之后正式向我提问，"简，你为什么想要找我来治疗？"

"好吧，有几件事，"我说，"主要是因为我在电话里提到过，我曾经产下过一个死胎。"

卡罗尔点点头。"谈及悲伤，可以让我们有一种间离感，将有用的情绪与破坏性的情感分开。还有其他原因吗？"

"是的。我认为你治疗过一个和我有某种联系的人，我想知道是什么让她感到烦恼。"

卡罗尔·扬森坚定地摇了摇头。"我不讨论其他客户。"

"我觉得这件事有点儿不同寻常。你知道，她已经死了。她叫艾玛·马修。"

我没看错：卡罗尔·扬森的眼中流露出的肯定是震惊，但来得快去得也快。"我还是不能告诉你艾玛和我谈过什么，客户的受保密权利不会因为死亡而中止。"

"我看起来和她有点像,是吗?"

在点头之前,她犹豫了一会儿。"是的,我一开门就注意到了。我猜你大概是她的亲戚吧?她的妹妹?我感到很遗憾。"

我摇摇头:"我们从来未见过。"

她看起来很困惑:"如果你不介意我问的话,那你跟她到底有什么关系?"

"我和她租住了同一栋房子,她去世时住过的房子,"现在轮到我犹豫了,"我正在和她曾经交往过的男人交往。"

"西蒙·韦克菲尔德?"她慢慢地说,"她的男友?"

"不,虽然我在他来送花的时候见过他,但我说的男人是造那栋房子的建筑师。"

卡罗尔盯着我:"我先确定一下我理解的是不是准确:你住在富门大街1号,和艾玛一样;你也是爱德华·蒙克福德的情人,和艾玛一样。"

"没错。"爱德华曾谈起过他与艾玛的关系,似乎很短暂,但我不想用这些信息来误导她。

"鉴于这种情况,我可以告诉你,在疗程中,艾玛和我都说了些什么,简。"她低声说道。

"你之前说的那些保密权利呢?"我很惊讶机会得来如此全不费工夫。

"是。你知道,在某种特殊的情况下,我们可以不受职业保密责任的约束,"她停顿了,"只要不对客户产生伤害,同时又可以防止别人受到伤害。"

"我不明白你的意思,"我说,"什么伤害?给谁造成伤害?"

"我在说你,简,"她说,"我认为你可能处于危险之中。"

彼时：艾玛

"迪恩·纳尔逊偷走了我的幸福，"我说，"他将我的生活砸个粉碎，让我害怕所遇见的每一个男人。他让我对自己的身体感到羞耻。"

我停顿了一下，端起玻璃杯喝了口水。法庭很安静。长凳上坐着一男一女两名治安法官，目不转睛地看着我。这里很热，米色房间里连扇窗户都没有，律师假发下的脸都有些出汗了。

法庭里装了两块屏风，这样对方就看不见我了。我可以感觉到迪恩·纳尔逊就在屏风后面。但我不觉得害怕，恰恰相反，我觉得这混蛋必须去蹲监狱。

我宣读自己的受害者个人陈述时一直在哭，但现在，我提高了音量。"我搬家是怕他再回来找我，"我说，"因为这个，我的脑子里反复出现当时的场景，并且伴有失忆症，因此不得不去看心理医生，男朋友也因为这事跟我分手了。"

纳尔逊的律师是个瘦小的女人，她在律师袍下穿着一身优雅的"力量型西装"，突然若有所思地抬起头来，在本子上记了些什么。

我对迪恩·纳尔逊可能获得保释作何感想？我说我感到恶心。我被他用刀尖顶着，然后被他用最耻辱的方式抢劫之后再强奸，我很清楚他会干出什么事。我一想到他能继续自由自在地走在马路上就害怕不已。只要他待在监狱之外，我就感到恐惧。

最后一点是克拉克警探提醒我增加的内容，这一点是针对纳尔逊的律师辩称"她的委托人无意接近我"。如果他重获自由会让我感受到实实在在的威胁，那么我就有可能撤回我的证词，整个审判就会陷入混乱。现在，我是这个法庭上最重要的人。

两名治安法官都盯着我看。旁听席上也是一片沉默。刚开始陈述的时候，我还有点紧张，但现在，我感到自己充满了力量，一切都在掌握之中。

"迪恩·纳尔逊不仅强奸了我，"我说，"他还让我生活在恐惧之中，害怕他把他所拍下的视频传给每个认识我的人。他非常善于威胁和恐吓。我希望法庭能根据实际情况来驳回他的保释申请。"

太棒了。我的脑海里有个小小的声音在欢呼。

"谢谢你，马修小姐。我们一定会非常认真地考虑你的意见，"那位男法官和蔼地说道，"如果你愿意，你可以在证人席稍事休息，感觉好些之后，就可以离开了。"

法庭上仍是一片沉默。我收拾起自己的东西之后，看到纳尔逊的律师站起来向法官走去。

此时：简

"你说危险，是什么意思？"我一开始觉得卡罗尔·扬森说的话很好笑，但从她的表情看来，她非常认真，"这危险当然并非来自爱德华。"

"艾玛告诉我……"卡罗尔欲言又止地皱起眉头，好像接下来的话让她非常为难，"作为一名治疗师，我花了大量时间帮助病人解析他们的无意识行为模式。当有人问我：'为什么所有男人都是这副德行？'我会回答：'为什么你们看上的男人都一个样？'弗洛伊德把某些行为定义为'强迫性重复'。也就是说，有些人重复上演同样的性心理悲剧，把同样的角色赋予不同的人。在潜意识或意识层面，他们希望重写结局，以纠正之前所犯的错误。尽管如此，同样的缺陷和瑕疵仍难以避免地重复出现，最终以完全雷同的方式毁掉这段感情。"

"这与艾玛和我有什么关系？"我问道，不过我已经开始猜到她想要说什么了。

"在所有的感情关系中，都有两种'强迫性重复'同时起作用——男方的和女方的。他们的互动可能是良性的，但也有可能极具破坏性，非常可怕的破坏性。艾玛的自尊程度本来就很低，遭受性侵犯之后，像许多受害者一样，她的自尊程度一降再降，把责任都揽在自己身上，当然这是不对的。她在爱德华·蒙克福德身上,从某种程度上得到了她自己所期待的虐待。

"等一下,"我很震惊地说道,"爱德华是施虐者?你见过他?"

卡罗尔摇摇头。"我是从对艾玛的诊断中得出这个结论的。顺便说一句,这并不容易。她总是不愿意对我敞开胸怀,那是自轻自贱的典型症状。"

"根本不可能,"我面无表情地说道,"我知道爱德华是怎样的人。他从不打人。"

"并不是所有的虐待都是施加在肉体上的,"卡罗尔静静地说,"对绝对控制的渴求也是一种虐待。"

绝对控制。这几个字就像是抽了我一记耳光。因为我知道这个描述非常适合爱德华。

"只要艾玛能够配合,只要艾玛允许自己被人控制,爱德华的行为对她来说就是合理的,"卡罗尔继续说,"这些应该都是有迹可循的:屋子里的奇怪布置,就连最小的细节都需要他来帮她作决定,或者将她和她的朋友和家人分开。这些都符合自恋、反社会人格的典型症状。当她试图摆脱他时,真正的问题才开始浮出水面。"

反社会人格。我知道专业人士不会像普通大众那样乱用这种术语,但即便如此,我仍忍不住想到了艾玛的前男友,卡罗尔口中的那个西蒙·韦克菲尔德在房子外面说的那段话:"他先给她洗脑,然后杀了她……"

"我所描述的场景耳熟吗?"她提示。

我没有直接回答她这个问题。"艾玛怎么了?我是说,之后都发生了什么?"

"最后，在我的帮助下，她开始意识到与爱德华·蒙克福德的情感关系极具破坏性。她和他分手了，但分手后的她，情绪变得非常低落，甚至有点偏执，"她停了一下继续说道，"然后她就不再和我联系了。"

"等等，"我困惑地说道，"你怎么知道是他杀了她？"

卡罗尔·扬森皱着眉头说："我并没有说他杀了她，简。"

"哦，"我放下心来说道，"那你说的到底是什么意思？"

"她的抑郁、她的偏执、她所有的消极感，还有对感情关系的自轻自贱状态——在我看来都是他一手造成的。这无疑是造成她死亡的重要原因。"

"你觉得她死于自杀？"

"是的，这是我的专业意见。我觉得艾玛是在抑郁症严重发作的时候自己从楼梯上跳下去的。"

我陷入了沉思。

"和我说说你与爱德华的关系吧。"卡罗尔说道。

"好吧，有点奇怪。从表面上看，这段感情和你说的那些没什么相似之处。事情是在我搬进去不久开始的，他很清楚地向我表明他想要我，而且明说了：他和我不是传统意义上的感情关系。他说——"

"等等，"卡罗尔打断了我，"我先去拿个东西。"

她离开房间一会儿就拿着个红色的笔记本回来了。"这是艾玛的诊疗记录，"她打开本子后说，"请继续说。"

"他说，没有约束的感情——"

"才是纯洁的。"卡罗尔顺着我的话头接了下去。

"是的，"我盯着她说道，"这的确是他说的。"看起来，这句话他以前也对别人说过。

"根据艾玛的叙述,爱德华是一个极端病态的完美主义者。你觉得他是吗?"

我不情愿地点点头。

"不过,无论重来多少次,逝去的情感关系都无法被修复。之后的每一次失败都强化了那些不幸。换句话说,随着时间的推移,行为模式变得更加明显,也更加令人绝望。"

"人难道不会改变吗?"

"奇怪的是,艾玛曾经问过我一模一样的问题。"她想了一会儿,说道:"有时候是的。但即便在一个好的心理治疗师的帮助之下,那也是一个痛苦而困难的过程。觉得自己能够从根本上改变一个人,这种想法本身就是一种自恋。唯一能真正改变你的人,只能是你自己。"

"你刚才说我就快要变成她了,"我反驳,"但从你刚才描述的来看,她和我完全不一样。"

"也许吧。但你告诉我,你曾经有个孩子死了,这难道对你打击不大吗?从某种程度上来说,你们俩都遭受了重大打击,然后他出现了。反社会人格往往会被脆弱的人吸引。"

"为什么艾玛不再找你继续治疗?"

卡罗尔的脸上掠过一丝悔意:"老实说,我不知道。如果她能够坚持治疗,可能现在还活着。"

"她身上一直带着你的名片,"我说,"我在富门大街1号的阁楼里找到了一个睡袋,还有一些食物,看起来她一直在那阁楼里睡觉。她肯定还想打电话给你。"

她缓慢地点点头。"我想这一定意味着什么。谢谢你。"

"不过，我觉得你说的其他那些不太对。艾玛感到抑郁，是因为爱德华跟她分手了，而不是因为他在控制她。而且，如果她是自杀——诚然，这是一件极为令人悲伤的事情，但那不是他的错。正如你所说的，我们都要为自己的行为负责。"

卡罗尔伤感地笑了笑，随后摇了摇头。我看得出来，她之前听过类似的话，甚至艾玛可能也说过。

突然间，我觉得自己受够了这个房间，受够了它的装饰物，受够了它的杂乱，受够了它的靠垫和纸巾，受够了关于心理治疗的废话。我站了起来。"谢谢你能见我。刚才这些很有意思。但我并不想和你讨论我的女儿，也不想讨论爱德华。我不会再来了。"

彼时：艾玛

由于法庭采取了"特别措施"，宣读完受害人陈述后，我不能前往旁听席，于是我在法庭外面走来走去。一会儿，克拉克警探和维尔岚警长急匆匆地走了出来，看起来情况不太妙，检方的律师布鲁姆先生和他们一起走出来。

"艾玛，来这边。"维尔岚警长说。

"怎么了？发生了什么事？"我问。他们把我带到大厅的另一头。纳尔逊的律师一出现在法庭门口，我就立刻回头看向她。一个穿西装的黑皮肤少年和她在一起，他转向我的方向，我从他的眼神中看出来他认出了我。他的律师说了些话，他便转身面对着她。

"艾玛，治安法官已经批准了保释，"维尔岚警长说，"对不起。"

"什么？"我说，"为什么？"

"治安法官同意辩方律师费尔德女士的说法，认为我们的案件调查不力。"

"不力？这是什么意思？"我说。西蒙从通向旁听席的另一道门那里出现，径直向我走来。

"程序上的不力，"克拉克警探严肃地说，"主要是鉴证方面。"

"你是指没有采到DNA？"

"而且没有指纹。"检方律师说。

克拉克警探看都没看律师一眼，说："因为案发时的案件定性是入室盗窃，不牵涉强奸，因此值班警官没有采集指纹。"

他叹了口气。

"过一段时间，我们可能会组织一次嫌疑人辨认，纳尔逊也会在其中。不过，你之前说他当时穿着套头风雨衣，这种指认的意义不大。很不幸的是，聪明的律师都会指责警方草率地得出结论。"

"如果是这样，为什么不现在就做嫌疑人指认？"我说。

克拉克和律师对视了一眼。

"审讯期间指认可能会有所帮助。"律师深思熟虑地说道。

"有一点非常重要，艾玛，"克拉克警探说，"今天你是否看到了被告人？"

我摇摇头。毕竟，我不知道我看到的那个人到底是不是纳尔逊。即便如此，凭什么因为警方无能他就能脱罪？

"我想我们应该再考虑一下。"律师点点头说道。

"艾玛？"西蒙绝望地叫道，打断了我们对话，"艾玛，我知道你是认真的。"

"什么是认真的？"我说。

"因为那个混蛋，我们才分手。"

"什么？不，"我摇着头说道，"我在出庭，西。我没有……我不会回头了。"

"艾玛。"爱德华在我们身后冷静而威严地开口。我感激地朝他转过身。"做得好，"他说，"你非常棒。"他把我拥在怀里。西蒙总算明白发生了什么，我看到他脸上的惊恐。

"上帝啊，"他低声说道，"上帝啊，艾玛。你不可以。"

"什么不可以，西蒙？"我挑衅地说，"我没有选择约会对象的权利？"

当警官和布鲁姆意识到他们被搅和到了一桩情感纠葛之中时，都低下头看着自己的脚背。像往常一样，爱德华掌控了局面。

"跟我来。"他说。他环拥着我把我带走。我回头看到西蒙盯着我们，脸上满是无声的痛苦和愤怒。

此时：简

周末，爱德华带我去了大英博物馆，那里的一名助理馆员打开一只柜子，把我们留在那里细看一件史前小雕塑，这件雕塑已经被时间打磨得非常光滑，看得出是一对恋人。

"这件雕塑足有一万一千年历史，描绘了世界上最古老的性爱场景，"爱德华说，"雕塑来自一个叫作'纳图夫人'的文明，他们是第一个开始修建社区的文明。"

我的注意力完全无法集中，脑子里满是同一个念头：他之前对艾玛说过完全相同的话。鉴于卡罗尔从没见过爱德华，所以她的一些话不一定准，但红色笔记本上记下来的证据不容忽视。

不过我转念一想，每个人不是都有些口头禅和经常说的习惯用语吗？每个人都对不同的人，有时甚至是同一个人说出同样的话，做出同样的事。有谁敢说自己永不重复？"强迫性重复"这种词难道不是花哨的术语吗？

随后，爱德华把雕塑交给我。一瞬间，我的注意力集中到了这个东西上面。我想，几千年来，人类一直在做爱，多么令人不可思议。不过，当然，这是历史长河中人类一直坚持在做的少有的几件事之一：一件世代相传的事情。

后来我问爱德华是否可以去看看埃尔金大理石雕塑，但他并不想去。"公共区域全是游客。此外，我规定自己每次去博物馆只看一件展品。多看一件，大脑就会超载。"他开始顺着原路返回。

我回想起卡罗尔·扬森的话。只要艾玛配合，只要她允许自己被他所控制，爱德华的行为对她来说就都是合理的……

我停下来："爱德华，我真的很想去看看。"

他困惑不解地看着我。"好吧。但不是现在。我要去请主管安排一下，闭馆之后我们再回来。"

"现在就去，"我说，"必须现在就去。"我知道我听起来很紧张，也很幼稚。助理馆员皱着眉头从桌子上抬起头来。

爱德华耸耸肩："好吧。"

他带我从另一扇门进入博物馆的公共区域。人们像珊瑚上的鱼一样在展品周围拥动。爱德华目不斜视地穿过他们。

"在这儿。"他说。

这个房间比其他地方的人更多。手拿速记板的学生们用法语不停地说着话。"文化僵尸"们听着音频导游，频频点头。夫妇们手牵着手，像两扇连体门一样在展厅晃荡。推婴儿车的人、背包客、自拍者……除此之外，就是金属栏杆后面那些破碎的雕像和浮雕。

绝望。我想看得仔细些，却感到手握千年雕塑的那种魔力已经消失，不可复得了。

"你说得对，"我凄惨地说，"真可怕。"

他笑了。"在最好的时代，这些作品都很无聊。如果不是为了占有，没人会看它们第二眼。连来自帕台农神庙的建筑都像下水道里的污水一样无聊，讽刺的是，它却被视为希腊帝国力量的象征。所以，就应该让贪婪的资本偷去其中的一部分。我们走吗?"

我们去了他的办公室,取了一只皮制旅行袋,然后去鱼市场取爱德华之前预订的食材。鱼贩抱歉地说道:爱德华的订单上有一条鳕鱼,但他只能换成安康鱼。"价格当然不变,先生,虽然安康鱼的价格比较高。"

爱德华摇摇头:"我做的菜需要鳕鱼。"

"我能怎么办,先生?"鱼贩伸出双手,"没抓到鳕鱼,你叫我拿什么卖给你?"

"你是说,"爱德华慢慢地说,"今天整个比林斯盖茨鱼市场都没有一条鳕鱼?"

"除非愿意付高得离谱的价钱。"

"那你为什么不付钱买?"

鱼贩的笑容僵住了。"安康鱼更好,先生。"

"我订的是鳕鱼,"爱德华说,"你令我失望。我不会再到你这里买东西。"他转身就走。鱼贩耸了耸肩,用好奇的眼神看了我一眼,转头继续把鱼切块。我觉得脸颊开始发烫。

爱德华在街上等我。"我们走吧。"他伸手扬招出租车,有辆车立即掉头停到我们身边。这是他独有的本事:我发现出租车司机总会注意到他。

我从来没见过他生气的样子,所以不知道他的坏心情会持续多久。不过他开始平静地谈论其他事情,就好像刚才的争执从没有发生过。

如果卡罗尔说得没错,如果他真的有反社会人格,那么他现在难道不是应该大声咆哮吗?很多迹象表明,她对他的判断不准确。

他看了我一眼,说:"简,我觉得你没在听我说话。你还好吗?"

"哦,对不起。我有点分心了。"一定不能让心理治疗师对我说的那些话影响到我们。我指指旅行袋:"你要去哪里?"

"我觉得我应该搬来和你同住。"

一瞬间,我觉得自己是不是听错了。"搬过来住?"

"当然了,如果你允许我搬过来的话。"

我有点吃惊:"爱德华。"

"太早了?"

"我从来没有和任何人同住过。"

"因为你从来没遇见过对的人,"他理性地说道,"我明白,简,因为我认为,在某些方面,我们是一样的。你独立,重隐私,有点冷漠。这就是我爱你的众多原因之一。"

"是吗?"我说。虽然我其实在想:我冷漠吗?爱德华说了"爱"这个字吗?

"你不明白吗?我们让彼此变得完美,"他抚摸着我的手说,"你让我快乐。我想,我也可以让你开心。"

"我现在很开心,"我说,"爱德华,你已经让我很开心。"我微笑着对他说,因为事实就是如此。

彼时：艾玛

爱德华再来的时候，带了一只旅行袋，还有打算用来炖煮的鱼。

他把东西放上料理台，然后对我说："炖出好的杂烩鱼汤的窍门在于多放大蒜辣椒酱，很多人吝于在酱中放藏红花。"

"我不知道杂烩鱼汤和藏红花是什么。你准备出门吗？"我看着他的旅行袋问道。

"可以这么说，是'出门'。也可以说是'回家'，如果你肯收留我。"

"你是想在这里存放东西吗？"我惊讶地说道。

"不，"他被逗笑了，"我要存放的只有我自己。"

这只旅行袋和他的其他物品一样美丽，皮面柔软，用的是马鞍的抛光工艺。拎手下面低调地绣着"斯韦因·安德尼①，皇室指定箱包制造商"。我把包打开，发现里面的一切都整理得像汽车发动机一样紧凑。我把它们一件件地拿出来，边拿边细看。

半打川久保玲衬衫，全都是白色，而且熨烫得笔挺，叠得整整齐齐。两条查维特丝绸领带。苹果笔记本电脑。佛罗伦萨皮面笔记本。钢制活动铅笔。哈苏数码相机。一卷棉布包裹着三把日本刀。

---

① 斯韦因·安德尼（swaine adeney），创建于1750年的英国皇室雨伞供应商。

"别碰，"他警告，"这刀很锋利。"

我把刀重新裹好，放到一边。一个化妆包。两件黑色羊绒套头衫。两条黑色长裤。八双黑色袜子。八条黑色平角短裤。他真的要住进来？

"我办公室里还有几件东西，西装之类的。"

"东西这么少，你要怎么生活？"

"我还需要什么呢？"他说，"你没有回答我的问题，艾玛。"

"有点突然。"我虽然嘴上这么说，但内心的喜悦不断翻腾。

"你可以随时把我赶出去。"

"我为什么要赶你出去？倒是你会厌倦我。"

"我永远不会厌倦你，艾玛，"他认真地说，"在你身上，我总算发现了一个完美的女人。"

"但，为什么呢？"我问。

我不明白。我以为我们之间只是一段不受约束、不负责任的关系，或者其他类似的关系。

"因为你从来不问，"他理性地说，回头看了看鱼，"把那些刀给我好吗？"

"爱德华！"

他假装叹了口气。

"哦，好吧。那是因为你身上有些东西，有些充满活力的东西，让我也获得了重生。你的冲动，你的外向，你身上的一切都是我所不具备的。因为你与我所认识的其他女人都不一样，因为你已经重新激起了我活下去的欲望。因为你就是我所需要的一切。这么解释够了吗？"

"目前来说够了。"我说，脸上露出抑制不住的笑容。

7. 你的朋友向你展示了她的工作，她自我感觉良好，但事实上并不怎么样。你会怎么做：

　　a）诚实而冷静地提出批评

　　b）建议她作些许小改动，看看她是否接受

　　c）转移话题

　　d）敷衍地说些鼓励的废话

　　e）告诉她，她已经做得很好了

此时：简

"我有一种感觉，你要的其实是一句道歉，"医院的调解员说，她是一名中年妇女，身着灰色羊绒衫，态度恳切，满脸同情，"对不对，简？如果医院管理层对你的遭遇表达歉意，会不会让你感觉好受些？"

憔悴的吉福德医生坐在桌子的另一边，旁边是医院的行政管理人员和律师。调解员琳达坐在桌子的最远端，以示中立。泰莎坐在我旁边。

从琳达的措辞中，我发现她在设法把"道歉"降级为"理解"，有点像那些狡猾的政治家嘴里的道歉——当民众表示抗议的时候，他们会说他们"很遗憾"。

泰莎把手放在我的手臂上，意思是由她来应对。她开口了："必须承认，"她一字一顿地说，"医院确实犯了本应避免的错误，而这种错误直接导致了伊莎贝尔的死亡。贵院能认识到这一点，作为第一步，我们还是很欢迎的。"

琳达叹了口气，我们并不清楚这声叹息究竟是出于职业化的同情还是由于她意识到自己面对的是一个难缠的对手。"站在医院的立场上——德里克，我如果说错了，请你纠正——他们宁愿把宝贵的公共基金用于治疗病人而不是花在诉讼和律师费用上。"她转向与会的医院行政管理人员。

"很好,"泰莎理性地接住话头,"如果医院能为每个准妈妈都做一次多普勒扫描,我们今天就不会坐在这里了。与你所说的恰恰相反,正是有人拿着这笔费用去和统计出来的概率作比较之后,发现出了错再赔钱并支付律师费用,反而比提供扫描更加合算。假如没有'保持希望'这样的组织促使这种不人道行为的失误成本和时间成本大幅提高,这种情况将会持续下去。"

我心想,第一轮泰莎赢了。

行政管理方的德里克开始发言:"如果我们暂停吉福德先生的工作,会导致这件事正式被列为 SUI 事件。吉福德先生的工作将不得不被临时工替代,就会有更多的病人没有办法得到这位经验丰富且受人尊敬的专家的照顾。"

SUI 是指严重医疗事故①。令人痛苦的是,我慢慢开始熟悉那些行话:间歇性听诊、CTG 监测、产程图……我之前所在的生育中心的人员比例、我应该在分娩室……

就在泰莎正式要求调阅我的病历之后,医院方面召集了这次会议。很明显,他们想用那封虚情假意的来信蒙混过关。如果没有泰莎,他们已经把我糊弄过去了。一想到这个,我就感到无比愤怒,这愤怒不亚于丧女之痛。

"事情是这样的,"泰莎在来开会的路上向我解释说,"如果最后谈到赔偿,那么对他们来说,会是一个代价昂贵的案子。"

"为什么?"我知道对意外死产的赔付少得可怜。

"实际的赔偿部分可能不会太多,但是对工作收入部分是有补偿的。你曾有一份薪酬很高的工作,如果伊莎贝尔没有死亡,

---

① 原文为 Serious Untoward Incide。

你休完产假就会回去上班，对吗？"

"我想是的。但是……"

"而现在你拿着最低工资，为死婴慈善机构工作。如果加上你所放弃的薪酬，那将是一笔巨款。"

"但那是我自己的选择。"

"要是没发生这种事，你就不会作出这样的选择。简，不要轻易放过医院。你越让他们大出血，他们才越有可能作出改变。"

我觉得她太棒了。有时候，你会觉得很奇怪——你觉得很了解一个人，但事实上你往往根本不了解。在"保持希望"办公室里，我们共用一张办公桌，我看到的是一个有趣、活泼的女人，爱笑，喜欢办公室八卦。而在这间昏暗的会议室里，我看到的是一个经验丰富的战士，医院管理层想要在她面前逃避是根本不可能的。

"在我听来，"她说道，"你似乎想站在道德高地上恐吓卡文迪许女士，把可能导致其他婴儿死亡的原因归咎于她进行了维权。但是请注意：负责任的做法是增加员工数量，而不是减少。"

坐在我们对面的那些人，面无表情地看着我们。

最后，轮到吉福德医生发言了："卡文迪许女士，简，我只想说，首先，对你的遭遇，我真的很抱歉。其次，我要为自己所犯的错误道歉。我错过了纠正错误的机会。如果我们早日发现问题，即使不能确保伊莎贝尔活下来，但她活下来的机会肯定会大得多。"他说话时字斟句酌，低头看着桌面，现在他抬起头直视我了，眼神疲惫不堪。"我是当值的高级医生。我承担全部责任。"

长时间的沉默。德里克经理双手举在空中，脸上的表情好像在说：我们完蛋了。琳达谨慎地说："我想我们双方都需要一段时间来反思这个问题,但也需要考虑一下,今天我们取得了一些不错的成果。"

"很痛苦,"我后来告诉爱德华,"但不是我之前以为的那样。我突然意识到,如果我继续下去,这个人的事业就要毁了。这又不是他的错。我觉得他真的是不错的人。"

"不过,如果他不是这么出色,如果他手下的人不是这么敬畏他,那么助产士就会反复查看检查结果。"

"我不能因为他是个好老板就去毁掉他。"

"为什么不?只有平庸的老板才需要担责吗?"

我知道,造一座这样完美的房子,爱德华需要具备一定程度的冷酷无情。他告诉我,他曾经与政府规划部门斗争了六个月,只是为了避免在厨房的天花板上安装烟雾报警器。规划部门的官员最后精神崩溃了,爱德华仍坚持不装报警器。但我想,我不会想去研究他的那一面。

在内心深处,我又听到卡罗尔·扬森的声音:自恋的、反社会性的所有特征……

"跟我说说泰莎,"爱德华说道,给自己倒了杯酒。我注意到他倒酒时从来不超过杯子的一半高度。他想给我也倒一些,但我摇了摇头。

"听上去她很有激情。"听我的描述之后,他说道。

"是的,而且她不听命于任何人。她也很有幽默感。"

"她对吉福德医生怎么看?"

"她认为他的发言都是事前写好的讲稿。"我承认。"这是职责和责任之间的区别,简,"她在星巴克里吃着饼干喝着拿铁时对我说,"在医生的失误与组织制度的失败之间,他们会尽其所能地撇清管理层的责任。"

"所以，你需要作出决定：你是不是愿意让你女儿的死成为这个女人谈判的筹码？"爱德华若有所思地说。

我惊讶地看着他。"你觉得我应该放弃？"

"那当然是你自己的决定，但你的朋友似乎打算不惜任何代价来打赢这场战争。"

我思考了一下。这是真的——我很肯定泰莎已经和我成了朋友。我喜欢她陪着我，但最重要的是我很佩服她的韧劲。我希望她也能喜欢我。如果我在这个时候放弃，她之前所做的一切就都白费力气了。

把艾玛和她的朋友们及其家庭分开……

"你不会反对这件事吧？"我说。

"当然不会，"他轻松地说道，"我只想让你快乐，其他无所谓。顺便说一下，我要换沙发。"

"为什么？"这张沙发很漂亮：上面铺着长长的奶油色罩布。

"因为我住进来了，发现这里仍有提升的空间，就这么简单。例如餐具——当我选择让·努维尔时并不清楚地知道自己当时在想什么。我觉得沙发会让我们变懒惰，真的，换成两把扶手椅会更好，也许换成柯布西耶的 LC3 沙发①，或菲利普·斯达克的幽灵椅。我会再思考一下。"

在爱德华搬进来的这段短短的时间里，我已经注意到了某种不同——包括我与他的这种关系，以及我与富门大街 1 号的这种

---

① 柯布西耶沙发（Le Corbusier Sofa LC3），家具成为现代艺术组成部分的里程碑式的作品，将至刚的金属和至柔的皮革这两种材料结合在一起。

关系。那种原本与看不见的监视者之间的游戏感，如今被爱德华穿透性眼神的存在感及其所代表的自我意识取代了。我有一种感觉，这栋房子和我，如今都是一个不可分割的舞台布景中的组成部分。我感觉自己的生命更受重视，更加美丽，知道被他如此在乎。也正是因为如此，我越来越难以与这些围墙之外的那个世界、那个充满混乱和丑陋的世界融合了。到了连选择餐具都变得困难的时候，我又能如何决定是否起诉医院呢？

"还有什么吗？"我问。

爱德华认为："关于洗漱用品，我们要更加严格地遵守'用完之后归位'的纪律。比如今天早上，我发现你没有把洗发水放回原处。"

"我知道了。我忘了。"

"好吧，别垂头丧气。生活需要纪律的约束，但我认为你已经发现这一切都是值得的。"

彼时：艾玛

我害怕指认嫌疑人，一直都怕。我想象自己在一个小而明亮的房间里，在一排男人面前依序地慢慢走过去，和迪恩·纳尔逊四目相对，就像电影里上演的那样。不过如今的指认嫌疑人早就不是这样的了。

"这是'毒蛇'，"克拉克警探告诉我，他把两杯咖啡放在笔记本电脑的旁边，"'毒蛇'就是视频辨认电子记录的缩写。很显然，如果你问我，我觉得就是内政部那帮人想了个性感的缩写，以便让人记住。基本上，我们调出嫌疑人的视频，然后系统会启动脸部识别功能，从数据库里调出八个跟他长相差不多的人。在这套系统问世之前，确定一个身份往往需要几周之久。我们现在就开始吧？"

他从塑料文件夹里取出了一些文件。在我们开始之前，他抱歉地说："你要签署一些文件，确保你只在犯罪行为发生的当时见过被告人。"

"当然，"我轻松地说道，"你有笔吗？"

"事情是这样的，艾玛，"他看起来有点不自在，"最重要的是，你要绝对保证在听证会上没有见过他。"

"至少我没有注意到。"我说，但随后在心里自责：如果我说我记得纳尔逊就是那个袭击我的人并确定他的身份，那么我当然应该很清楚我是否在别的地方看到过他。但是克拉克警探似乎没有留意到我说漏了嘴。

"当然，我完全相信你。但你应该知道，审判过程中可能会有人提出这一点，辩方会指控你和他在法庭外见过。"

"那是胡说八道。"我说。

"此外，当他开口说话的时候，他的律师说看到你在她的委托人前方十五英尺处走过。"

我皱起眉头。"我不这么认为。"我说。

"是的。他的律师过于激动了，她发表了一份正式抗议，上面说，证人证词的真实性将成为审判中的一个疑点。"

"证人证词的真实性……"我重复他的话，说道，"你的意思是，不管我说的是不是实话？"

"恐怕是这样。她可能会围绕失忆症来大做文章。我坦白对你说，艾玛，当一名狡猾的辩护律师试图在你的讲述中挑漏洞时，那会让你不舒服，但那是她的工作，你应该有心理准备。坚持你的说法，告诉大家到底发生了什么，你行的。"

签署了文件，指认了纳尔逊，我步行回家。接下来，我会在法庭上被一名努力推翻我证词的律师攻击。我有一种可怕的预感，为了弥补警方造成的失误，我可能会使事情变得更糟。

我满脑子都是这种想法，并没有注意到那个骑着越野自行车的孩子在我身边放慢了车速，慢到和我步行的速度一致。当我留意到他时，发现是一个十四五岁的孩子。于是我下意识地想要拉开距离，尽可能贴着墙走。

他毫不费力地把自行车骑上了人行道。我想往回走，试图躲开他，但他在我身后堵住了我的退路，身子向我倾斜过来。我紧张地觉得可能要被他揍了，不过迎来的却是一通咆哮："嘿，你！你这个满嘴谎言的烂货！你知道是谁在骂你。"

然后他轻巧地跳下了路肩，对我作了个羞辱的手势，调头骑走了。"婊子！"他又喊了一声。

爱德华发现我躲在卧室里啜泣。他一句话都没说，只是把我抱在怀里，等我停下来告诉他到底发生了什么。

"他可能只是在恐吓你，"我停下来之后，他说，"你报警了吗？"

我一脸泪水，点了点头。"我一回来就给克拉克警探打了电话，跟他说了这件事，但没告诉他那人骂我撒谎。克拉克警探说他会给我看纳尔逊的同伙的照片，让我指认。但他们有可能是找了个生面孔来做这件事。"

"在此期间，"警探补充道，"艾玛，这是我的私人号码，只要你感到威胁，就给我发短信。我们会快速回应，派人来帮助你。"

爱德华听完我说的话。"所以，警方认为这是企图恐吓？言下之意是，如果你撤诉，这种恐吓就会停止？"

我盯着他说："你的意思是，如果我让纳尔逊脱罪？"

"我没说你应该这么做，这只是选项之一。如果你想摆脱这些压力，完全可以把这个案子放下，再也别去想什么迪恩·纳尔逊了。"

他温柔地抚摸着我的头发，把一缕散发归拢到我的耳后，说："我来弄点吃的。"

此时：简

我坐着一动不动，身子正对窗户，好让光线照到我。

唯一能听到的声音只有爱德华的铅笔在纸上的摩擦声。他在为我画肖像。他一直随身携带一本皮面笔记本，还有一支红环牌钢壳铅笔，与一颗子弹等重。画画是他的放松方式。有时，他画完会给我看看。不过更多的时候，他只是叹口气。把画稿撕下来，扔进用餐区的垃圾桶里。

"这张有什么问题？"有一次我问道。

"没什么问题。只是一个好的习惯而已，扔掉喜欢但并不一定需要留下来的东西。无论什么画，人们看完之后几分钟，就会对它视而不见。"

我一度觉得这是一个奇怪的，甚至是一个漫画里才会出现的场景，但我现在能够更深刻地理解他了。从某种程度上来说，我是同意的。如今，对繁复的生活方式的追求都是习惯性的。这些天，当我走进富门大街1号小小的走廊时，想都不想就把鞋子先脱掉。像他喜欢的那样，我也开始按照字母顺序排列厨房的调味料，发现用后归位并不太难。我按照日本收纳畅销书上讲述的方法来折叠自己的衬衫和裤子。我还知道如果我在爱德华后面使用浴室，他会很难入睡，会担心我把毛巾丢在地板上。每次淋浴后，我都会把毛巾铺开，等干了之后再整理。杯子和盘子都洗干净、擦干，用完之后几分钟内就要收起来。所有东西都有固定的摆放位置，找不到地方放的东西可能就是多余的，应该随时抛弃。我们的同居生活变得高效而宁静，平静的宁静。如此宁静的家庭仪式让我们生活得舒缓。

他也会妥协。房子里没有书架，但只要把精装的书边缘对齐，在卧室里垒得四平八稳，他还是可以容忍的。只有当书堆开始倾斜的时候，他才会皱起眉头。

"太高了？"

"是的。可能有点高。"

我还是没办法说服自己把书扔掉，就算送去回收都不肯。但把这些原始的、几乎没有人气的礼物送去亨登高街的慈善商店时，店主倒是挺欢迎的。

爱德华几乎不读闲书。我曾问过他一次，他说那是因为对开的两页书之间的文字行总是不对称。

"这是笑话吗？我从来不知道你什么时候是在开玩笑，什么时候不是。"

"这句话大概有百分之十是笑话。"

他画画时也会说话。或者说，是把他的想法大声说出来。那些都是最珍贵的时刻，他不喜欢提及过去，但是真要说起来也不会害羞。我知道他的母亲是一个不可理喻、生活混乱的女人。她并不完全是个酒鬼，也不完全沉迷于药物。如果换一个孩子来重过一遍爱德华的童年，可能会出落成一个完全普通的男人。但敏感而又矛盾的特质使爱德华注定要走上那条不同的道路。轮到我讲述自己的父母了，他们无情的高标准——我那位难以取悦的父亲会通过公司邮箱写邮件给我，督促我更加努力地做得更好，去赢得更多的嘉奖；认真和勤奋这两个习惯和我相伴一生。因此，我们觉得我们两个是互补的：我们不会甘于做一对平庸的伴侣。

现在，他完成了素描，仔细地看了一会儿，然后翻过一页，并没有把这一页撕下来。

"这次画的会留下来？"

"目前来说是的。"

"爱德华……"我说。

"简？"

"昨天晚上我们在床上的做法让我不太舒服。"

他眯起眼睛，开始画另一幅写生。"你当时好像还挺享受的。"他终于说。

"在那一刻，是的。但后来……我只是不想让这种事情常态化，其他倒没什么。"

他开始作画，铅笔轻轻地扫过纸面。"你为什么要抗拒那些让你感觉舒服的事情？"

"每个人都可以有不喜欢的东西，包括短暂的放纵，何况真心觉得这事不对。所有人都应该明白这一点。"

铅笔在纸上温柔而坚决地来回滑动，就像地震仪的绘图笔在纸上画出平静而没有地震的一天。"你要说得更具体一些，简。"

"我是说那些粗暴的动作。"

"继续。"

"基本上，所有那些会导致瘀伤的动作：暴力、束缚、在皮肤上留下印记或是拉头发，这些都一样。既然说到这里，你应该知道我不喜欢你在我嘴里的味道，而后入式则绝对不可以。"

铅笔停止了滑动。"你是在为我制定规则吗？"

"我觉得是这样的。无论怎样,都要有分寸。当然,这个要对我们两个人都适用,"我补充道,"你想对我说什么,请随意。"

"我只想说你是个非常棒的女人,"他回到了他的素描上,"即使你的一只耳朵比另一只耳朵稍微大一些。"

"她可以跟你做这些吗?"

"谁?"

"艾玛。"我知道这么问很危险,但我控制不住自己。

"跟你做这些吗?"他重复道,"这说法挺有意思,但我不会和你讨论前任,你知道的。"

"那我就默认答案是肯定的。"

"随你怎么想。但你别再抖腿了。"

在"艺术史学位课程"中,有一个关于"重写本"的模块:中世纪的羊皮纸价格昂贵,一旦文本不再需要,纸张就会被简单地刮擦干净,重复使用,使旧的书写被新的文字替换。后来,文艺复兴时期的艺术家用"笔迹重现"这个悔悟词来形容新涂油漆遮盖的错误或改写,经过几年甚至几个世纪,随着时间的推移,漆痕变薄,露出了原来的笔迹和修订的印记。

有时,我有一种感觉,这栋房子,还有我们与之的关系,与这种情况类似,就像一个"重写本"或"笔迹重现"。不过,尽管我们尝试过涂抹艾玛·马修,但她仍然不断地、偷偷摸摸地回来:一个微弱的形象或一个神秘的微笑偷偷地钻进了画像的一角。

彼时：艾玛

哦，上帝啊。

石头地板上，碎玻璃散落一地。我的衣服被撕碎了。床单掉落在地上，被踢到床角。我的大腿上残留着不知从哪里来的血迹。房间一角有一只被砸碎的酒瓶，还有被踩烂的食物。

我身上痛得不愿意去回想发生了什么。

我们互相瞪视，像地震或爆炸之后的两个幸存者，刚从昏迷中苏醒。

他打量着我的脸，一脸震惊。他说："艾玛，我……"他的声音渐渐变小，"我失控了。"他静静地说。

"没关系，"我说，"没关系。"我一遍又一遍地说，像安抚一匹脱缰的野马。

我们紧密地结合在一起，疲惫不堪。床就像一条船，而我们的船沉了。

"失控的不只是你。"我补充说。

一件很小很小的事情引发了这一切。爱德华搬进来之后，我竭力保持屋内整洁，但有时也会在他回来的前几分钟才把东西塞进橱柜敷衍了事。他打开一只抽屉，发现里面塞满了脏盘子之类的东西。我试图告诉他那不重要，试图拉他上床而不是去清理抽屉。

接着……砰。

他生气了。

这是我有史以来做的最棒的一次。

我埋进他的臂弯,感受他胸口的温度,重复着就在前一刻我冲他尖叫着说出的话:

"是的,爸爸,是的。"

8.就算没人会看到,我也想把事情做好。

　　同意★★★★★不同意

此时：简

"我得走了。"

"这么快？"爱德华搬进来才几个星期。我们在一起很幸福。我心里知道，而且我从爱德华跟我一起做题的得分中也能看出来：他的得分是58，我比他只高出一点，65，但比我刚搬进来的时候已经有了很大的提高。

"我要去一趟施工现场，政府规划部门的人很麻烦，他们不明白为什么我们不赶快造完那些房子顺利交付，好让入住者想怎么弄就怎么弄。盖房子绝不是砖头加上水泥那么简单，而是要打造一个全新的社区。所有入住者都有责任承担与其享有的权利相匹配的义务。"

公司正在康沃尔郡打造一座生态城。爱德华很少谈他的工作，但从他的寥寥数语中可以得知，新奥斯特尔有了大麻烦。不仅因为项目体量巨大，更因为开发商一直在逼他走捷径。他怀疑开发商找自己负责这个项目，只是为了利用他的名声，好让这个有争议的项目成功申请；他怀疑现在反对他的人正是当初找他的那些开发商，他们在给他施加压力，破坏规则，好在单位面积内造更多的房子，好从这个项目中攫取更大的利益。在媒体报道中，"蒙克镇"这个极简主义社区已经成了笑谈。

"记得你面试我时说的话吗？你说，我应该向你的客户介绍一下我住在这里的感受。如果能帮到你,我很愿意那样做。"

"谢谢,我已经拥有了你的体验数据,"他拿起一叠纸说,"顺便说一下,简,'管家'系统显示,你一直在搜索有关艾玛·马修的信息。"

"哦,可能有一两次。"事实上,我的大部分搜索都是在上班时完成的,要不就是蹭用邻居家的宽带。但有时,深夜里,我一时粗心大意使用了富门大街1号的宽带。"有什么问题吗?"

"我不觉得那么做会有任何好处。过去的已经过去了,你就不能放手吗?"

"只要你喜欢。"

"我要你答应我。"他的语调很温和,但眼神很锐利。

"我答应你。"

"谢谢,"他吻我的额头,"我会离开几个星期,可能会更久。回来的时候会补偿你。"

彼时：艾玛

上班时，我搜索"伊丽莎白·蒙克福德"，并将图片保存到桌面上。我发现他的妻子看起来和我有点像，对于这一点，我并不太吃惊，男人经常爱上同类型的女人。当然，女人也是这样，不过女人通常爱上相似性格而非相似长相的男人。

我到现在才意识到，对我来说，西蒙是歧途。爱德华这种类型的精英男人才能真正吸引我。

我仔细地研究这张照片。伊丽莎白·蒙克福德的头发比我短，看起来有点像法国小男孩。

我走进女洗手间，站在镜子前，一手从后面抓起自己的头发，另一只手把余发藏到头颈后。我喜欢，我想。感觉有点像奥黛丽·赫本。这样就能展示出我的项链了。

一想到不知道爱德华是否喜欢，我的腿突然有点发软。

如果他不喜欢，如果他生气，那么至少，我让他有所反应了。

如果他真的很生气，怎么办？我脑袋里的声音低声说道：

"是的，爸爸。"

我就这样抓着头发转过头。我喜欢这样，看上去显得得脖子更加纤细，爱德华可以一手掌握。我又看到那天晚上他的手指在我的脖颈上留下的痕迹。

阿曼达进来的时候，我还在对镜自赏。她看起来很累，冲我笑了一下。我把头发放下来。"你还好吗？"我说。

"不太好，真的，"她说，往脸上泼了点水，"这就是与丈夫供职于同一家公司的麻烦，"她疲倦地说，"事情一旦变得糟糕，就毫无退路了。"

"发生了什么？"

"哦，和平常一样，他在外面乱搞。已经不是第一次了。"

她开始哭泣，把纸巾拉出来擦眼睛。

"他承认了？"

"不需要他承认，"她说，"他还没跟宝拉离婚就跟我上床了。我就知道他不会老实。"

她对着镜子试图调整自己的状态。"他之前跟西蒙一起去了夜总会，但我想你已经知道了。你们俩分手之后，索尔也想恢复单身。可笑的是，西蒙屡屡说要跟你复合。"

她在镜子里看着我的眼睛，问道："我觉得那是不可能的，是吧？"

我摇摇头。

"真遗憾。你知道，他很喜欢你。"

"问题是，"我说，"我厌倦了被人呵护，至少不喜欢被西蒙这种窝囊废来呵护。你要拿索尔怎么办？"

她耸了耸肩说："我不知道，至少现在不知道。其实他并没有跟谁在交往。我很确定他那几次都是一夜情，可能他只是在向西蒙证明自己宝刀未老。"

一想到西蒙和别的女人睡，我心中就感到一阵嫉妒的刺痛。我把这种感觉甩掉：他不合适我。

"我们什么时候去见爱德华？"她又说，"我很想看看他是不是和你说的一样。"

"过一阵子，明天他要出差，康沃尔的大项目开始了，今晚是我们临别前的最后一晚。"

"有什么特别的计划吗？"

"算是有吧，"我说，"我打算去剪头发。"

此时：简

爱德华不在，这里的感觉就完全不一样了。事实上，这栋房子成为了他的一部分，即使他不在，我也能感到他的存在。

不过，把书放下再开始烧饭，吃饭时再把书拿起来看，这让我感觉很好。在用餐区的吧台上放一只果盘，随时有水果吃，这也不错。懒散地套件T恤，不穿文胸，也不错。无拘无束，做另一个自己；每时每刻，让富门大街1号保持洁净如初。

他给我留下了三套餐具让我试用：伦佐·皮亚诺设计的"皮亚诺98"、安东尼奥·奇特里奥设计的"奇特里奥98"以及路易西·卡西亚·多米尼奥尼和卡斯蒂利奥尼奥兄弟设计的"卡西亚"。这种试用我还是挺喜欢参与的，但我怀疑这也是一种考验，看看我的选择是否与他一致。

渐渐地，我发现有些东西让我很吃惊。爱德华不能忍受一只不成套的勺子或一堆不整齐的书籍。和他一样，我的爱较真和自我意识使我无法不去思考艾玛·马修的死因。

我尽力甩掉这些想法，毕竟我曾经答应过爱德华。但心理上的疙瘩变得越来越大。他在得到我的承诺的时候没有想过这个秘密成了我们亲密关系的障碍，成了我们完美生活的障碍。真的，当一段过去的阴影悬在头顶的时候，选择的叉子对不对又有什么关系——哪怕此刻我正沉醉于皮亚诺餐具的厚重感和性感的曲线。

我很确定，这栋房子想让我知道。如果墙壁会说话，富门大街1号就会告诉我这里发生过什么。

我觉得我会满足自己的好奇心，但会私下进行。一旦心中的幽灵获得满足之后沉沉睡去，我就再也不会把它们唤醒。我永远也不会告诉爱德华我发现了什么。

卡罗尔·扬森将爱德华描述为"自恋的心理变态"，所以我的第一步就是去研究那到底是什么意思。各种心理学网站是这么介绍的：

  肤浅的魅力
  权力感
  病理性说谎

他或她：

  很无聊
  手法无情
  缺乏情感维度

自恋人格紊乱的个体：

  相信自己比别人高级
  坚持全力以赴

自我中心及自我褒奖

容易坠入爱河，会把恋爱对象捧上神坛，

然后轻易地发现对方的缺点

不对，我想。是的，爱德华与其他人不同，但这种不同更多地来自使命感而非优越感。他的自信从不自夸，也不会去博人眼球。我不认为他会说谎，诚信对他来说非常重要。

第二个列表中的三条可能更接近，但仍然不对。爱德华的保守，他的拒人千里之外，当然可以被看作缺乏情感维度的证据。但实际上，我并不觉得他是这样的。和他合住之后，即使只是短短的一段时间，我认为他更像是……

我在脑子里寻找正确的词来形容。

他更像是把自己封闭了起来。他之前受到过伤害，因此他把自己藏在自己设计的、完美有序的世界中，这个世界就是他和这个世界之间的屏障。

是他的童年？

是妻儿的死亡？

甚至可能是艾玛·马修的死亡？

还是别的什么我还没猜到的？

无论出于什么原因，卡罗尔在爱德华身上犯了如此严重的错误，这一点似乎有些诡异。当然，她从来没有见过他。她的判断依据只能来自艾玛。

这反过来表明艾玛对他的认知是错误的。或者——我突然又有了新的想法——是艾玛故意误导了她的治疗师。但她为什么要那样做呢？

我拿出手机找到一个号码。

"汉普斯特德房产。"电话里传来中介卡米拉的声音。

"卡米拉，我是简·卡文迪许。"

她沉默了一下，说："你好，简。一切都顺利吗？"

"我挺好，"我对她说，"只是我在这里的阁楼上找到了一些我觉得可能属于艾玛·马修的东西，当时和她合住的那个男人，西蒙·韦克菲尔德，你有他的联系方式吗？"

"啊，"卡米拉听起来很警惕，"我觉得你已经知道艾玛发生的……事故，当时我和同事交接的时候，之前的中介把合同搞丢了，所以我们手上没有之前租客的任何信息。"

"以前的中介是谁？"

"霍沃斯·斯塔布房产的马克·霍沃斯。我可以把他的电话号码发短信给你。"

"谢谢，"不知怎么的，我继续说道，"卡米拉……你说你们公司在三年前接手了富门大街1号。从那以后，曾有多少租客在这里住过？"

"除你之外？两个。"

"但是你说这里空了差不多一年。"

"对的。第一个租客是护士，她只住了两个星期。第二个坚持了三个月。某天早上，我发现从我们门缝下面塞进来一个月的现金租金，里面有张纸条写道，如果她再继续住下去就会发疯。"

"都是女的？"我慢慢地说道。

"是的。怎么了?"

"难道你不觉得奇怪吗?"

"不会啊。我的意思是,跟这房子里的其他比起来,这些都没什么。但我很高兴你没事。"她的话里有钩子,似乎勾引着我去追索其中的矛盾。但我一言不发。"嗯,那么,简,再见了。"

彼时：艾玛

他不情愿地离开了，在我们共进早餐的时候，那只斯韦因·安德尼的旅行包静静地躺在在石桌上。

他说："我不会出差太久。等我回来的时候，会再来住一两个晚上。"

他在房子周围的空地上看了最后一眼。"我会想你的，"他说，指着我，"穿着那个住在这里，以这栋房子认可的方式住在这里。"

吃吐司的时候，我穿着他的白色川久保玲衬衫和黑色短裤，自言自语道："确实有效。住极简的房子，穿极简的衣服。"

"我有一点迷恋你了，艾玛。"他说。

"只有一点吗？"

"也许分开一下对我们有好处。"

"为什么？难道你不想被我迷住吗？"

他的视线转移到我的脖子上，然后看着我新剪的短发，短到他跟我缠绵的时候根本抓不住。

他平静地说："我从未有过健康的迷恋。"

他走后，我打开电脑。

是时候去了解更多关于"神秘的蒙克福德先生"的细节了。

事实是,他昨晚看到我的新发型时的反应让我产生了一个想法。太疯狂了,我简直不敢相信。

"埃利斯先生吗?"我说,"是汤姆·埃利斯吗?"

听到我的声音,一个人转向了我。他穿一套西装,头戴黄色安全帽,皱着眉头,一脸不乐意。

他说:"这里是建筑工地,你不能进来。"

"我叫艾玛·马修。你办公室的同事说你会在这里。我只想简单聊两句,仅此而已。"

"关于什么?巴里,我等一下再找你。"他对那个跟他说话的人说。那人点点头,回到一座已经完工的建筑里。

"关于爱德华·蒙克福德。"

他僵住了。"关于他的什么?"

"我想知道他的妻子出了什么事,"我问,"你知道吗?我觉得同样的事也会发生在我的身上。"

这引起了他的注意。他带我去工地附近的一家咖啡馆,是一间廉价的旧咖啡馆,建筑工人们穿着反光外套在里面吃炒蛋和煮豆子。

追查蒙克福德事务所的第四个创始合伙人并不容易。最后,我在网上找到《建筑师杂志》上的旧剪报,上面有事务所成立时的报道。模糊的黑白照片上,四名刚毕业的大学生自信地直视前方,能一眼看出爱德华那个时候就是这群人中的领袖,他双臂交叉,面无表情。他的一边是伊丽莎白,另一边是扎着马尾辫的大卫·希尔。汤姆·埃利斯站在照片的右边,和其他人不同,只有他在对着照相机微笑。

他拿了杯茶，把两块糖舀进杯子。虽然我知道《建筑师杂志》上的照片是十年前拍摄的，但他现在看起来也太面目全非了，不但胖了，而且秃了。

"我一般不会谈任何关于爱德华·蒙克福德的事，"他说，"也不会谈其他合伙人。"

"我知道，"我说，"我在网上几乎查不到任何东西，所以只能给你的办公室打电话。但我必须承认，我没想到你会在镇边建筑公司工作。"

汤姆·埃利斯的雇主是一家大型建筑公司，为上班族建造几乎完全一模一样的房子。

"爱德华把你调教得很好，我明白了。"他干巴巴地说。

"什么意思？"

"汤与韦尔建筑公司为那些需要抚养孩子的家庭建造他们负担得起的房子，地址都在交通枢纽、学校、诊所和酒吧附近。这些房子有供孩子们玩耍的花园，使用保温材料，减少燃气费用方面的开销。这些房子可能不会获得什么建筑奖项，但住户们会很高兴。有什么问题吗？"

"你和爱德华有分歧，"我说，"这就是你离开事务所的原因？"

汤姆·埃利斯摇了摇头。过了一会儿，他说："是他逼我离开的。"

"他怎么逼你？"

"他有上千种手段逼我。我觉得他对我的一切都不满意，嘲笑我的所有想法。伊丽莎白去世之前，情况就已经很糟糕了。而当他休假回来，没有了她的抑制，他就变成了一个怪物。"

"他的心碎了。"我说。

"心碎，"他重复道，"当然了，这就是爱德华·蒙克福德给自己编写的伟大神话，不是吗？这位饱受折磨的天才失去了一生挚爱，最终成为一个极简主义者。"

"你认为不是这样吗？"

"我认为这不是事实。"

汤姆·埃利斯仔细地盯着我看，似乎在掂量是否有必要继续说下去。"如果我们同意的话，爱德华打从一开始就会去设计那些光秃秃的小牢房，"他终于开口，"是伊丽莎白没让他那么做，我和她在这方面是保持一致、互相支持的，他实际上已经是孤家寡人了。大卫只关心工程进度，而伊丽莎白和我，我们走得很近，我们看待事物的方式是一致的。事务所的早期作品也反映了这一点。"

"什么叫走得很近？"

"很近。也就是说，我想我爱上她了，"汤姆·埃利斯瞥了我一眼，"你看起来有点像她，我想你已经意识到了。"

我点头。

他说："我从来没有告诉过伊丽莎白我的感受，至少，在事情变得无可挽回之前，没有告诉过她。我们在一起工作时如此亲密无间，我觉得如果她对我没有同样的感觉，那么相处起来就会很尴尬。当然，这并不适用于爱德华。"

"如果爱德华喜欢她，就会告诉她。"我说。

"他勾引伊丽莎白的唯一动机，就是为了把她从我身边夺走，"汤姆·埃利斯直截了当地说，"这一切都是为了满足他的权力欲和控制欲。爱德华向来如此。让她爱上他，于是他得到了盟友，而我失去了伙伴。"

我皱起眉头。"你认为这和公司业务有关吗？你认为他娶她只是为了确保事务所成为他想要的那种建筑师事务所？"

"我知道这听起来很疯狂，"汤姆·埃利斯说，"但在某种程度上，爱德华·蒙克福德是个疯子。"

"竟会有人如此冷酷无情吗？"

他干笑几声。"你对爱德华一无所知。"

"但事务所建造的第一个项目，富门大街1号，打从一开始就打算设计得与众不同啊。"我反驳。

"是的。那只是因为伊丽莎白怀孕了——那根本不是爱德华想要的——她突然想要一栋有两间卧室和一座花园的房子，想要一扇为了保护隐私而关上的门，不再想要开放式空间。他们为此争论不休。上帝，他们吵得非常厉害！你如果见过伊丽莎白，就知道她是一个温柔善良的人，但她和爱德华一样固执。她是一个非凡的女人。"

他犹豫了一下。

"麦克斯出生的前一晚，我发现她在办公室里哭。她告诉我，她已经没办法忍受和他住在同一个屋檐下。他们在一起很不开心，他连最小的妥协也不愿意做出，她说。"

汤姆·埃利斯的眼神飘往别处。"我搂着她，"他说，"吻她。她制止了我。她非常值得尊敬，从来没有在爱德华背后做过任何背叛他的事。但她告诉我，她将作出一个决定。"

"你是说，她打算离开他？"

"第二天，她说我应该忘记之前发生的事情，是荷尔蒙扰乱了她。爱德华可能的确很难相处，但她仍在努力挽救他们的婚姻。她一定是设法让他在某种程度上妥协了，因为最终的设计效果实际上不错。不,不仅不错,而且相当好,非常令人惊叹。这栋房子充分利用了有限的空间,虽然没有获得任何奖项,甚至可能没办法让事务所走向国际。舒适而周到的建筑永远不会出名,但他们一家三口住在那里会很开心。"

他沉默了一会儿。"不过,爱德华还有别的想法。"

"哪方面的想法?"

"你知道她是怎么死的吗?"他平静地问道。

我摇摇头。

"一辆原本停着的挖掘机突然动了起来,撞到一堆水泥块,把伊丽莎白和麦克斯砸死了。在警署的询问室,有人说那些水泥块本来就没有堆好,重心不稳。而挖掘机可能停在了斜坡上,手刹没拉紧。我跟工头聊了一下,他告诉我,他周五下午离开现场的时候,那堆东西堆得好好的。第二天,事故就发生了。"

"爱德华当时在哪里?"

"在工地的另一头检查进度,他接受询问时是这么说的。"

"那个工头怎么说?他站出来作证了吗?"

"他轻描淡写地说可能是住在工地上的流浪汉触动了挖掘机,毕竟爱德华是他的老板。"

"你还记得那个工头的名字吗?"

"约翰·瓦茨,来自瓦茨父子公司,是家族企业。"

"所以你的意思是,"我说,"你觉得爱德华只是因为家人反对他的设计方案,就杀了他们?"

我这么说,好像我觉得汤姆·埃利斯很疯狂,好像我觉得他的想法太荒谬,简直令人不敢相信。但实际上我相信他。我心里清楚,只要爱德华想做,就一定能做到。

"你说了'只是'两个字,"埃利斯直截了当地说,"对于爱德华·蒙克福德来说,并不存在'只是'两个字,没有什么比走自己的路更重要。哦,我不怀疑他爱过伊丽莎白,当然,是用他自己的方式。但我不认为他关心她,如果你明白我的意思。你知道吗?有一种邪恶的鲨鱼,它们的胚胎在子宫里互相吞噬。一旦长出第一颗牙齿,就会互相攻击,只有强大的那个才会活下来,才会被生出来。爱德华就是这种人。他无法控制自己。你如果挑战他,就会被他毁灭。"

"你告诉警察这些了吗?"

汤姆·埃利斯的眼神很阴郁。"没有。"他承认。

"为什么没有?"

"询问一结束,爱德华就离开了。后来我们听说他住在日本。他甚至没有继续当建筑师,只是靠打零工来养活自己。大卫和我都以为那是我们最后一次看到他。"

"但他回来了。"我说。

"终于,是的。有一天,他走进办公室,好像什么都不曾发生过,并宣布从现在开始,事务所将朝着新的方向迈进。他巧妙地说服大卫接受了极简视觉效果和新兴科技的融合,让他相信我是那个碍事的人。这是他对我的报复,因为他相信是我鼓动伊丽莎白反对他。"

"所以,当他远走日本的时候,"我说,"你因为不想被卷入任何丑闻,加上你以为事务所将会落入你的手里,所以你对警方保持了沉默。"

汤姆·埃利斯耸了耸肩。"可以这么说。"

"在我看来,更像是你在试图摆脱爱德华的才华的影响。"

"随你怎么想。但我愿意和你谈这些,是因为你说你很害怕。"

"我没有说我害怕。我对他很好奇,仅此而已。"

"上帝啊。你也爱上他了,是吗?"汤姆·埃利斯酸溜溜地说,紧盯着我,"他是怎么做到的?他怎么能让像你这样的女人着迷?即使我告诉你他杀了自己的妻子和孩子,你居然也不会感到恶心?好像这一切能让你兴奋——让你觉得他真的是什么天才!然而他只是一条游弋在母体里的幼鲨!"

此时：简

追踪西蒙·韦克菲尔德需要做更多的侦查工作。我设法找到了马克·霍沃斯，他在卡米拉之前经手过富门大街1号，但他不知道如何联系上艾玛的前男友。

"要是你找到他，"他说，"代我问个好。他遭遇的那些事真够呛。"

"你是指艾玛的死？"

"那是其中之一。但在那之前，他们在之前的公寓里遭遇了入室抢劫。"

"他们被抢劫了吗？我不知道这件事。"

"这就是为什么他们想要租住富门大街1号，为了安全。"他停顿了一下，"不过想想就会觉得讽刺。但是西蒙会为艾玛做任何事，他并不特别喜欢住在富门大街1号，但她喜欢那个地方，就是这样。警察问我是否有证据证明他对她有暴力倾向。我对他们说不可能，他爱她。"

我过了好一阵子才弄明白他在说什么。"等等！你是说警察曾怀疑西蒙有可能杀了她？"

"嗯，他们没有明说。但在她死后，我需要和警方保持联系，让法医小组进入房子，有诸如此类的事务，所以和负责调查的侦探混得很熟，而他就是那个询问西蒙的人。显然，艾玛声称他曾伤害过她，"他压低了声音，"老实说，我一直没有搞懂艾玛是怎么回事，如果你明白我的意思的话，什么事情都跟她有关，什么都小题大做。看起来西蒙没有多少发言权。"

马克虽然没有西蒙的联系方式，但他记得西蒙在哪里工作，这足以让我在"领英"上找到他。他供职的杂志社已经关闭了，和大多数自由职业者一样，他的个人资料和简历都是公开的。即便如此，在与他联系之前，我还是犹豫了。是的，他有可能在富门大街1号的门外给艾玛献了花，但从马克刚才告诉我的情况来看，西蒙也有杀死艾玛的嫌疑。前去问他到底发生了什么事，明智吗？

我会小心行事。我暗下决心——而且我不会以任何方式逼迫他或威胁他。对他而言，我的动机只是想弥补之前误拿了他留下的花而已。

我发了一封公事公办的邮件，问他是否可以聊聊。几分钟后，他回复说可以，并建议在亨登的科斯塔咖啡馆见面。

我提前到了，他也提前了。他的穿着和那天我在富门大街1号门外看到的一样：翻领T恤衫，斜纹棉布裤，时髦鞋履——伦敦的媒体从业者典型的休闲便装。他有一张愉快、坦率的面孔，但当他坐在我对面的座位上时，眼神却显得很不安，好像知道接下去的对话会很尴尬。

"你觉得好奇，"互相介绍完毕之后，他直入正题，"我并不吃惊。"

"我更像是糊涂了。关于艾玛的死因，每个人讲述的版本都不一样。她的心理医生认为艾玛自杀是因为患有抑郁症，"我决定直话直说，"我也听说警方对你进行了问讯，因为艾玛对你提出过指控。这是怎么回事?"

"我不知道。我不知道她为什么那么说,假设她真的那么说了。我永远都不会打她,"他看着我的眼睛,强调他说的每一个字,"我对艾玛有一种仰视的崇拜。"

我今天来见他之前,告诫自己要小心谨慎,不要过于相信这个男人说的每一句话,但即便如此,我还是相信他了。"跟我说说她吧。"

西蒙慢慢吐了口气。"对于你爱的人,你能说些什么? 我曾经很幸运地拥有她,我一直都知道自己很幸运。她之前在一所私立女子中学读书,后来考上了一所不错的大学。她很漂亮,真的很漂亮,经常被模特经纪公司的星探看中。"他瞥了我一眼,有点难为情。"顺便说一下,你看起来有点像她。"

"别人也这么说。"

"可你没有她……"他皱着眉头,试图寻找合适的词,我觉得他可能是在试图措辞委婉一些,"她的活力。事实上,这给她带来了各种各样的问题。她是如此友好,男人总觉得可以亲近她而不会被拒绝。我告诉警察——只有一次——有个白痴一直在骚扰她,那是艾玛唯一一次看到我暴力的一面,那时她看我的眼神是求我帮她解决问题,让那个男人滚蛋。"

"那她为什么说是你打她?"

"我真的不知道。当时我觉得那是警察编出来给我下套的谎话,好让我觉得他们坦诚相待。实事求是地说,他们向我道歉了,而且很快就让我走了。我想他们只是在走过场,像对待大多数被谋杀的受害者的身边人,不是吗? 他们理所当然地把前男友带进去询问。"他沉默了一会儿。"其实他们弄错了。我一直告诉他们应该注意的人是爱德华·蒙克福德,而不是我。"

一听到爱德华的名字,我就感到脖子后面的头发竖了起来。"为什么?"

"因为很明显,艾玛死后,蒙克福德并没受到太多的影响——他很快就出门去参与大型项目。要说他没杀她,我绝不相信。"

"他为什么要杀她?"

"因为她甩了他,"他倾身向前,目光炯炯,"在她去世前一周,她告诉我她犯了一个可怕的错误,意识到了他是控制狂。她说,我想这真的很讽刺,因为他非常讨厌她拥有属于自己的任何东西——他把她当作一件附属品,一件让他的房子看起来更漂亮的附属品。他无法忍受她拥有任何自己的想法或变得更加独立。"

"没有人会因为拥有自己的想法而被人杀掉。"我反对。

"艾玛说,随着时间的流逝,他变了。当她决定不再继续下去时,他的精神错乱了。"

我试图去想象一个疯狂的爱德华。是的,有好几次,我曾经在他平静的外表下感受到了某种激情,一种深深压抑在内心的强烈情感。他那次冲鱼贩发火就是一个例子,但那种情绪只持续了几分钟。我没办法想象西蒙描绘的景象。

"还有其他的原因,"西蒙说,"那可能是他想让艾玛去死的另一个动机。"

我把注意力转回西蒙身上。"接着说。"

"艾玛发现他谋杀了他的妻子和儿子。"

"什么!"我不解地问,"怎么回事?"

"他的妻子成了他的绊脚石,她使他在富门大街 1 号的设计方案上作出了妥协。她变得既反抗他又独立。不管出于什么原因,爱德华·蒙克福德变得病态,无法处理两人之间的关系。"

"你把这些跟警方说了吗?"

"当然说了,但他们说没有足够的证据重新展开调查。他们还警告我不要在艾玛的调查中重复指控——他们说那可能涉嫌诽谤。换句话说,他们选择无视。"他把手插进自己的头发。"我一直在独立调查,尽我所能地收集证据。但即使是一名媒体从业者,如果没有警察的权力,也很难深入调查。"

就在那一刻,我对西蒙产生了一丝同情。这是一个完美、可靠而又无趣的家伙,当他得到了一个和自己明显不在一个档次的姑娘的时候,无法相信自己的运气如此之好。然后发生了一系列无法预料的事情,突然间,那姑娘需要在他和爱德华·蒙克福德之间作出选择。他跟爱德华完全没办法相提并论。难怪他觉得撑不下去了,难怪他坚持相信她的死亡背后隐藏着阴谋或秘密。

"如果她没有死,我们最后还是会复合的。对这一点,我相当肯定,"他补充说,"当然,分手分得很难看。有一次,她想让我签一些文件,我回到那幢房子里,想要赢回她的心,但我当时喝醉了,处理得也不好。我想,即便在那时,我也是嫉妒蒙克福德的。我知道要做很多事情才能弥补她。第一步是说服她搬出那栋可怕的房子,她原则上同意了,只是在租约方面存在一些问题,如果提前取消会被罚款。假如当时她离开了那栋房子,我想她今天可能还活着。"

"这栋房子并不可怕。我很同情你失去了艾玛,但你真的不能把它归咎于富门大街1号。"

"总有一天你会发现我是对的,"西蒙直视着我,"他已经对你出手了吗?"

"你是什么意思?"我不满地问道。

"蒙克福德。他迟早会向你出手的。如果他现在还没有,那他也会给你洗脑。这就是他的手段。"

也许是因为我知道一旦承认我和爱德华是情侣关系,就会让西蒙更相信女人会为爱德华冲昏头脑,于是我说:"是什么让你认为我对你的问题会作出肯定的回答呢?"

他点了点头。"很好。如果我对你讲述的艾玛之死能够让你躲开那个杂种的魔爪,那就值得。"

咖啡馆里全是人。我们旁边桌子上的一个男人手上拿着洋葱香肠烤三明治,一股廉价而潮湿的面团味和煮洋葱的刺鼻味向我们飘来。

"天哪,那个三明治闻起来很恶心。"我说。

西蒙皱眉。"我并没有闻到。那么,下一步你打算做什么?"

"你认为艾玛有可能夸大其词吗?对我来说,她对你说的关于爱德华·蒙克福德的言论非常奇怪,她向警察指控你也很奇怪,"我有点犹豫地说,"我之前碰到的人都把她描述成一个喜欢出风头的女人。人们有时会自以为很重要,即使那意味着把事情搞糟。"

他摇了摇头。"艾玛的确自以为与众不同,但她也的确与众不同,我认为这就是她喜欢富门大街1号的原因之一,不仅仅是出于安全考虑,而是因为它太不一样。但如果你说这栋房子让她得了妄想症……那绝不可能。"他听起来生气了。

"好吧,"我飞快地说道,"就当我没说。"

"我可以坐在这儿吗?"一个女人拿着个三明治站在我们身边,指了一下那张空着的椅子。西蒙勉强地点了点头。我觉得一说起艾玛，他能说上一整天。当那个女人坐下来的时候，我闻到了令人作呕的炸蘑菇的味道，闻起来就像浑身湿透的狗和肮脏的床单。

"这里的食物真的很恶心，"我低声说，"居然有人会有食欲。"

他生气地看了我一眼。"我想，你宁愿在更高档的地方见面吧？那是你的风格。"

"不是那样的，"我看见西蒙·韦克菲尔德的肩膀上粘了一片薯片，"我喜欢比较正常的科斯塔咖啡馆，这家闻起来很臭，仅此而已。"

"我没闻出来。"

我觉得有点恶心，于是站起来想吸几口新鲜空气。"谢谢你来见我，西蒙。"

他站了起来。"没问题。这是我的名片，如果你有其他发现，会联系我吧？你能给我你的电话吗？以防万一？"

"以防什么万一？"

"以防我真的找到了爱德华·蒙克福德杀人的证据，"他不紧不慢地说道，"如果我有所发现，很想让你知道。"

回到富门大街1号，我走进浴室，在镜子前脱掉衣服。当我抚摸自己的乳房时，感到有几分胀痛，乳头明显变暗，每个乳晕上都有一些凸起的斑点，像鸡皮疙瘩。

我的月经已经拖延了一周，所以孕检并不可靠，但我也不需要孕检。对气味的高度敏感、恶心、暗沉的乳头、突起的斑点——之前的助产士告诉过我这叫蒙哥马利结节——都和我上一次怀孕时的症状一模一样。

9. 一旦事情发展不尽如我的意,我就会生气。

同意★★★★★不同意

彼时：艾玛

"很久没见了，艾玛。"卡罗尔说。

"是的，我这阵子很忙。"我盘腿坐在她的沙发上。

"我们上次谈话时，你要求西蒙离开曾经共同居住的房子。我们谈到性创伤的幸存者经常会作出一些重大的改变，成为恢复过程的一部分。那些改变对你有什么影响？"

她的意思是，你改变了对西蒙的看法吗？当然我开始意识到，虽然卡罗尔发誓，她的工作不会对病人的行为作出评判，也不会为了得出任何特定的结论去引导治疗，但她实际上经常那么做。

"好吧，"我说，"我有了新恋情。"

她沉默了一阵。"进展顺利吗？"

"他是那栋房子，富门大街1号的设计师。老实说，西蒙走后，他对我来说就像是一缕新鲜空气。"

卡罗尔扬起眉毛。"那么你觉得，为什么会那样？"

"因为西蒙是男孩，而爱德华是男人。"

"你和西蒙的性生活有问题吗？"

我笑了。"没有。"

我心里想到了些什么，于是又说："有件事我想和你谈谈，是一些具体的事情。"

"说吧。"她说。

我一定流露出了非常犹豫的神情,因为她又道:"你准备说的那些,我在之前的病例中肯定已经听过多次了,艾玛。"

"我觉得自己很想被征服。"我说。

"我明白了,"她字斟句酌,"那是否令你感到兴奋?"

"是的,我想是的。"

"是否也令你感到困扰?"

"我只是觉得——很奇怪,发生了这么多事情之后,难道我的感受不是应该相反吗?"

"首先,没有什么应该或不应该,"她对我说,"这其实并不少见。在一般人群中,大约有三分之一的女性承认经常幻想关于权力交换的场景。"

"此外,"她又说,"这也有身体方面的原因,有时被称为激励交换。一旦你在性交中获得了肾上腺素的刺激,你的大脑可能会无意识地寻求更多类似的刺激。关键是,这没什么好羞耻的,这并不意味着你真的会在现实生活中也享受,事实远非如此。"

"我并不感到羞耻,我也得到了享受。"

卡罗尔眨眨眼。"你把这种想法付诸行动了?"

我点点头。

"是和爱德华吗?"

我又点点头。

"能跟我说说吗?"

尽管声称自己不作评判,但卡罗尔看起来很不舒服。为了刺激她,我夸大地进行描述。

"这很好玩,"我总结道,"让他生气这件事,使我从某种程度上感到自己获得了更大的力量。"

"艾玛,你今天看起来当然更自信了,对你的选择更加自信了。我想问的问题是,这些选择对你来说是否健康?"

我假装在思考这个问题。"可能吧。"我说。

很明显,这并不是卡罗尔精心措辞之后想要得到的答案。

"当你进行爱情实验的时候,选择伴侣是非常重要的。"

"我不觉得这是实验,更像是探索。"

"如果一切都那么美妙,艾玛,"她平静地说,"那么你为什么来找我?"

问得好,我心想。

她进一步指出:"我们之前已经讨论过,性创伤的幸存者有时会错误地责备自己,会感到自己应该受到惩罚,或者是和别人作比时觉得自己一文不值。我不禁想,那是不是正是她们遭遇不幸的原因之一?"

她的话语如此真诚,我几乎要动摇了。

"但如果我从未被强奸呢?"我说,"如果那是幻想呢?"

她皱眉。"我没听懂你的话,艾玛。"

"没什么。假设我发现了某人的秘密,发现了他们犯下的罪行;假设我告诉你,你会告诉警察吗?"

"如果这个犯罪行为尚未被告发,或者虽然已经报了警,但你提供的证据可能会对调查产生影响,那么情况就很复杂了。正如你所知道的,心理医生当然有自身的职业道德规范,为病人保密就是其中一项。但我们也应该维护法律正义;如果两者发生冲突,法律优先。"

我沉默,思考着这个问题。

"什么事令你困扰,艾玛?"她轻轻地问道。

"真的,没什么。"我说,对她露出微笑。

此时：简

我在家庭医生办公室验血后，证实我怀孕了。除了米娅、贝丝和泰莎，我没告诉其他人。米娅的第一个问题是："这在计划之列吗？"

我摇摇头。"那天晚上爱德华有一点……失控。"

"控制狂先生失控？我不知道应该担心还是要对'他也是人'这件事如释重负。"

"只有那一次。实际上，我们在事后谈论过这件事。"我知道米娅会认为我的意思是当时我们并没有采取避孕措施，但我不想纠缠细节。

"他知道了吗？"

"还不知道。事实是，我不知道爱德华会怎么看待这件事。"

米娅抢在我前面说："如果我说错了，请纠正我。但你们不是说好'不生孩子'吗？"

"按照这房子里的规定，是的，但这次不太一样。"

"是吗？"她扬起眉毛，"我们都知道男人对意外怀孕是怎么想的。"

我没吭声。

"你呢？"她补充道，"你感觉如何，简？"

"害怕，"我承认，"我吓坏了。"尽管心中五味杂陈，怀疑、快乐、焦虑、兴奋、惊讶、对伊莎贝尔的再一次愧疚、快乐……当一切退去的时候，我只剩下纯粹的恐惧。"我不能再经历一次了。如果这个孩子再遭遇什么……不幸，我会无法承受。我会崩溃。"

"当时他们说，你的下一个孩子不一定会出事。"她提醒我。

"上次他们也说不一定，但事情还是发生了。"

"你想把孩子生下来，对吧？"

世界上很少有人会问我这样的问题，我更不愿意说出真实的答案：我心中一直有一个声音在说：不要。在黑暗和孤独的地方待久了，现在重回光明了，为什么要再赌一次呢？此时，我意识的一部分正巡视富门大街1号，心想：为什么要毁了这一切？

但我心中还有一个角落——那个角落里有一个死去的女婴。我凝视着她那完美的脸庞，感受着身为母亲欣喜若狂的喜悦——绝不能因为自己的怯懦而放弃一个健康的胎儿。

"是的，我想把孩子生下来，"我说，"我要生下这个孩子，爱德华的孩子。我知道他可能不喜欢，但我希望他能慢慢地接受。"

彼时：艾玛

两周没有收到爱德华的消息，于是我给他发了一张自拍照。

"我弄了个文身，爸爸，你喜欢吗？"

立刻就收到了回复："你做了什么？"

"我知道我应该事先征得你的同意，但我想试试如果我真的非常不乖，会发生什么……"

事实上，这个文身很小，很漂亮，穿上衣服就看不见了。那是一对艺术处理过的海鸥翅膀，就在右臀尖上。我知道爱德华很厌恶文身。

"文上去时很痛。"

几分钟后，回复来了。

"今晚你会更痛。我要回伦敦了。我生气了。"

这是他发给我的最长的一条信息。我微笑着回复，那么我需要好好准备。

我洗了个澡，小心地擦干，在皮肤上喷上一点点香水。穿上裙子，戴上珍珠项圈，光着脚。我的皮肤已经兴奋到微微发麻了，期待的感觉很棒——这种期待与紧张的兴奋交织在一起。我是不是有点过火了？我能承受他将要对我做的事吗？

我躺在沙发上。我听到"管家"系统侦测到门口有人而发出微弱的哔哔声。然后是"砰"的一声，他进屋了，向我大步走来，脸色阴沉。

"让我看看!"他咆哮道。

他抓住我的手腕,单手把我按到沙发上,我根本没机会转过身。他的另一只手撩起我的裙子,简直要把裙子撕了。

他呆住了。"去他的——"

我哈哈大笑起来。

他生气地摇我的手腕。"你到底在玩什么?"

"那是阿曼达的文身,"我喘了口气,"她文了一个文身庆祝和丈夫分手。我和她一起去了文身店。"

"你给我发了别人的屁股的照片?"他慢慢地说。

我笑着点头。

"我今晚取消了与市长和行政规划委员会的晚餐赶回来!"他又咆哮了。

"那么,谁更有趣呢?"我说,一边诱惑地扭动着。

他没放开我的手腕。"我对你很生气,"他一脸迷惘,"你故意让我生气,接下去的惩罚是你罪有应得。"

我向外闪躲了一下,想试探他是不是抓紧了我。他把我牢牢地抓在手里。

"欢迎回家,爸爸。"我高兴地叹了口气。

事后,过了好一阵子之后,他离开了。离开前,我递给他一封信。

"先别拆,等你独自一人的时候再读,等你在规划会议上感到无聊的时候再思考这个问题。你不必回信,而是我要向你剖白。"

此时：简

我去做第一次产检预约。在我对面，隔着"英国国家医疗"统一配置的丑陋办公桌，坐着吉福德医生。

几天前，我收到了一封电脑生成的信，信上说，虽然没必要过于担心，但我的病史提示电脑将我这次怀孕评为高危等级，因此我将由一名专家，也就是吉福德医生负责。

很明显，有人意识到他们犯了错误。当天晚些时候，我接到电话，说他们完全理解我想预约其他医生。我应该知道吉福德医生已经递交了辞呈。

人们都说怀孕让人思维混乱。不过到目前为止，我的情况恰恰相反。或者简单地说，我能轻松地作出决定，我终于知道应该怎么做。

"问题是，"我对他说道，"我不认为你应该辞职，那不是你的错。我们都知道接替你的人同样会超负荷工作。"

他谨慎地点了点头。

"以下是我的建议。我建议我们共同向医院施加压力。我写信给他们说，我不想让他们把伊莎贝尔的死亡列为正式的医疗事故，我想让他们放心。但他们必须增加员工数量，并普及多普勒扫描。如果你告诉他们，这也是你撤回辞职申请的条件，那么就有可能让他们同意这一协议。听起来如何？"

对泰莎来说，这个方案可不怎么样。她宁愿展开正式的调查，提出更大代价的解决方案。但我的态度很坚定，所以她最终一定会妥协的。

"她总是这样吗？"泰莎悲伤地问米娅。

"在伊莎贝尔出事之前，她就是这样，"米娅回答道，然后微笑地看着我，"她是我认识的最有条理、最顽固、最执着的人。我觉得以前的简终于回来了。"

起初，吉福德医生并没有完全被我说服。"鉴于人手匮乏——"他小心地说道。

"鉴于人手匮乏，维护你自己的利益就变得比以往任何时候都更重要，"我打断他，"你和我一样明白，与其使用那些昂贵的抗癌药物，不如普及多普勒扫描，并提高医生的数量，才能拯救更多的生命。我所做的就是支持你所在的部门，并为此大声疾呼。"

过了一会儿，他点点头说："谢谢你。"

"现在你最好为我做一下检查，"我说，"既然你是我的医生，我就不能浪费了。"

检查做得非常全面，比我怀伊莎贝尔时做得彻底。我明白，这是特殊待遇，因为吉福德医生和我共同经历了太多事，但也挺好。我不再认为自己只是人群中一个普普通通的人。

子宫的大小和位置都很好；做宫颈涂片是为了检测宫颈癌，组织样本是为了检测性病。我对此一点都不担心。爱德华有严重的洁癖，根本不可能患有任何性病。我的血压也不错。一切正常。吉福德医生说他很高兴。

我一直擅长应对检查，我开玩笑道。

我躺在那里的时候告诉他，我想把伊莎贝尔生下来，我想在点着蒂普提克香氛、播放着音乐的水中产房里分娩。他告诉我，从医学角度看，这次可以那么做。然后我们讨论了补充剂，首先是叶酸，他的建议量是 800 微克；维生素 D 也是需要的，但要避免服用含有维生素 A 的复合维生素；还要考虑摄入维生素 C、钙和铁。

这些我当然都会服用。我不是那种无视医生指导意见的任性产妇。再小的事都可能产生副作用。我在回家的路上买了所需要的药剂，反复查看标签，确保其中不含维生素 A。回家脱下外套，我做的第一件事就是打开笔记本电脑，考虑饮食结构的变化。

简，请用 1—5 来打分，1 表示强烈同意，5 表示强烈反对。在作业完成之前，一些房内设施将无法使用。

我呆住了。在我看来，自从爱德华离开之后，这些评分测试就出现得更加频繁了，好像他在遥远的办公室对我进行远程指挥，确保我仍然过着宁静而又符合规则的生活。

更重要的一点是，如果输入法没有被禁用，我差点儿就不假思索地往"管家"系统输入"孕期推荐食谱"的搜索关键词。现在我必须牢记：在告诉爱德华之前，要谨记使用邻居的宽带上网搜索。

而且，我想，在告诉爱德华之前，我也要知道艾玛到底遭遇了什么，因为这两件事——既向爱德华透露了我的秘密也向我透露了爱德华的秘密——是合二为一的，比以往任何时刻都更加紧要。为了我的孩子，我必须知道真相。

彼时：艾玛

克拉克警探把我叫到警署，想跟我再谈一次。法律流程显然在加速，因为他把我带到了一间灯火通明的会议室而不是他的办公室。桌子的一侧有五个人，其中一位穿着制服——我觉得他挺高的。坐在他旁边的是一个身材娇小的女人，穿着深色的裤子。此外还有来自保释听证会的皇家检察院律师约翰·布鲁姆，以及负责我案子的治安官维尔岚警长，她和其他人的座位间距有点大，看起来她的职位不够高，在这里发挥不了真正的作用。

克拉克警探保持着一贯的愉快告诉我，我应该坐在那个娇小女人的对面。然后他自己坐到维尔岚警长的另一边。我的面前有一壶水，但我注意到桌子上没有饼干，没有咖啡，也没有加菲猫马克杯。

"感谢你来这里，艾玛，"娇小女人说，"我是检察官帕特里夏·沙普顿，这位是首席督察彼得·罗伯逊。"

都是大人物。"你们好，"我说，一边向他们挥挥手，"我是艾玛。"

帕特里夏·沙普顿礼貌地微笑着，继续说："我们在这里讨论的是你对迪恩·纳尔逊的强奸指控和关于严重入室盗窃案的指控。正如你可能已经知道的，在审判之前，控方和辩方需要分享信息，从而使一些案件在庭外得以解决。"

我并不知道这些，但我还是点了点头。

"迪恩·纳尔逊声称，你对他的指认是一个错误。"她从面前的一堆文件中拿出一份文件，戴上了阅读眼镜。然后她从眼镜上方看着我，好像在等待我的回应。

"我没在保释听证会上见到他。"我很快答道。

"有几个目击者说你看见了。但那不是我们要讨论的。"

不知为什么，我听了这话很不高兴。她的语调，加上其他人沉默而警觉的面孔，使我感到不安。气氛变得严肃起来，甚至有些咄咄逼人。

"迪恩·纳尔逊提供了医学证明——非常私密的医学证据，他不可能是那个拍摄你被强迫视频的那个人。他的证据令人信服。事实上，甚至可以说这些证据无可争议。"

我觉得头晕目眩，一会儿，又感到了恶心。"我不明白。"我说。

"当然，从法律的角度来说，这是他的辩护人该做的，确保他能无罪释放。"她好像没听到我在说什么，又拿起了一摞文件，继续说。"但事实上，他们考虑得很周全。这些是你在'流动'公司的同事提供的宣誓声明，与本案直接相关的是索尔·阿克索亚提供的证词，他说他最近与你发生了性关系。他说，在你的要求下，你们两人共同录制了一段视频，视频内容和克拉克警探在你手机上找到的视频完全一致。"

有句老话说："恨不得挖个地洞钻进去。"但这句话实在无法描述谎言被戳穿后世界崩塌的那种感觉。之后，有一段长久的冷场，我感觉自己的眼泪刺痛了眼睛。我努力不让眼泪掉下来。我知道帕特里夏·沙普顿会认为：她流泪只是为了博同情。

我费尽力气地问："你们找到的其他手机呢？你们说过迪

恩·纳尔逊以前干过同样的罪行。他不是无辜的。"

首席督察罗伯逊回答了我的问题:"过去,人们认为入室盗窃和观看色情视频之间存在着联系,因为窃贼通常藏有色情DVD。后来有人发现,窃贼只是喜欢看他们在别人家里找到的色情影片。纳尔逊用手机做了类似的事情,翻拍了那些色情画面。仅此而已。"

帕特丽夏·沙普顿摘下眼镜折叠起来放好。"迪恩·纳尔逊有没有强迫你,艾玛?"

长时间的沉默。"没有。"我耳语。

"你为什么告诉警察他那么做了?"

"是你在西蒙面前询问我!"我爆发了,混杂着愤怒和屈辱的眼泪流了下来,滔滔不绝而又绝望地想让他们明白都是他们的错,"我指的是维尔岚警长和克拉克警探,他们说找到了一段视频,看起来就像是纳尔逊在强迫我。他们说看不到他的脸或刀子。我该怎么回答?告诉西蒙我和别人发生了性关系?"

"你指责一个男人持刀胁迫,强奸了你,并威胁你说要向你的家人和朋友发送色情视频。当你编造的故事无法站住脚时,你选择继续欺骗,甚至在法庭上宣读受害者的个人陈述。"

"是克拉克警探让我那么做的。我不想那么做,但他不允许。无论怎样,这是纳尔逊应得的。他是个小偷,他偷了我的东西。"

我的话在空气中回荡,那么可悲,那么微不足道。我看到了克拉克警探百味杂陈的脸:轻视、遗憾、愤怒……他被我欺骗了,我利用了他急于破案的心情,用一个又一个谎言来保护自己。

又是一段可怕的沉默。帕特里夏·沙普顿向罗伯逊督查瞥了一眼。很明显,这是一个预先约定好的信号。罗伯逊问:"你有律师吗，艾玛？"

我摇头。我曾经在西蒙搬出去的时候找律师起草变更协议，但我不认为他会负责这种案子。

"艾玛，我们现在要逮捕你。这意味着当我们正式审讯你的时候，会为你安排一名义务律师。"

我盯着他。"这是什么意思？"

"我们对待强奸案的态度是非常严肃的，这意味着我们假设每一个称自己被强奸的女人说的都是真话。另一方面，我们同样严肃地对待虚假的强奸指控。根据我们今天所听到的，我们有足够的证据逮捕你，因为我们怀疑你浪费了警方的时间，妨碍了司法公正。"

"你要逮捕我？"我难以置信地说，"那么纳尔逊呢？他才是罪犯。"

"我们必须取消对迪恩·纳尔逊的指控，"帕特丽夏·沙普顿说，"因为所有的指控，你提供的证据，现在全都不可信。"

"他偷了我的东西，这一点绝无争议，不是吗？"

"事实上，有争议，"警长罗伯逊说，"迪恩·纳尔逊声称他从酒吧里的一个男人那里买了手机。我们可以不相信这种说法，但在没有证据的条件下，没有任何东西可以把他和你联系起来。"

我负隅顽抗："你不能这么……"

"艾玛·马修，根据1967年《刑法》第5节第5条，我们以怀疑你企图妨碍司法公正及浪费警力的罪名逮捕你。你有权保持沉默，但你所说的一切都将作为呈堂证供。你明白吗？"

我哑口无言。

"艾玛，请回答。你了解对你的指控的性质吗？"

"了解。"我低声说。

经过单向玻璃墙的时候,我有一种麻木的感觉。突然间,我不再是那个需要被小心翼翼地呵护和同情的受害者了,不再有人给我递上一杯咖啡了。一转眼,我就会被带到警署的另一个地方,灯罩是铁笼形状的,地板上有呕吐物和漂白剂的臭味。一名看守警察从桌子后方凸起的平台上俯视我,向我解释我还剩下什么权利。我清空自己的口袋。他给了我一份《拘留所守则》,然后告诉我,如果我在这里待到晚饭时间,就会吃到一顿热饭。我的鞋子被拿走了,有人把我领进一间牢房,一侧的墙上有张床,另一侧有个矮架。除此之外,什么都没有了。墙是白色的,地毯是灰色的,光线蔓延到天花板上。我突然想到,可能爱德华会在这里待得很自在,但他当然不会待在这里,这地方肮脏、恶臭,有一种令人不适的廉价感。

我的义务律师让我等了三个小时。看守警察给了我一张案情记录书,这些写在纸上的内容看上去比在楼上时听到的更加不堪。

当我离开楼上的房间时,尽量不去看克拉克警探脸上的表情。他的愤怒消失了,只剩下厌恶。他曾经那么信任我,而我辜负了他。

最后,一个头发稀疏的肥胖男子出现了,他的领带打了个超大的温莎结。他站在门口,手中拿着一堆文件和我握了握手。

"我叫格雷厄姆·基廷,"他说,"恐怕所有可以用来安排会见的房间都在使用中。我们只能在这里谈了。"

我们就像两个害羞的学生,并排坐在坚硬的床上。他要我用我自己的话再说一遍发生了什么,那些话连我自己听起来都觉得很心虚。

"我最后会怎么样?"我说完后问他。

"这取决于他们会选一条浪费时间的路还是选一条追究到底的路。如果是前者,你认了罪,可能会被判社区服务或缓刑;如果是后者,那么法官可以施加的刑罚是没有上限的,最高可能判无期徒刑。显然,那只适用于非常极端的情况。但我要提醒你,遇到这种案子,法官们往往会认真对待。"

我又哭了。格雷厄姆从公文包里翻出一包旅行用纸巾,这个动作让我想起了卡罗尔,又让我想起了另一个问题。

"他们不会质疑我的心理医生吧?"我说。

"你指的是什么类型的心理医生?"

"我家遭窃之后,我开始看心理医生。那个心理医生是警方推荐的。"

"你对那个心理医生说了真相?"

"没有。"我可怜兮兮地说道。

"我明白了,"尽管他看上去并不明白,但仍这样说,"好吧,只要我们不谈及你的精神状态,他们就没有理由把她拉进来。"

他沉默了一会儿。

"来谈谈我们接下来应该如何防御。或者说,如何设法减轻刑罚。我是说,你已经向警方坦白发生了什么事,但你没说为什么要那么做。"

"什么意思?"

"整个案件的大背景是强奸和严重的性侵犯,由于这些指控都与强奸有关,他们将继续依据《拉索条例》进行处理。我曾经为迫于压力或被人指使而提出或撤销指控的女性进行辩护，那些说辞确实有用。"

"那不……"我欲言又止，"你的意思是，只要说是因为对某人心怀恐惧，我就有可能脱罪？"

"并不确保脱罪。但既然事出有因，就有可能大幅减轻刑罚。"

"但我的确心怀恐惧，"我说，"我害怕告诉西蒙，他有时很暴力。"

"这就对了。"格雷厄姆说。他没说"我们开始工作吧"，但他的肢体语言传达了这条信息——打开一本黄色的记事本，准备作笔记："他有怎样的暴力？"

此时：简

"克拉克警探？"

那个穿褐色风衣的男人手上拿着半杯啤酒抬起头说："我就是，虽然我不再是警探了。如果你愿意，请叫我詹姆斯。"他站起来和我握手，他的脚下有个装满水果和蔬菜的食品袋。他指指吧台。"需要给你拿杯饮料吗？"

"我自己来。你能来见我真是太好了。"

"没什么，反正我每周三都会进城买东西。"

我给自己点了姜汁汽水，然后走回去和他坐在一起。这些天来，我很惊讶地发现找人挺容易。一个电话打到苏格兰场，得知警探克拉克退休了，似乎是因为职场受挫。然后我简单地在搜索引擎中输入"如何找到一名退休警察？"是在真正的搜索引擎上而不是"管家"系统上搜索，结果进入一个叫"NARPO"的组织，也就是全国退休警察协会，有一张联络申请表。我递交了申请，当天就得到了回复，说他们不能透露成员的隐私，但会把我的问题发给该成员。

坐在我对面的那个人看起来远没到退休年龄。他肯定猜出了我在想什么，因为他主动回答了我的疑问："我当了二十五年警察，已经到了可以领取退休金的年纪。即便如此，我也没有完全停下工作，而是和另一名退休警察开了一家小公司，主营业务为安装安保装置。这份工作没有太大压力，收入却很可观。你是不是想谈谈艾玛·马修?"

我点点头。"请说。"

"你是她的亲戚吗?"

他一定是注意到了我和她的相像之处。"并不是。我现在是富门大街1号的租客,那里是她去世的地方。"

"嗯。"乍一看,詹姆斯·克拉克似乎是一个可靠的普通人,看起来像那种工作不错、生活安逸、在葡萄牙高尔夫球场边上有间小别墅的男人,但此刻他的眼神中流露出了精明而自信的光。"你到底想知道什么?"

"我知道艾玛对她的前男友西蒙提出了指控。不久后,她就死了。关于是谁和为什么杀死了她,我听到了一堆自相矛盾的说法,来自西蒙和她的新男友。"我故意不提爱德华的名字,以防克拉克发现我对他感兴趣。"我只想弄清楚发生了什么。住在同一个地方,很难不好奇。"

"艾玛·马修把我骗了,"克拉克警探直截了当地说,"在我的警探生涯中,几乎从未碰到过类似的事件,事实上,从来没有。当我面对这个貌似有理有据的年轻女人时,很想为她做点什么。她说她太害怕了,以至于不敢向警方说出她曾被强奸的事实。另外,我们当时正承受着强奸犯定罪的压力。我觉得,以我们手上掌握的证据,一方面总算能让我的上司高兴一回,另一方面也能为艾玛争取正义,把那个叫迪恩·纳尔逊的垃圾送进大牢。一箭三雕。但结果证明,我在这三件事上都搞砸了,她从一开始就是谎话连篇。"

"那就是说,她很善于撒谎。"

"或者说我是个傻乎乎的中年大叔,"他无奈地耸耸肩,"我的苏珊在前一年去世了,这个姑娘的年纪和我的女儿差不多……也许是我太容易相信别人了。警察内部调查得出的结论是:老警官临近退休时面对一个年轻漂亮的女人而判断力失控。其中有些判断的确是事实。不过无论如何,这都足以让我提前退休了。"

他喝了一口啤酒。我喝了一小口姜汁汽水。对我来说,喝汽水这个动作就是在大声宣布:我已经怀孕了。不过就算他注意到了,也没提出来。"现在回想起来,有些问题其实值得我去注意,因为她说在袭击过程中他一直戴着头套,但她对视频辨认电子记录的结果非常自信。至于对前男友的指控……"他耸耸肩。

"事后,你也不相信,对吗?"

"我们当时就没相信,那只是她的律师让她脱罪的把戏。'我太害怕了,我无法对我说的话负责。'这很管用。此外,皇家检察署也不太愿意在公开审判中告诉全世界她曾如何愚弄我们。她收到了'浪费警力'的正式警告,但那对她来说只是象征性的处罚,仅此而已。"

"但你还是在她死后逮捕了西蒙·韦克菲尔德。"

"是的。好吧,那其实是在为之前的烂事补窟窿,真的。突然出现了一种可能性,之前的所有方向都错了。一名年轻女子声称遭到强奸,然后承认自己撒谎,但又说她的男友对她施加暴力,是杰柯尔与海德式的分裂人格。[①] 不久之后,她死了。如果

---

① 《杰柯尔与海德》(Jekyll and Hyde),英国作家斯蒂文森的作品,是一部脍炙人口的经典小说,书中的主角是善良的医生杰柯尔,他将自己当作实验对象,结果导致人格分裂,到了夜晚,就转为邪恶海德,有了双重人格,最后杰柯尔以自杀来制止海德作恶。这部小说曾经被拍成电影,编成音乐剧,流传十分广泛,使得"杰柯尔与海德"成为"双重人格"的代称。

真的是西蒙杀了她，那么我们就走偏了。即使结果是自杀，看上去也是因为警察处理不当而导致的悲剧，不是吗？不管怎样，最好还是去抓个什么人……"

"这么说，你抓西蒙只是摆样子？"

"哦，别误会，也许是高层想要逮捕他。但当我们审问他的时候，我的手下做得不错。没有任何证据表明西蒙·韦克菲尔德与艾玛的死有关，他唯一的错误就是从一开始就跟她扯上了关系。我不能因为这个而责怪他。就像我说的，比他更年长、更聪明的人，都会为她的魅力而折服。"他皱起眉继续说道："不过，我要告诉你一些不同寻常的事。当大多数人的谎言被警方戳穿之后，撒谎者很快就会服软。艾玛所采取的反应也是用新的谎言来掩盖之前的谎言，这可能是她的辩护律师给她灌输的。但即便如此，这也不是一个常见的反应。"

"你认为她是怎么死的？"

"两种可能。要么是自杀——因为抑郁症？"他摇了摇头，"我不这么认为，抑郁症可能只是她的谎言的一部分。"

"第二种可能呢？"

"显然更像。"

我皱着眉问："像什么？"

"你似乎没有考虑过可能是迪恩·纳尔逊杀了她。"

这倒是真的——我一直都在关注爱德华和西蒙，几乎没有想到可能还有另一个人。

"据我所知，纳尔逊曾经是，现在依然是一个邪恶的样本，"他继续说道，"他在十二岁的时候就因为暴力行为被定过罪，而当艾玛用编造的故事差点害他被判有罪之后，他有可能想要报复。"他沉默了一会儿。"实际上，艾玛说了很多。她告诉我们，纳尔逊对她构成了威胁。

"你们去调查了吗？"

"只是做了些记录而已。"

"记录和调查是一回事吗？"

"她因浪费警力而被捕。你想想看，她在那之后的每一项指控难道还是重要的吗？看起来，我们似乎过早地指控纳尔逊犯了强奸罪，他的律师反控那是种族骚扰，我们没有任何办法在拿不出确凿证据的情况下再次缉捕他。"

我想了想。"跟我说说那段视频吧，艾玛手机上的那段，和强奸毫无关系，你怎么把它错当成强奸视频了呢？"

"因为那段视频看起来很残忍，"他平淡地说，"我大概太老派。我想象不出怎么会有人喜欢那种动作。如果有一件事是我在二十五年的警务工作中学到的，那就是一个人永远无法理解别人的性生活。现在的年轻人在网上看这种肮脏的、咄咄逼人的色情片，然后自以为在自己的手机上录制这样的视频可能很有趣。男人物化女人，女人还很配合。为什么？这让我很困惑，真的。但在艾玛的案例中，这就是事实。她的男朋友最好的朋友同样如此。"

"那是谁？"

"一个名叫索尔·阿克索亚的白领，曾在艾玛供职的公司工作过。纳尔逊的律师找了一名私家侦探追踪他，并说服他作出陈述。当然，阿克索亚没有违反任何法律。真是一团糟。"

"但，如果是迪恩·纳尔逊杀了她，"我的脑子里还在思索着克拉克的推论，"他是怎么进入房子的？"

"那我就不知道了，"克拉克放下空杯子，"我等的公交车十分钟后就来了。我要走了。"

"富门大街1号有着最先进的电子安全系统，艾玛非常喜欢。"

"最先进？"克拉克不屑地哼了一声，"十五年前大概很先进。我们现在不会考虑任何与互联网安保有关的保安产品，这类东西太容易被黑客攻击了。"

我的脑海里突然响起爱德华的声音："发现她的尸体的时候，淋浴还开着。她一定是脚都没擦干就往楼下跑。"

"淋浴为什么会开着？"我问。

克拉克看起来困惑。"对不起，你说什么？"

"淋浴，由手镯操作的淋浴，"我举起手腕展示给他看，"进入浴室时，这东西会识别佩戴者的身份，并把水温和水量调整到符合佩戴者需求的专属设置。然后当佩戴者走出浴室的时候，手镯会自动关闭淋浴。"

他耸耸肩。"随你怎么想吧。"

"富门大街1号的其他数据正常吗？门禁视频之类的？都检查了吗？"

他摇了摇头。"她被发现的时候，已经过去了48个小时。硬盘已经被删除干净。很多安保系统都有这样的机制，以节省磁盘空间，非常可惜，除了你还在追查。"

"这栋房子里一定发生了什么事，那正是其中的一部分，对此我坚信不疑。"

"也许吧。我想那是一个我们永远无法解开的谜。"他站起来伸手去拿购物袋。我也站起来，准备与他握个手。但当他亲吻我的脸颊时，我有点吃惊，他的衣服闻起来有淡淡的啤酒味。"很高兴见到你,简。祝你好运。坦率地说,我怀疑你是否能查出连警察都没能查明的情况,但如果你查到了,请告诉我,好吗?发生在艾玛身上的事令我感到非常困扰。不是每个案子都如此地困扰我。"

彼时：艾玛

曾经有一段时间，富门大街1号似乎是一座宁静的天堂。而现在它完全不一样了，它让人感到一种幽闭的恐怖的恶意，似乎这房子在对我生气。

当然，我只是把自己的感觉投射在这些墙壁上而已，对我生气的是那个人而不是这栋房子。

我想起了爱德华，我开始因为给他写了那封信而感到害怕。我那时候在想什么呢？我给他发了一条短信："请不要读那封信，直接扔掉。"对于大多数人来说，这种短信反而会激起他们拆信的欲望，但爱德华和大多数人不一样。

无论做了什么，我迟早都会把关于西蒙、索尔、纳尔逊和警方的一切告诉他，并且承认我一直在欺骗他。光是想到这些事情，就让我难受得想哭。

当我还是个孩子的时候，我妈妈总说："既然撒谎就别哭。"

她还教我了一段押韵的儿歌，是关于一个叫玛蒂尔达的小女孩，她经常打电话给消防队谎报火警，于是当火灾真的发生时，人们都不相信她了。

每次她都喊："着火啦！"

他们只回答："你个小骗子啊！"

> 因此，当她的姑妈回到家，
> 玛蒂尔达和家都被烧毁了。

我对我妈妈也撒谎。我十四岁时开始不吃东西，医生诊断是厌食症，但我知道我根本没得什么饮食失调症，我只是想证明我的意志力比我妈妈强。很快，全家都发疯似的担心我的饮食、体重和卡路里摄入量，担心我这一天过得好还是不好，我有没有月经不调，担心我头晕了一下，担心我的胳膊和脸颊上长出了灰白毛发。每顿饭都拖得极长，我的父母试图哄骗我、贿赂我、胁迫我，只是为了让我多吃一口。我编造了匪夷所思的饮食理论——如果我喜欢吃，我就会吃。有一个星期，我只吃牛油果汤上的炸苹果片；还有一个星期，我只吃梨子西洋菜沙拉，一天三顿皆是如此。我的父亲原本对我挺疏远的，总让我学会独立，但一旦我病了，我就成了他的头等大事。我被送去各种私人诊所，在那里，他们一直在谈论自轻自贱和在某些事上取得成功的必要性。我在某些事上是相当成功的，比如不吃东西。我学会了露出那种看起来疲倦而又如天使般的微笑，对他们说，我相信他们是对的，我会努力尝试，努力往积极的方向思索。

直到一位女心理学家看着我的眼睛，说她很清楚我只是在操纵别人，如果我不马上开始吃东西就太迟了。我于是停了下来。"厌食症显然已经改变了你的大脑运作方式。你进入了某种思维模式，你最不希望出现却出现了的思维模式。如果保持这种状态，你就只能以这种思维模式度过余生了，就像那些荒诞故事，当你皱眉时，风已转向。"

厌食症消失了，但我还是很瘦。我发现人们喜欢瘦女孩，尤其是男人，他们对我产生保护欲。他们都认为我很脆弱，而事实上，我有着钢铁般的意志。

但有时——当事态失控的时候，就像现在这样——我还是会怀念不吃东西时那种可爱的、令人舒服的感觉，知道自己能全权掌握自己的命运。

现在的我虽然抵挡住了厌食的诱惑，但一想到发生的那些事，胃里就会产生一种病态的空虚感。这就是来自那些亲爱的同事们的证词。有哪些同事？除了索尔还有谁？我想，现在这些都不重要了，流言蜚语将传遍整座办公大楼。

还有阿曼达，我最好的朋友之一，也将知道她的丈夫和我上了床。

我给人力资源部发邮件说我病了。我需要远离工作，直到想清楚我该怎么做。

为了让自己忙起来，我开始打扫房间。不去思考，敞开大门，清扫垃圾。突然，我听到身后传来一个声音，心一下子跳到了嗓子眼。

一张瘦骨嶙峋的小脸，眼睛大得像小猴子，正盯着我看。是一只小猫，一只小暹罗猫，满怀期待地坐在石头地板上看着我，好像在说："帮帮我找到主人吧。"

"你是谁？"我问。它只是喵喵叫，毫不介意我抱它起来。它全身的皮肤和骨头好柔软，身上的皮毛就像是羊皮。爬到我的手臂上之后，它开始咕噜咕噜叫。

"我该拿你怎么办？"我说。

我带着小猫挨家挨户去敲门。我以前从没见过这些邻居，虽然我有时会向经营着街角小店的那家印度人打招呼，也知道车站的星巴克里有一个波兰女孩服务员，但仅此而已。

大多数的房子里都没人。这条街上的住户大都是上班族，靠薪水来还贷或支付租金。但在3号，一个留着鬈发、脸上有雀斑的女人出现在门口，用围裙擦着手。在她身后，我看到厨房里有两个红头发的孩子，一个男孩和一个女孩，也系着围裙。

"你好。"她说，看到了我手上的小猫，它还在我的怀里呼噜呼噜地叫。"哦，小宝贝。"她说。

"你知道这是谁的猫吗？"我问，"它刚刚走进我的房子里了。"

她摇摇头。"我没听说这儿有人养猫。你住几号？"

"1号。"我说，指着隔壁。

"元首地堡？嗯，我猜应该有人入住那里了。自我介绍一下，我是麦琪·埃文斯。你想进来坐坐吗？我给其他的妈妈打个电话。"

孩子们聚在一起，吵着要抚摸小猫。母亲让他们先洗手，她给邻居们打电话，说："我等回音。"三名戴着安全帽的建筑工人从地下室走出来，穿过厨房，礼貌地把空杯子放在水槽里。"欢迎来到疯人院。"麦琪·埃文斯说，她放下电话走过来。其实每个人看起来都不像疯子，孩子们和建筑工人都很有礼貌。

"问了一圈，没什么收获，"她又问，"克洛伊，蒂姆，你们想画几张'失猫招领'的海报吗？"

孩子们兴高采烈地答应了。克洛伊问："如果没有人认领，我们能不能把小猫留下？"麦琪坚决地反对："小猫很快就会长成一只大猫，到时候它就会吃掉赫克托尔[①]。"赫克托尔是谁？我从

[①] 赫克托尔（Hector），特洛伊王子，特洛伊战争中的第一勇士。

来没见过。孩子们画海报时，麦琪一边泡茶一边问我在富门大街1号住了多久。

她坦陈："我们起初并不想让那栋房子造起来，它太不协调了，建筑师又非常粗鲁。他召集了规划会议，说是来听取我们的意见，却站在那里一句话也没说。然后什么都没改，就走人了。什么都没改！我打赌那地方就像是地狱。"

"事实上，"我说，"住在那里还挺好的。"

"我遇到了那栋房子以前的一个租客，她就受不了，只撑了几个星期，"她说，"似乎那里的所有东西都在跟她作对。还有些奇怪的规定，不是吗？"

"有一些，"我说，"那些规定还挺合理的。"

"好吧，我反正是无法住在那里的。蒂姆！"她喊，"不要用瓷盘调颜色。顺便问一下，你是做什么的？"

"市场营销。但我现在休病假在家。"

"哦。"她疑惑地看着我——我显然不像是在生病。随后她紧张地看向孩子们。

"别担心，没什么事，"我压低声音，"我只是在接受化疗，精神上饱受摧残，仅此而已。"

她的眼睛里立刻充满了关切。"哦，亲爱的，我很抱歉……"

"不用抱歉。我很好，千真万确。"我假装勇敢地说。

我离开的时候，一手抱着小猫，一手抓着一堆自制海报，上面写着："这是你的小猫吗？"埃文斯成了我的坚定的盟友。

回到富门大街1号，小猫的胆子越来越大，四处探索，爬楼梯到卧室。我去卧室找它的时候，发现它躺在床上睡着了，一只爪子向上伸在空中。

公司方面，我觉得应该作个了断，于是拿出手机，拨通总机。

"这里是'流动'公司，有什么可以帮您？"一个声音说。

"能帮我接通人力资源部的海伦吗？"

停顿了一下，然后人力资源部的负责人接起了电话："喂？"

"海伦，我是艾玛，"我说，"我是艾玛·马修，我要正式投诉索尔·阿克索亚。"

此时：简

如果说找到克拉克警探很容易，那么发现索尔·阿克索亚的电子邮件地址则更是不费吹灰之力。把他的名字和"流动"公司输入谷歌，结果显示：他三年前离开了这家公司，现在是沃卡努公司的创始人兼首席执行官，这是一个新兴的矿泉水品牌，在新潮的官网上宣称，水源来自斐济休眠火山之下。照片上是一个皮肤黝黑的英俊男子，剃着光头，牙齿洁白，一只耳朵上戴着钻石耳钉。我给他发了封电子邮件。

亲爱的索尔，希望你不要介意我如此唐突地给您写邮件。我正在作一些关于租客调查的研究，样本地址是富门大街1号。

我把邮件发送出去的时候，觉得"我们"现在被联系在了一起。每个人，每件事。但自从我"开始"做这件事以来，我第一次遭到了拒绝。回信很快就来了，答案是"不"。

谢谢你的邮件。我不讨论艾玛·马修。不与任何人讨论。索尔。

我决定再试一次。

> 明天晚上我会在你的办公室附近。也许我们可以喝一杯？

这次我附上了自己的社交账号信息。以我对索尔·阿克索亚的了解，我可以肯定他会上脸书查看我的资料。不谦虚地说，我猜他一定不介意和我这种长相的女性喝一杯。

这一次的答案果然积极多了。

> 好的，我可以抽出半个小时给你。8点，我在达顿街的斑马酒吧等你。

我提前到了那间酒吧，点了柠檬苏打水。我的乳房开始肿胀了，需要频繁上洗手间。除了这一点之外，几乎看不出来我怀孕了，米娅声称我看起来很好。"光彩照人。"她说。不过我早上起床的时候，感觉并非如此。

我对索尔·阿克索亚的第一印象是"珠光宝气"。除了耳钉，他还在敞领衬衫的领子下戴了一根细细的金链子，露出了袖扣，右手戴着一枚纹章戒指，左手戴了一只昂贵腕表。他看到我点了一杯软饮料，似乎很不高兴，试图说服我同意他给我倒香槟，他给自己也点了一杯香槟。

索尔和西蒙·韦克菲尔德不一样，我暗自思考。爱德华·蒙克福德则与他们两人都不一样。艾玛竟然和这三个男人都有恋情，令人难以置信。西蒙渴望被取悦，既敏感又不安；爱德华平静而充满自信；索尔则咄咄逼人，傲慢无礼，在每句话结尾都要加上"是吧"，显得咄咄逼人，好像在强迫我同意他的观点。

"谢谢你来见我,"我稍微聊了两句之后说,"我知道这一定很奇怪,因为我甚至不认识艾玛。"其实在我看来,几乎没有人真正地了解她,每个人都讲述了关于她的不同版本。

他耸了耸肩。"我来见你,不是为了谈她,是吧?我至今都没办法和别人讨论这个女人。"

"为什么?"

"因为她是报复心极强的变态,"他直截了当地说,"她让我丢了工作。我不是舍不得那份工作,那份工作本来就是狗屎,但她撒谎诋毁我,从没有人那么诋毁我。"

"她做了什么?"

"她向人力资源部投诉说我把她灌醉之后强迫她上床。她说我对她说,如果跟我上床,我就把她调进市场部。她声称拒绝了我,但我霸王硬上弓。尴尬的是,我确实和市场部总监谈过一次,想帮她的忙,但那是在我们睡了之前而不是之后,可她在自己被拘捕这事曝光之前提出了指控,说她流着泪被强奸了,是吧?那家公司里碰巧有几名女员工有点情绪化,因为她们发现了彼此的秘密,再加上我的妻子,当然现在是前妻了,她一心想陷害我,所以我被毁了。事实证明,这其实是发生在我身上最好的事情,但她当时并不知道这一点。"

"那么你和艾玛之间算什么?一夜情?婚外恋?"酒吧里提供一碗咸味坚果,我发现自己总是忍不住在他说话的时候去抓那些坚果吃,于是把盘子推开。

"我们是睡过几次,但仅此而已。外出培训时在酒店过夜,两杯酒下肚就失控了,"他愁眉苦脸地说道,"听着,我并不为此自吹。西蒙是我的朋友,至少在我和艾玛的事发生之前,他是我的朋友。但我从来都不擅长说'不',是她不断挑逗我,相信我。事实上,是她想要继续玩下去,但我觉得玩得够多了,是时候结束了。我认为她身上有很大的危险,她肯定享受背着西蒙做这种事,也喜欢背着阿曼达做。如果你非要问我为什么,那么我会告诉你我是为了西蒙而结束了这段情,尽管他从来不信。"

"你和西蒙还有联系吗?"

他摇了摇头。"我们已经好几年不说话了。"

"我必须问一下……看过艾玛手机里那段视频的人觉得,你的动作很粗暴。"

他看起来没有一丝尴尬。"是的,因为她喜欢,对吧?大多数女人都喜欢,"他给了我一个挑逗的眼神,"我也喜欢知道自己想要什么的女人。"

我感到自己的皮肤一阵阵发麻,尽量装作若无其事。"为什么要拍下视频?"

"纯属无聊。每个人都这样做过,对吧?她后来告诉我她已经删掉了,但其实她保留了下来。这就是艾玛——她享受那种拥有某种隐秘之物、拥有某种一旦泄露出去就会毁了她自己也毁了我的东西的快感。那是她的一点隐秘的特权。我其实应该仔细检查一下的,但那时候我已经不想奉陪了。"

"你有没有注意到她在其他事情上撒谎?那似乎是别人对她的评价,人们说她总是撒谎。"

"谁能一直说真话?对吧?"他向后靠,看起来更放松了,"虽然我注意到她有时会说些蠢话,就像西蒙告诉我的,她能做模特,有些顶级模特代理曾拼命想签下她,但她觉得模特这条路不适合她,说得好像她放弃了模特之路只是为了去一家矿泉水公司做助理。不管怎么说,她告诉我一名当地摄影师曾在街上跟她搭讪,因为他看起来像个变态,所以她没有接受他的提议。我有时候想:到底哪个版本才是真的?有时她只是言辞夸张了一点,但有时她能彻头彻尾地编造一个假象的世界。"

"提醒你哦,"他补充道,"当你听到我跟零售商谈生意的时候,可能会误以为我的销售额高达百万英镑。这就是谈生意,死撑到底,直至成功,对吧?"他喝完香槟。"我们不要再谈她了,对吧?让我们点瓶酒,谈谈你吧。有没有人告诉你,你有一双非常美丽的眼睛?"

"谢谢,"我说,从吧凳上滑下来,"我要走了,很感激你能来见我。"

"什么?"他假装很震惊,"要走了吗?去见谁?男朋友吗?我们才刚刚开始。来吧,坐下来吧,喝点鸡尾酒,对吧?"

"不,真的……"

"我的要求已经非常低了。我为你腾出了时间,这是你欠我的。咱们喝点什么吧?"他微笑着说道,眼神中有一种强硬和绝望。一个老去的浪子,试图用性魅力来挽回消逝的自尊。

"不,真的。"我坚定地说。离开酒吧的时候,我看到他四下窥视,搜寻下一个猎物。

彼时：艾玛

人们说，跟酒鬼在一起，总有那么一刻，你会沉到水底。没人能告诉你什么时候该放弃，没人能说服你，你必须自己到达那个地方，并看清那到底是什么。船到桥头，才有机会扭转局势。

我已经到达那个地方。指责索尔只是权宜之计。毫无疑问，这是他应得的——他一直在阿曼达座位后面的办公室里猎艳，人人都知道他是什么样的人，是时候让他现原形了。但另一方面，我必须正视自己允许他灌醉我这个事实，是我允许他在我身上做了那些事情。在西蒙对我不断地索取及其令人讨厌的膜拜行为之后，索尔这种自私而简单明了的风格其实很令人耳目一新。但这并不能改变"我的所作所为皆为愚蠢"这一事实。

我必须作出改变。我必须做一个能看清现实的人。我不是受害者。

卡罗尔曾经告诉我，大多数人都把精力花在改变别人身上，然而唯有自己才能改变自己，即使极其艰难。我懂她的意思了。我想我已经准备好变成一个与众不同的人，不再任由那些可耻的事发生在我的身上。

我寻找卡罗尔的名片，想给她打电话，却没找到。在富门大街1号怎么可能丢失任何物品？这让我很不开心，这种事最近似乎一直在发生，从待洗衣物到整瓶香水，我发誓我肯定把它们放在浴室里了。我不再浪费精力去找出它们。

但我没法忽视这只小猫。尽管孩子们画的海报上没写"他"的名字——我已经可以确定这小猫是"他",而它所做的一切只是在房子里游荡,好像它是这个地方的主人。它需要一个名字。当然,我想叫它"猫",和《蒂凡尼早餐》里那只走失的猫同名,但我想到了一个更好的名字。我就像是这栋房子里的猫,是无名无姓的懒虫。我们不属于任何人,也没有人属于我们。

就叫它"懒虫"。我走到街角的商店,给它买了猫食和其他用品。

我回去的时候,房子外面有个人,一个骑自行车的孩子。我以为他是来找"懒虫"的。不一会儿,我就意识到他是那个在保释听证会后辱骂我的孩子。他一看到我,就咧嘴笑着从车把上取下一只水桶。不,不是水桶,而是一罐油漆,已经掀开了。他站在地上,用脚支撑着自行车,把罐子里的东西一股脑倒向房子,倒在白色的石墙上,没有倒向我。一个巨大的、流着血的伤口出现在富门大街1号的正门口。油漆桶掉到地上,滚动着,红色的。

"我现在知道你住在哪里了,婊子。"他踩上脚踏板,冲我大喊大叫。

当我拿出手机找到克拉克警探留给我的电话号码时,我的手在发抖。"是我,艾玛,"我口齿不清地说道,"你说过,如果事情再次发生可以给你打电话,有人把油漆泼到我的门前……"

"艾玛·马修,"他说,就像是在刻意让身边的人听到似的,念出了我的名字,"你为什么打这个号码,马修小姐?"

"是你给我的,不记得了吗?你说,如果再有人恐吓我,就打电话给你……"

"这是我的私人电话。如果你想报警,应该打给警察局。我把警察局的电话号码给你,你有笔吗?"

"你说过你会保护我。"我慢慢地说。

"今时不同往日。我给你发个电话号码,你打过去吧。"他说。他挂了电话。

"狗杂种。"我低声骂。我又抽泣起来,无助而又羞愧的眼泪流了下来。我盯着那片巨大的红色污迹,不知道该怎么把它清洗掉。我知道这意味着我必须和爱德华谈谈了。

10. 一位新结识的朋友承认她曾因入店行窃而被送进监狱。这事情发生在过去,而她如今已经洗心革面。你会:

  a) 认为这毫无关系——人人都应该有第二次机会

  b) 赞赏她与你分享的诚实

  c) 作为回报,你也向她说一个你曾经犯的错

  d) 为她在那种情况下的生活感到遗憾

  e) 觉得她不配和你做朋友

此时：简

见完索尔·阿克索亚，我搭地铁回家，真希望我能坐得起出租车：工作一整天之后，乘客们身上肮脏而潮湿的气味越来越让人难以忍受。没有人给我让座，我也并不真的指望有人能那么做。我看到国王十字站上来个女人，撑着八个月的大肚子，佩戴着"宝宝上车"的徽章，有人站起来给她让座。她喘着大气坐到座位上。几个月之后，我想，我也会变成那样。

无论如何，富门大街1号是我的天堂，我的茧。我之所以迟迟不告诉爱德华怀孕的事，是因为我已经意识到，我心里很担心米娅是对的，害怕他会把我丢出去。我告诉自己，这是他的亲生孩子，他会改变态度；我们的关系比他珍视的原则更重要，他会想要婴儿监视器、童车、托儿所、婴儿床和其他混乱的一切。我甚至上网查看发育标志，考虑到他父母的类型是A型，自律人格，那么我们的孩子三个月大就能入夜就睡，一岁就会走路，十八个月大就能自己上洗手间。所谓的小混乱肯定不会持久吧？

但不知怎的，真要打电话给他的时候，我就没了自信。

当然，不管周围多么宁静，我仍感觉在面对恐惧。伊莎贝尔生下来是缄默的，僵直的。我祈祷上天，这个婴儿不一样。一遍又一遍，我想象那一刻：等待，听见第一次呼吸，狂喜，哭泣。我的感觉会是怎样？成功？或是更复杂的情感？有时我发现自己在向伊莎贝尔道歉：

　　我保证不会忘记你，我保证没有人能代替你，你永远是我的第一个孩子、我的最爱、我的宝贝女儿，我将永远为你悲伤。

但现在有了另一种爱的存在，难道我身上真的可以有无穷无尽的爱，可以使我对伊莎贝尔的感情不会暗淡？

我收回注意力，关注当下：爱德华。我越是告诉自己要跟他挑明，越有一个声音提醒我：我其实不了解这个男人，虽然他是我的孩子的父亲。我只知道他很了不起，"了不起"这个说法也只是"这人和一般人不一样而且有强迫症"的委婉表述。我仍然不知道他和艾玛之间到底发生了什么事，他负有什么责任——道德方面和其他方面，他也许就是要她去死，又或者是西蒙和卡罗尔各自做错了什么导致了艾玛的死亡。

我一如往常地有条不紊、高效，买了三包不同颜色的荧光便利贴，把一面墙变成了一幅巨型思维导图。我在导图的一侧贴了一张标签，上面写着"意外"，然后依次贴上：

"自杀""谋杀"——西蒙·韦克菲尔德

"谋杀"——迪恩·纳尔逊

"谋杀"——未知人士

最后，我不情愿地加上：

"谋杀"——爱德华·蒙克福德

在每个名字下面，我都贴上更多的便利贴，写上相关的证据；没有证据的就打个问号。

我很高兴地看到，在爱德华的名字下面只有寥寥几张便利贴。西蒙下面的便利贴也比其他人少，哪怕我顾及和索尔的会面而加上了一句："为了报复她跟自己最好的朋友出轨？"

经过一番考虑，我又贴了一张便利贴：

"谋杀"——克拉克警探

警探也有作案动机，因为他被艾玛愚弄了，这事情使他丢了工作。当然，我并不认为他真的会那么做，就像我不相信爱德华会动手杀人一样。但他显然对艾玛有所迷恋，我不想过早地排除任何可能性。

一想到克拉克警探，我就想起来我忘了问他警方是否知道跟踪爱德华的人，约根。我又贴了一张便利贴：

"谋杀"——跟踪爱德华的人

一共有七种可能性。

我盯着那堵墙看，突然意识到我根本没有任何有用的信息。正如克拉克警探所说的，理论是一回事，找到证据是另一回事。我只有假设。难怪验尸官得出的结论是死因不明。

在富门大街1号的石墙上，这堆色彩缤纷的便利贴就像一幅现代艺术画。我叹了口气把它们取下来,扔进垃圾箱。

垃圾箱已经满了,所以我必须把垃圾提到外面去。富门大街1号的大型回收站位于房子的一侧,就在与3号的交界处。当我把所有东西倒进去的时候,垃圾是倒序出现的:最先倒出来的是我刚刚丢进去的东西,随后出来的是之前丢的东西。我看到了昨天的食品包装袋、上周末的《星期日泰晤士报》、上周丢掉的洗发水空瓶和一幅画。

我把画捡出来。那是爱德华出差之前为我画的写生,他说这幅画虽然画得很好,但他不想保留。他不止一次画过我。画面中的我,头转向右边,细节非常到位,甚至能看到我脖子上紧绷的肌肉和凸起的锁骨。但在这幅画的下方,或者说在这幅画之外,有第二幅画,只有几条参差不齐的暗示性线条,却有着惊人的能量和粗暴:我的头转向了另一边,张开嘴咆哮着。两幅画中的头转向相反的方向,造成了一种令人不安的动感。

哪幅是草稿?哪幅是完成稿?为什么爱德华说画本身没有什么问题?他不想让我看这幅双重画像是否另有隐情?

"你好。"

我一下子跳了起来。一个红色鬈发、大约四十岁的女人站在3号门前的路口,也出来倒垃圾。"对不起,你吓了我一跳,"我说,"你好。"

她对富门大街1号比画了一下。"你是新来的房客,对吗?我叫麦琪。"

我伸手越过栏杆跟她握握手。"简·卡文迪许。"

"其实,"她坦言,"你也吓到我了,我还以为你是另一个姑娘,可怜的小东西。"

我感到背上一凉。"你认识艾玛?"

"聊过几次,如此而已。不过她很可爱。很甜。她带着一只流浪猫来找我,我们聊了几句。"

"那是什么时候?"

麦琪扮了个鬼脸。"就在她……几周前。你懂的。"

麦琪·埃文斯……我想起来了:艾玛死后,当地报纸曾引用她的话,说邻居们都讨厌富门大街1号。

"我为她感到难过,"麦琪说道,"她跟我说她得了癌症,正在休病假。当他们发现她的尸体的时候,我还以为她的死和生病有关——或许因为化疗无效,所以她选择了自杀。她说到治疗的时候显得很有信心痊愈,但我仍然觉得有义务跟警方提醒一下这件事。但后来他们说,尸检很彻底,她没得癌症。我还记得当时我一直在想,她战胜了那么可怕的疾病,却还是死了,真可怕。

"是的。"我说,心里却想,癌症?我敢肯定这又是谎言,但为什么她要那么说呢?

"提醒一下,"她补充道,"我跟她说,不能让房东见到那只流浪猫。既然能盖出那种房子……"她努力跳过那个字眼,但沉默了短短几秒,她似乎又想到了什么,而且很快她就绕回到最喜欢的话题:富门大街1号。不管她如何抱怨,她都明显地流露出很享受成为这座臭名昭著的建筑的邻居。"嗯,我要走了,"她最后说,"得帮孩子们准备点心。"

我遥想自己将如何当一名母亲:把自己的生活放在一边,帮孩子们准备点心,和邻居们谈论八卦。我想应该还有比这更糟糕的事情。

我低头看了看手里的画。突然想到艺术史上的一个参照物:

双面神雅努斯，欺骗之神。

第二幅画也是我吗？还是——我突然想到——艾玛·马修？如果是她，爱德华为什么冲她发怒？

我等麦琪离开之后，小心翼翼地、一层一层地继续翻垃圾，翻出那些便利贴。它们现在都粘在一起了，荧光绿、红、黄色纸杂糅在一起。我捡起来拿回屋里。我还远远没有完完。

彼时：艾玛

我一直设法拖延着不去上班。但是到了周五，我觉得必须作个了断。我给"懒虫"留了些猫粮和一盘猫砂，然后去上班。

来到公司，走到自己的办公桌前坐下，我总觉得有人在盯着我。布莱恩过来跟我说话。

"哦，艾玛，"他说，"感觉好些了吗？来上班挺好，你可以来参加十点开始的月度会议。"

从他的言谈举止来看，大概还没人跟他说这事。但女同事们就是另一回事了，她们都不敢看我。我一抬头，她们就赶紧低头看电脑屏幕。

随后我看到阿曼达向我大步走来。我迅速起身朝洗手间走去。我知道肯定要面对一场大战，最好去一个没人的地方解决而不是让其他人围观看戏。我做到了——洗手间的门还没关上，她就砰地一声把门撞开，撞到门后的橡胶门挡之后又弹了回去。

"这他妈的是怎么回事？"她咆哮。

"阿曼达，"我说，"等等……"

"别他妈的来这套，"她大叫，"别告诉我你很抱歉或者别的什么屁话。我当你是朋友，你却搞了我的男人，还在手机里存了你搞他的视频，现在你竟敢又去投诉他。你这恶魔，撒谎的婊子！"

她的双手在我面前挥来挥去，我觉得马上要被她揍了。

"还有西蒙，"她继续说，"你骗了他，骗了我，骗了警察……"

"关于索尔，我没撒谎。"我说。

"噢，我知道他不是天使，但是你这种女人送上门……"

"是索尔强奸了我。"我说。

听到这话，她安静了。"什么？"她问。

"听起来很荒唐，"我急切地解释，"但我向你保证，这次我说的是真的。我知道我自己也有责任。索尔把我灌醉了，我喝得烂醉如泥。我不应该让他那么做——我知道他为什么那么做，但我没有料到他敢那么做。他可能在我的酒里下了药，然后他说会送我回我的房间。等我清醒过来的时候，我发现他对我用强。我拼命拒绝，但他不听……"

她瞪视我。"你撒谎。"她说。

"我没有。我承认我之前撒过谎，但我发誓这次没撒谎。"

"他不会那样做，"她说，"他可能会偷吃，但绝不是强奸犯。"但她的语气并没那么肯定。

"他甚至不认为那是强奸，"我说，"后来他不断地告诉我那晚有多棒。我糊涂了，心想也许是我记错了。后来他把视频传给我。我根本没发现他录了视频——我根本就不知道！他说他很喜欢回放这一段。这就是在提醒我：他随时可以告诉西蒙。我不知道该怎么办。我怕了。"

"你为什么不告诉别人？"她质疑。

"我能告诉谁？你那时候看起来那么幸福，我不想破坏你的婚姻。你知道西蒙很敬畏索尔，我不知道他是否会相信我，更别说万一他听到自己最好的朋友对我做了那种事，简直不敢想象他会做出什么事情来。"

"但你保存了视频。你为什么要那么做？"

"那是证据，"我说，"我曾鼓起勇气去警察局，也曾想过向人力资源部投诉。但拖得越久，就越难付诸行动。我看视频的时候，自己都觉得视频的内容含糊不清。我羞于让任何人看到它。我想这也许都是我的错。后来警察在我的手机上发现了这段视频，他们在西蒙面前推断那是迪恩·纳尔逊干的，于是一切变得更加复杂了。"

"上帝啊，"她难以置信地说，"上帝啊，你在胡说八道，艾玛。"

"我没有。"我发誓我没有。

我又说："索尔是个混蛋，阿曼达，我认为你在内心深处是很清楚的，他有其他女人——公司里的女人，夜总会里的女人，他能搞到手的任何女人。如果你支持我，他就会得到应有的惩罚，也许不是所有的惩罚，但至少他会丢掉工作。"

"警方怎么说？"她问。我知道她开始相信我了。

"除非有确凿的证据，否则警方不会介入。这只能让他丢掉工作，没法让他进监狱。他如此背叛你，你不想讨回公道吗？"

终于，她点点头说："他在公司里至少有两个女人，我知道他跟她们上过床。财务部的米歇尔和市场部的利奥娜。我会把这两个名字报给人力资源部。"

"谢谢你。"我说。

"你跟西蒙说过这些吗？"

我摇头。

"你应该告诉他。"

一想到西蒙，和蔼、可爱、值得信赖的西蒙，奇怪的事情发生了，我不再瞧不起他了。我曾经因为他是索尔的朋友而恨他，因为一直以来他都是个好人，却结交了那么自私、好斗的索尔。但现在我不恨他了。现在我心里想的是：能够被人原谅，是多么美好的事情。

我吃惊地发现自己哭了。我用纸巾擦了擦眼泪。

"我回不去了，"我说，"我和西蒙结束了，有些事情错了就是错了，改不过来了。"

此时：简

"只是涂点凝胶，可能会有点凉。"超声波监测师和蔼地说。我听到一种像是挤弄果冻润滑剂的声音，随后，超声波探头把凝胶涂在了我的肚子上。这种感觉让我想起了怀伊莎贝尔时的第一次检查：身上一整天都是黏黏的，像是在衣服下藏了秘密；包里的纸卷上打印着看起来如鬼魅又如蕨类植物般蜷曲的胎儿轮廓。

我深吸一口气，突然涌起一阵激动的情绪。

"放松，"超声波监测师有些误解，低声说道，使劲按下我的腹部，调整胎儿的角度，"就在这儿。"

我抬头看着显示器，一个轮廓从黑暗中浮现出来。我大声叫了出来。看到我的反应，她笑了笑。"你有几个孩子？"她似乎想闲聊。

我肯定花了比大多数人更长的时间来考虑怎么回答这个问题，以至于她低下头看我的病历。"对不起，"她若无其事地说，"我刚刚看到之前你怀了死胎。"

我点点头。看来聊不下去了。

"你想知道婴儿的性别吗？"她补充道。

"是的，请告诉我。"

"你怀了一个男孩。"

你怀了一个男孩子。仅仅是她这句断语中那种简单的自信，那种"一切都会好的"的希望,就让我心潮澎湃,快乐和悲伤相互碰撞着,令我泪流满面。

"来,拿一张。"她递给我一盒纸巾,让我把凝胶擦掉。她继续工作时,我拿了张纸巾擤了擤鼻涕。过了几分钟,她说:"我去请医生进来。"

"为什么?出了什么问题?"

"我想让他来告诉你结果,"她安慰我,然后走了出去。我不是很在意,虽然从医学层面上来说,我是高危产妇,但鉴于怀伊莎贝尔只是到了最后一周才开始出问题,所以我没理由现在就担心出什么问题。

门被再次推开之前,我感觉似乎等了一个世纪之久,吉福德医生的脸出现在我的面前。"你好,简。"

"你好。"我就像是在跟老朋友打招呼。

"简,我只是想解释一下为什么我们会选择在你怀孕十二周左右时做这个超声波。通过这个检查,我们可以预先发现一些常见的胎儿畸形。"

哦,不,我想,千万别——

"超声波不会告诉我们明确的诊断结果,但可以告诉我们哪个部分出问题的概率比较高。根据你的病史,我们需要检查胎盘和脐带,看看这两个部分是否有问题。我很高兴地告诉你,这两个部分都很正常。"

听了这些话,我就像是抓到了救命稻草。感谢上帝。感谢上帝——

"但我们也做了颈后透明地带测试,这是指胎儿脖子后面的液体的厚度。这个测试结果显示胎儿有小概率患上唐氏综合征。

对于我们来说，超过 1/150 的概率就会判定为高风险。对你来说，现在的概率大约是 1/100。这意味着每 100 个有这种风险的母亲就会生出一个患上唐氏综合征的孩子。你明白吗？"

"是的，"我说。我的确明白——那表示，我的思路能跟他上他说的话，我对数字很敏感，但我内心的情绪在挣扎。激荡的情绪势不可挡，它们既混杂在一起又互相消解，让我的头脑既清醒又麻木。

我所有的计划，我精心制定的计划，都将付之东流——

"唯一能确定结果的方法就是做一项测试，用一根针刺入你的子宫，取出一些液体，"吉福德医生说，"不幸的是，这种测试本身会有引发流产的小风险。"

"多小的风险？"

"大约每 100 个人里就会发生一次。"他抱歉地微笑道，好像在说他知道我足够聪明，足以明白其中的讽刺意味：我在测试中流产的概率与不做测试生下唐氏综合征婴儿的概率是一样的。

"有一种新型的非侵入性测试，可以获得一个相对准确的结果，"他补充道，"它能够测量你血液中婴儿 DNA 的微小碎片。不幸的是，它目前不在英国国家医疗体系范围内。"

他刚说到一半，我就叫道："你是说我可以自费做？"

他点了点头。"大约需要 400 英镑。"

"我要做。"我飞快地说。我会想办法来筹到这笔钱。

"我给你开一份转诊单，再给你一些相关资料看一下。如今，许多唐氏综合征患儿的寿命很长，而且过着相对正常的生活。但我们不能保证，因为这是必须由每位父母亲自作出的决定。"

我意识到，他说的"决定"是指"是否打算堕胎"。

离开医院的时候,我仍然觉得头脑麻木。我要生孩子了,一个男孩。我又有了成为母亲的机会。

也可能失去。

如果真的生下一个有残疾的孩子,我能应付吗?我对唐氏综合征患儿不抱任何幻想。是的,他们现在的境遇可能比过去好了点儿,但这些孩子仍然需要更多的关爱和抚育,需要更多的帮助、更多的奉献、更多的爱和支持。我在街上见过这些孩子的母亲,她们有着无尽的耐心,但显然已经筋疲力尽了。我对自己说,她们是多么了不起啊。但我真的能胜任作为她们中的一员吗?

回到富门大街1号的时候,我才意识到,不能继续拖延和爱德华谈这件事了,找时间告诉他当爸爸了是一回事,而隐瞒这个事实则是另一回事。所有的医疗资料都强调与伴侣商讨此事的重要性。我回家要做的第一件事肯定是上网搜索"唐氏综合征",但几分钟后,我就感到了恶心。

……21-三体综合征,即通常所说的唐氏综合征,与以下征状直接相关:甲状腺疾病、睡眠障碍、胃肠并发症、视力问题、心脏缺陷、脊柱与髋关节不稳定、肌肉紧张症和学习障碍。

……你能采取哪些安全措施来防止患者走失?在屋内所有门上安锁,在大门外挂上"停止"标志,并考虑把你的院子用栅栏完全隔离开来……

……如厕训练对一个肌紧张度低下的孩子来说无疑是个巨大的挑战!三年来,我们一直意外不断,但我很高兴地说,我们成功了……

……我们在镜子前喝酸奶,这样,我们的女儿就能知道为什么她会把酸奶洒出来了——这真管用!手眼协调仍然是一项挑战……

然后,我怀着极大的内疚上谷歌搜索"唐氏综合征 堕胎"。

在英国,所有接受了唐氏综合征产前诊断的夫妇中,有92%的人选择堕胎。依据《堕胎法案》,直到分娩前一刻,终止妊娠都是合法的。
……我们意识到,对我和我的伴侣来说,忍受堕胎的内疚和悲伤远比把我们的女儿生下来让她遭罪要好……

哦,上帝,上帝啊,上帝啊。

要是伊莎贝尔活到现在,她应该已经可以睡个整觉了。她会坐起来,抓着东西,把它们放进嘴里。她会爬,甚至会走路。她会很聪明,很健壮,很有成就,就像她的母亲一样,而不是由我来决定是否要让她承受——

我不再搜索。这不是思考这个问题的正确方式。吉福德医生明天的第一项业务就是在测试中心给我做预约,保证他们会在几天内电话告知我结果。与此同时,我必须努力不让这件事影响我,毕竟一切顺利的可能性依然很大。成千上万的准妈妈们都有过这样的恐慌,到头来却发现是自己吓自己。

我打电话给米娅,在电话里哭了好几个小时。

彼时：艾玛

我坐在火车上，不知道自己将对他说什么。发电站和农田从车窗外飞快地后退，城镇和乡村车站交替出现。

我在心中默默准备的所有说法听起来都不怎么样。我知道练习得越多，听起来就越假。最好能发自内心地讲给他听，希望他能认真倾听。

一路上，我没给他发短信。下了火车等候出租车的时候，我才给他发了一条："我来见你。我们必须谈谈。"

出租车司机不相信我说的那个目的地是真实存在的——那里空无一物，最近的房舍在五英里外的特瑞格里。最后我们拐进一条农场小道，发现一处由毛坯的临时工作间和简易厕所组成的施工现场。周围都是开阔的田野和森林，但遥望远方，山谷对面的卡车驶上了远方的道路。能看得出，这地方以后将成为一座全新的城镇。

爱德华脸上带着关切的神情从工作间里大步走出来。"艾玛，"他说，"怎么了？你为什么来这里？"

我深深地吸了一口气。"有件事我要向你解释一下，"我说，"真的很复杂，我必须当面告诉你。"

工作间里到处是测量员和绘图员，于是我们走到森林边上。我把我对阿曼达说过的话又对他说了一遍——我被西蒙的朋友下药、被强奸，他给我发了一段视频威胁我；警察认为那是迪恩·纳尔逊的手笔；后来我又被警方指控浪费警力，但实际上那都不是我的错。他仔细地听着，面无表情。

然后他平静地告诉我，我们之间完了。

不管我现在说的是不是真话，我之前都对他撒谎了。

他提醒我，只有在我们共同认为"这段关系是完美的"前提下，才能继续。

他说，这种关系就像一座建筑，必须把地基打好，否则整座建筑就会分崩离析。他本以为我们的关系建立是在诚实的基础上，但现在证明是建立在谎言的基础上。

他又说，所有这些——他指着工地——都是因为我告诉他，我在自己的家里遭受了迪恩·纳尔逊的袭击。他说，正因为这是一个撒谎的城市，所以他一直想设计一个社区，人们在这个社区里寻找、尊重和帮助他人。但是这样一个社区只能以信任为基础，而现在，对他来说，一切都已经被玷污了。

他说"再见"，声音里没有丝毫感情。

但我知道他爱我。我知道他喜欢我们之间的游戏，那游戏能满足他深层次的某些需要。

"我的确错了，"我绝望地说，"但也想想你自己都做了些什么。你是不是比我错得更离谱？"

他皱眉。"你是什么意思？"

"你杀了你的妻子，"我说，"还有你的儿子。你杀了他们，是因为你不想破坏自己的设计。"

他盯着我，断然否认。

"我告诉汤姆·埃利斯了。"我仍不放弃。

他作了一个轻蔑的手势，说："那个人是个痛苦而又善妒的失败者。"

"但你不明白，"我说，"我不在乎。我不在乎你做了什么，也不在乎你有多坏。爱德华，我们属于彼此。我们两个都知道。现在我知道你最糟糕的秘密，而你也知道了我的秘密，这难道不是你一直希望的让我们对彼此坦诚相待吗？"

我感觉到了他的纠结，他在心中权衡着，不想失去已然拥有的一切。

"你疯了，艾玛，"他最后说，"这全都是你幻想出来的。你刚才说的一切都没有发生过。你现在该回伦敦了。"

此时：简

我又去找卡罗尔·扬森咨询，基于几个理由——

"首先，"我告诉她，"世界上只有你和西蒙两个人了解艾玛对爱德华·蒙克福德的恐惧，现在有证据证明，至少有一次，她成功地对你这位心理医生撒了谎。其次，在跟她交谈过的所有人之中，只有你拥有心理学背景。希望你能帮助我对她的性格多一些了解。"

我没有告诉她第三个理由。

她皱眉。"撒了什么谎？"

我告诉她我了解到的关于索尔的事，还有艾玛喝醉后是如何被他强迫的。

"如果你承认她的确谎称自己被迪恩·纳尔逊强奸了，"我说，"那么你是否同意她可能也对爱德华说了谎？"

她想了一会儿，答道："人们有时会对自己的心理医生撒谎，无论是出于想要否认还是仅仅因为怕尴尬，两种情况都有。但如果你说的都是真的，那么艾玛就不仅仅撒了一次谎，而是虚构了一个幻想世界来取代现实世界。"

"什么意思？"

"严格来说，这并不是我的专业，这种病态撒谎的临床术语是'假性幻想'，与自轻自贱、渴望被关注以及期待某种让自己处于有利地位的深层次欲望有关。"

"被强奸谈不上是'处于有利地位'吧！"

"谈不上，但被强奸确实让受害者变得与众不同，'假性幻想'的男性患者往往声称他们是皇室成员或前特种部队成员，女性患者则更有可能假装是某种可怕疾病患者或灾难幸存者。几年前有一个臭名昭著的案例：一名自称'9·11'幸存者的妇女，其言论很让人信服，就连幸存者互助小组都接纳了她。但事实上她当时根本不在纽约。"她想了一会儿继续说："奇怪的是，我记得艾玛曾经说过：'如果我告诉你这一切都是编出来的，你会有什么反应？'她看起来简直是在玩弄忏悔这件事。"

"谎言被揭穿的时候，她会自杀吗？"

"我觉得有可能。如果她不能编造一个新的故事，不能继续把自己描绘成受害者——至少在她自己的眼中——她就很可能经历了所谓自恋导致的屈辱。简单来说，她可能会觉得很羞愧，宁愿去死也不愿面对真相。"

"在这种情况下，"我说，"爱德华倒是解脱了。"

"也许吧。"她谨慎地回应。

"也许？"

"我不能把一个简单的理论草率地套用在这件事上，从而在艾玛死后作出'假性幻想谎语癖'的诊断。她同样可能只是单纯地编造了一个符合逻辑的谎言，然后用另一个谎言来掩盖前面那个，一个接着一个。对爱德华·蒙克福德也是如此。是的，根据你对我说的这些情况来看，艾玛才是自恋狂，而爱德华并不是，但他毫无疑问是极端的控制狂。当一个控制狂出现在一个失控的病人身边时会发生什么？这种组合可能是极具破坏性的。"

"但还有一些人比爱德华更有理由对艾玛生气,"我指出,"迪恩·纳尔逊因为她而侥幸逃脱牢狱之灾,索尔·阿克索亚因为她而丢了工作,克拉克警探因为她而被迫提前退休。"

"可能吧,"她说,但听起来她并不怎么信服,"我想起来了,艾玛对我撒谎可能有另一个原因。"

"什么原因?"

"她可能把我当作某种回音壁,作为某种彩排,在她把故事正式讲给别人听之前的彩排。"

"谁?"但我随即意识到是谁了,"她只对西蒙说起过爱德华的故事。"

"如果她真想和爱德华在一起,为什么要那么做?"

"因为爱德华拒绝了她。"我感到某种获得满足之后的高潮感,不仅仅因为我终于弄明白了艾玛对爱德华离奇控诉的动机,也因为我发现自己已经跟上了她的节奏,她的脚步,她的故事走向:改变和反转。"这是唯一说得通的答案。艾玛只剩下西蒙了,所以她告诉他是她甩了爱德华,但实际情形恰好相反。我能用一下洗手间吗?"

卡罗尔面露惊讶,指了指洗手间的方向。

"我今天来到这里,还有一个原因,"从洗手间回来后,我说,"是最重要的原因:我怀孕了,是爱德华的孩子。"

她震惊地盯着我。

"而且有可能——虽然可能性很小——我肚子里的孩子有可能患有唐氏综合征,"我补充道,"我正在等待测试结果。"

她很快恢复了正常。"简,你对此感觉如何?"

"困惑,"我承认,"一方面,我很高兴自己怀上;另一方面,我觉得恐惧。而且，我不知道该何时告诉爱德华，也不知道该对他说什么。"

"我们不做选择题。你高兴，只是因为怀孕吗？还是因为怀孕替代了你对伊莎贝尔的愧疚？"

"两种都有。怀上另一个孩子的感觉是……终结，我似乎有点遗忘了伊莎贝尔。"

"你担心新的孩子会让你遗忘她，"她温和地说，"既然伊莎贝尔只能存在于你的脑海里，所以你感觉又杀死了她一次。"

我盯着她。"是的，是这样，没错。"我发现卡罗尔·扬森是一名优秀的心理医生。

"上次我们见面时谈到了强迫性重复，有些人曾经被困住，然后一次又一次地上演同样的心理困局。但也有机会打破这种恶性循环，继续前进，"卡罗尔笑了，"人们喜欢谈论想要了断过去，但只有重新开始才能真正地了断过去，否则永远都无法了断。也许这就是你重新开始的机会，简。"

"我担心我不会像以前那样喜欢现在这个孩子。"我承认道。

"这是可以理解的。我们看待故去之人，都是不可思议地完美——没有一个活着的人能够拥有的完美。继续前行并不容易，但仍是可以做到的。"

我在心里掂量她说的话。我知道，这些话不仅仅适用于我，也适用于爱德华。伊丽莎白就是爱德华的伊莎贝尔，是他永远无法挣脱的完美的、失去的故去之人。

卡罗尔和我又交谈了一个小时，关于怀孕，关于堕胎的恐怖和苦痛。最后，我很清楚自己该怎么做了。

如果测试结果是阳性，我会选择堕胎。这不是一个简单而直接的决定，我的余生都将在负疚中度过，但不得不做。

如果我选择那样做，我就不告诉爱德华，他永远也不会知道我怀过孕。有些人可能会认为这是道德上的怯懦，但我实在看不出来告诉他"我曾经怀过一个孩子，但是后来没有了"到底有何意义。

如果测试结果是阴性，孩子一切正常，正如吉福德和卡罗尔都尽力提示我的：这个概率最大，那么我会立即去康沃尔告诉爱德华：他要当爸爸了。

正和卡罗尔道别的时候，我的手机响了。

"简·卡文迪许？"

"是的，请讲。"

"我是胎儿检测中心的凯伦·鲍尔斯。"

我勉强跟她打招呼，脑中嗡嗡作响。

"你的血浆游离DNA监测结果出来了，"她继续说，"现在方便聊一下吗？"

我刚才一直站着，现在坐了下来。"方便。请说，请继续说。"

"你能告诉我你的地址的第一行吗？"

我不耐烦地回答完了身份验证，卡罗尔现在已经意识到是谁打来的，她也坐了下来。

"我很高兴地告诉你……"凯伦·鲍尔斯说，我的心已经开始飞起来。好消息，是好消息。

我哭了，她不得不再说一次：结果是阴性的，虽然只有做完羊膜穿刺术才能百分之百地确诊，但血浆游离DNA测试的准确率已经远超99%。现在没有理由认为我的孩子不健康。一切回归正常。我要把这个消息告诉爱德华。

彼时：艾玛

宛如听闻死讯，我震惊，麻木。不仅仅因为失去了爱德华，更因为他那种宛如应对外科手术般的冷漠态度。一个星期前，我还是他的完美情人；一星期后，一切都结束了。从崇拜到轻蔑，瞬息万变。我内心仍觉得他是不愿意承认他爱我太深，觉得他随时会打电话来说他犯了一个可怕的错误。但我知道，爱德华不是西蒙。我望着单纯质朴的墙壁，看着富门大街1号绝不妥协的坚固外墙，在每一寸空间里，我都能看到他的毅力，他的决心。

我开始绝食。这让我感觉好多了，饥饿就像受欢迎的老朋友，如同打了麻药的轻度眩晕，帮我对抗着失落。

我抓着"懒虫"，把流浪猫当作我的纸巾、我的泰迪熊、我的安慰剂。我的需索让它感到不安，挣脱我，迈步走到楼上去。当我需要感受它柔软皮毛的温暖时，只能从床上把它揪回来。

它失踪了，我担心得发狂。后来我看到清洁工用的储藏室门半开着。果然，它就躲在那里，躲在黑暗中，蜷缩在抛光剂罐子上，躲着我。

那天晚上我洗澡的时候，灯突然熄灭了，水也变凉了。虽然只有几秒钟，但已经足以让人尖叫、恐慌。我的第一个念头是：肯定是"懒虫"把电线塞进橱柜里导致短路了。第二个念头是：

这栋房子在作怪。和爱德华一样,富门大街1号变得冷若冰霜,显示出主人的不悦。

随后,水又热了。只是一次停电,一次短暂的故障,没什么好害怕的。

我把头靠在浴室光滑的墙壁上,眼泪随着水流,流进下水道。

此时：简

见过卡罗尔之后，我感到精力充沛，心情愉快。一个坎已经迈过，虽然未来并非坦途，但至少前路清晰可见。

我走进富门大街1号，停下脚步。楼梯上搁着一只斯韦因·安德尼旅行皮包。

"爱德华？"我呼唤。

他站在餐厅里，目不转睛地盯着我制作的思维导图，墙上贴满了便利贴，正中间，我贴着他的那张写生，我从垃圾箱里捡回来的那张"我与艾玛"的写生。

他转头盯着我，眼神中满是冷酷而愤怒。我不由得退缩了。"我可以解释，"我飞快地说，"我只想把事情搞清楚。"

"'谋杀'——爱德华·蒙克福德，"他柔声说，"很高兴看到在你眼中我只是嫌疑犯之一，简。"

"我知道不是你。我刚刚去过艾玛的心理医生那里，艾玛对她撒了谎。我想我现在明白了，我想我知道艾玛为什么自杀了，"我犹豫了一下，"她是为了惩罚你。她作出一个到此结束的戏剧化手势，使你后悔离开她。我能想象你是怎么熬过来的，她得逞了。"

"我爱过艾玛，"这句话的语调如此平淡而又确定，在空气中爆炸，"但她对我撒谎。我曾以为也许我能够拥有那种不谎言的爱情，和你在一起的那种。还记得你当初的申请信吗？还记得你当时是如何看待正直、诚实和信任的吗？那些话曾让我觉得也许这次能行，也许这次会比之前的好。但我从不曾像爱过她那样爱过你。"

我震惊地盯着他。

"你为什么回来？"我终于开口问。我知道这无关紧要，但我需要时间思索他刚刚说的那些话。

"我来伦敦见律师。第一批居民搬进了新奥斯德尔，但他们难以相处。他们似乎以为联合起来就能强迫我改变规则。我要用驱逐令伺候他们，把他们统统赶走，"他耸耸肩，"我还给我俩带了晚餐。"

料理台上有六个纸袋，一看就是爱德华最喜欢的古风精品店的包装袋。

"你能回来真是太好了，"我呆呆地说，"我们需要谈谈。"

"当然了。"他的视线又回到思维导图上。

"爱德华，我怀孕了，"我坦白了，向一个刚刚说他不爱我的男人坦白了，即使是在我最糟糕的噩梦中都不曾想象过这一幕，"你有权知晓。"

"哦，"他终于说，"你瞒我多久了？"

我好想撒谎，但我克服了自己的逃避心理。"我刚刚怀孕十二周。"

"你打算把孩子生下来吗？"

"医院曾认为他可能患有唐氏综合征。"听到这里，爱德华用手捂住了脸。

"不管怎样，检测结果一切正常。是的，我要把孩子生下来。是个男孩，我要把他生下来。我知道你不想要，但就这样决定了。"

他闭上眼睛，看起来似乎很痛苦。

"我猜，根据你刚才说的话，你不想当他现实意义上的父亲，"我接着说，"没事，我不会对你提任何要求，爱德华。如果你对我说你仍爱着艾玛——"

"你不懂，"他打断我，"那是一场疾病，我痛恨自己和她在一起的每一秒。"

我不知道该作何反应，但仍开口说："我今天的那位心理医生说，我们会被困在同一个故事中，试图重演逝去的爱情。我觉得你可能仍然陷在艾玛的故事里。我没办法帮你摆脱她，但我不会和你一起被过去困住。"

他站在自己所创造的完美的、中性的空间里，看向那些墙壁，似乎从那些墙壁中汲取了力量。他站起来。

"再见，简。"他说，拿起斯韦因·安德尼旅行包离开。

11. 你最害怕哪一种感情问题?
    a）厌倦
    b）感觉你能找到更好的
    c）疏离感
    d）你的另一半不再依赖你
    e）被欺骗

彼时：艾玛

有时我好像在渐渐消失。有时我觉得自己像幽灵一样纯洁而又完美。饥饿感、头痛、眩晕——只剩下这些实感。

忍住不吃东西，可以证明我依然强大。有时我也忍不住，狼吞虎咽地吃下一整条面包或一整盘凉拌卷心菜，但之后我会把手指强塞到喉咙下，设法把吃下去的东西全部吐出来：我可以重新开始，把卡路里全部抹掉。

我睡不着。我上次饮食失调的时候也发生了同样的事情，但这次更糟。我在夜里惊醒，总觉得房间里的灯亮了又灭，总觉得听到有人在四周走动。醒了之后就再也睡不着了。

我去找卡罗尔倾诉爱德华是邪恶、恃强凌弱的自大狂。我对她说爱德华虐待我，控制我，强迫我，所以我已经把他甩了。尽管我努力相信自己所编造的这一切谎言，但是对他的思念依然渗透进我身体的每一个细胞。

我从卡罗尔那里回来之后，留意到花园里有什么东西，看上去像一块破布或一个被丢弃的玩具。我的大脑费了好一会工夫才弄清楚那是什么，匆匆走到外面，穿过那条质朴的碎石路。

是"懒虫"。它的上半身站着，下半身被扔在一边。它死了。它被往左扭成一团，血迹斑斑的毛皮看起来就像是被一路拖行至这里，离开了房子，然后倒下了。我环顾四周。没有任何东西可以解释这一切是怎么发生的。被车撞？被人踩到然后被扔过栅栏？还是待在房子里被砖头砸死？

"可怜的家伙。"我大声地说，蹲下来抚摸它没有受伤的那一侧。我的眼泪落在柔软的毛皮上，"懒虫"一动不动，毫无反应。"可怜的小东西。"我对它说，但其实我说的是我自己。

我突然意识到，这就像那罐泼向墙壁的油漆，传达了一个消息："你就是下一个。"有人想恐吓我，或者要我死。而我孤立无援，无力阻止。

还有西蒙。我还可以试着去找西蒙。我再也没有其他人可以依靠了。

此时：简

就这样，我绕了一大圈又回到了原点。大着肚子，无依无靠。米娅嘴上没说，但我知道她心里在说："我早就告诉你了吧！"

还有最后一件家务事。爱德华可能不想知道我是怎么发现艾玛的，但我觉得应该告诉西蒙。考虑到他难以承受打击，我把米娅也叫来了。

他准时来到，带了瓶酒和一只厚厚的蓝色文件夹。"事情发生之后，我再没进过这道门，"他环视富门大街1号的内部，一脸阴沉，"我从来都不喜欢这个地方。虽然我对艾玛说我喜欢，但真正想住在这里的是她，哪怕这些电子装备并不像第一眼看到时那么令人惊艳，总是出故障。"

"真的？"我很惊讶，"我倒是没有遭遇任何故障。"

他把文件夹放在柜子上。"我给你带来了这个，是我调查到的爱德华·蒙克福德的资料复印件。"

"谢谢，但我现在不需要。"

他皱起眉头。"我以为你想知道艾玛是怎么死的。"

"西蒙，"我看了一眼米娅，于是米娅拿起酒瓶起身去开酒，"关于爱德华，艾玛撒了谎。我不知道她为什么那么做，我也不知道她死的时候是怎样一副光景。但毫无疑问，她跟你说的关于爱德华的一切都是假的。"我停顿了一下，继续说："她还撒了一个更加离谱的弥天大谎,警察在她的手机上发现的那段视频并不是那个盗窃犯的,而是索尔·阿克索亚的。"

"我知道,"他生气地说,"这事跟她的死毫无关系。"

我一时没反应过来他是怎么知道的。"哦——是阿曼达告诉你的?"

他摇头。"是艾玛告诉我的。她和爱德华分手之后,把一切都告诉了我。"

"她有没有告诉你事情是怎么发生的?"

"她说索尔给她下了药,然后强迫她,"他注意到我的表情,"怎么了?你一直在学人做侦探,居然连这个都不知道?"

"我跟索尔谈过,"我慢慢地说,"他告诉我,是艾玛主动的。"

西蒙不屑地讥讽道:"好吧,他肯定会那么说,不是吗?我过去跟索尔关系不错,但在艾玛向我揭发他之前,我就知道他有败絮其中的另一面。跟艾玛分手之前,我们俩经常一起出去喝酒。他总跟阿曼达说是我需要他作陪,事实上却是他需要找借口出去。他总用这一招,常常说:'只要把她们灌醉,她们就忍不住了。''你想让她们做什么,她们就会做什么。'"

我肯定露出一脸的震惊,因为他点了点头,说:"这说辞不错,对吧?但即便如此,我还是觉得奇怪,只是喝了几杯酒,女孩怎么就醉了?他喜欢大手大脚地点香槟。这让他看起来很慷慨,但是我知道那些泡沫可以掩盖药物的异味。"

我盯着他,想到索尔·阿克索亚曾试图强迫我喝下一杯香槟,我那时就应该知道他是衣冠禽兽,但即便如此,我仍相信他的那些话至少可以作为表面证据。

就在我自以为我把一切都搞清楚的时候,一切突然又不是那么回事了。因为如果索尔真的强迫了艾玛,那她说的一切就不完全是她的想象了。她当然撒了谎,也许撒了好几次谎,但她讲的故事的本质是真的。她只是把当事者改了名字,至于她为什么那么做,我大概猜到了原因。

西蒙好像猜到了我的想法,说:"她是在保护我。她认为我没办法处理这种难题——我最好的朋友对她做出了这种事情。其实在入室盗窃案发生以前,我就发现有问题——她开始无缘无故就冲我发火,无论我怎么乖巧,她都能随时拂袖而去。她的厌食症也开始发作,尽管她很不喜欢提及,但她的厌食症从来没有好转。"

"你在这儿跟她说过话?"

他点头。"我跟你说过,她意识到自己犯了一个愚蠢的错误,想纠正错误。那时她的处境真的很糟糕:她从外面捡回一只流浪猫,有人杀了那只猫。"

"她养了一只流浪猫?"我说,"在这儿?在富门大街1号?"麦琪·埃文斯曾提到过一只流浪猫,却没有说艾玛打算自己养。

"没错。怎么了?"

那违反了规定,我心想,不能养宠物,不能有孩子。

西蒙打开文件夹,拿出一份文件。"律师给她看了这个。根据规划,蒙克福德把他的妻儿葬在这里,就在这栋房子底下。你看。"他把图纸递给我看,图纸上画了个"X",还有一行手写字:伊丽莎白·乔治娅·蒙克福德与马克西米利安·蒙克福德长眠于此。"太诡异了。"

"你幸运地逃过一劫,简。"米娅说,她听到了这些话,正慢慢地走过来。我看到西蒙向我投来好奇的一瞥,但我一言不发。

"艾玛认为，把他们葬在这里是一种迷信仪式，"他接着说，"就像某种献祭。我当时并没有多想，但她死了之后，我开始留意他设计的其他建筑物，发现她是对的。每当蒙克福德事务所的建筑项目接近完工时，总会有人死于可疑的意外。"

他在桌上摊开了报纸剪报，每一份剪报都附有一张地图，标明建筑物地点和死亡现场。在苏格兰，一名年轻女子被肇事逃逸的司机撞死，事发地距离爱德华·蒙克福德位于因弗内斯附近的黑房子建筑项目只有一英里；在梅诺卡岛，一个孩子从他父母身边被劫走，事发地距离爱德华设计的海滩别墅不到两英里；在布鲁日，一名女子从距离爱德华设计的教堂几百米远的铁路桥上跳下；在"蜂巢"，一名电工学徒死在楼梯井里。

"但这些剪报并不能证明是他导致了这些死亡，"我温和地说，"每年都会发生成千上万的死亡事故和失踪事件，有些发生在这几座建筑方圆几英里之内，这一点并不能成为证据。你这样做只不过是无理取闹。"

"也许并不是无理取闹，你只是不愿承认。"西蒙沉下脸说。

"西蒙，你这样做只能证明你深爱着艾玛。我很敬佩你，但那让你戴上了有色眼镜——"

"艾玛从我身边被抢走了两次，"他打断我，"一次是趁她最脆弱的时候，爱德华·蒙克福德插足我们的关系。而第二次，她被杀了。我要为她伸张正义。我会坚持到底，直到我为她报仇。"

他待了一会儿后离开了，米娅仍在喝酒。"他看起来人不错。"她说。

"是不是太执拗了？"

"他爱过她。在找出真相之前,他是不会放弃的。挺有英雄气概,不是吗?"

这些男人都爱过艾玛,我心想,不管她有多少缺点,男人们都对她念念不忘。会有人那么待我吗?

"被这么多人爱过,最后却并没给她带来什么好处,"米娅又说,"但不管怎么说,我觉得你该跟他这样的男人在一起,他比那个疯狂的建筑师强多了。"

"我和西蒙?"我哼了一声,"不可能。"

"他坚定、可靠、忠诚。你可别把话说得那么满。"

我不吭声。我对爱德华的感情剪不断理还乱,三言两语说不清楚。他的冷暴力使我隐隐感到羞愧,也羞愧于背着他查找艾玛的死因。但是,如果查清此事能让他寻找到彻底摆脱她的出路,也许就能把他和我之间的感情看得更清楚?

我摇摇头,否定了这种想法,把它们从我的脑海中赶走。别自作多情了。

彼时：艾玛

"再见，艾。"他说。

"再见，西。"我说。

尽管这么说着，西蒙仍在富门大街1号门口逗留了一会儿。"能这样地谈一次，我还是很高兴的。"他说。

"我也是。"我说。我的心里确实是这么想的。有太多的事，我从没有对他说过；有太多的东西，我一直锁在自己的脑子里。也许，如果我们当初在一起的时候能多谈谈，就有可能永远不会分开。我过去曾在心里暗暗想过把西蒙甩掉，赶走，现在却没有了那种感觉。我现在对那些不对我评头论足的人心存感激。

"如果你愿意，我会留下来，"他轻声提议，"如果这样能让你有安全感。要是那个狗杂种迪恩或其他什么人敢再来招惹你，我会叫他好看。"

"我知道你会，"我说，"但说实话，你不需要那么做。这栋房子就像一座堡垒。另外，让我们慢慢来，好吗？"

"好吧。"他说。他身子前倾，轻轻吻了一下我的脸颊，然后拥抱了我一下。这个拥抱让我感觉很舒服。

他走了之后，房内又归于寂静。我答应过他要吃点东西，于是把锅装满水，对着炉子挥挥手准备煮鸡蛋。

没有反应。

我又挥了一次手，还是没有反应。我探头看向料理台下方，试图寻找阀门。但是没找到。

西蒙应该知道怎么维修，我差点伸手拿手机打电话叫他回来，却又克制住了。总喜欢装小女人，总靠男人来帮我解决问题，就因为这样，我才陷入眼前的困境。

冰箱里有几个苹果，我拿出一个吃了。刚咬了一口，就闻到了煤气味。虽然没有点着炉子，但煤气跑出来了，易燃气体正源源不断地涌出来。我设法关掉煤气，往料理台疯狂挥手。突然，"咔嚓"一声，蓝中带黄的火焰喷出来，吞没了我的手臂。我手上的苹果掉落。我吓坏了，虽然目前还不痛，但我知道很快就会痛了。我迅速把胳膊放水龙头下，想用冷水冲。但水龙头没有反应。我跑到楼上的浴室，谢天谢地，这里的水龙头有反应，冷水淋在烧伤的皮肤上。我冲了几分钟之后，检查了一下手臂，又红又痛，但幸好没起水泡。

这不是幻象，绝对不是幻象。似乎这栋房子不希望西蒙来找我，它是在惩罚我。

"这栋房子就像一座堡垒。"我那样对西蒙说。但是万一这栋房子不再保护我，该怎么办？我真的安全吗？

我突然感到恐惧。

我走进清洁工的储藏室，随手关上了门。如果有必要，我可以在这里筑起防御工事：把拖把和扫帚顶在门上，从里面上锁。从外面根本看不出来我躲在里面。储藏室里很狭小，塞满了罐子和工具，但我需要一个安全的地方，这里就是。

12. 在一个良性运作的社会当中,违反规则的人必须承担后果。

同意★★★★★不同意

此时：简

我半梦半醒地躺在床上时有了感觉。试探性的，犹豫的，像在门上轻敲；比肚子内部的颤动稍微强烈一点点。我回忆起怀伊莎贝尔时的感觉。"苏醒"。《圣经》里的这个词如此美丽。

我躺着，享受着，等待着他来踢我。几下之后，来了一个翻滚动作，或许是又或许不是翻筋斗。母爱和好奇心席卷了我，我哭了。我居然曾经想放弃这个孩子！现在回想，简直难以置信。我不禁又哭又笑。

现在我彻底醒了，从床上爬起来，低头看着自己不断变化的身体。我的肚子还没有显怀——根据我上班时搜索到的一张图表，我的孩子现在大约是牛油果大小——但是脱了衣服之后，怀孕的体态还是很明显的，乳房下垂，鼓胀，肚皮浑圆。

我向浴室走去，被自己其实完全没有必要的蹒跚步履逗乐了。这是当母亲的肌肉记忆，像一件熟悉的外套裹在我身上。淋浴器出了故障——热水突然变冷，冷得让人振奋。我无聊地想：如果现在我不再是原本的我了，那么这栋房子的系统是不是就认不出我了？我知道这些高科技装备不会如此拙劣，但我对它们真的不太了解。

在用毛巾擦拭身体的时候，我突然感到一阵恶心，于是坐在马桶盖上，用力深呼吸，试图把恶心感驱散。但同样的恶心感很快又来了，而且更严重。我根本来不及作出反应，只能当即将身体前倾，把嘴对着淋浴的方向呕吐，打开水龙头把呕吐物冲掉。

淋浴房的玻璃墙上溅满了水，我跪下来擦掉水迹，匍匐着清洁玻璃墙底部的凹槽，脸几乎贴在了地板上。这时，我看到凹槽里有个闪光物。凹槽太窄，我的手指够不着，于是我找到了一支棉签，小心翼翼地把它撬出来。

起初，我觉得那是一颗石子或是轴承上的珠子，随后看到上面有对穿而过的洞。是一颗珍珠；非常小，有一种不寻常的奶油色，一定是从我的项链上掉下来的。

我走进卧室，从首饰盒里找出那条项链。散落的那颗珍珠看起来和我这条项链上的其他珍珠一模一样，但我的这条项链并没有断。

我看不出那颗珍珠是怎么掉出来的。不可思议，像一道逻辑难题，一个谜。

"保持希望"办公室的对面有一家珠宝店，我决定把这颗珍珠带去店里咨询。

彼时：艾玛

我给蒙克福德事务所发邮件，投诉房子出了故障。没有任何回复。我给那个叫马克的中介打电话，但他告诉我，关于房子的技术故障都应该直接找蒙克福德事务所解决。最后我在电话里对中介大喊大叫，但我怀疑那只会让事情变得更糟。我还给爱德华发了短信。当然，他没有回复。

此外，我敢肯定灯光也改过了。我们刚搬进来的时候，马克说房子会自动补光来预防冬季抑郁。如果它真的能补光，那么系统也能够提供反向服务吗？我睡得不好，醒后眼睛干痒难耐，疲惫不堪。

西蒙打电话来，再次提议过来看看。直接说"好"太容易了。我对他说我会考虑的。我能听出他声音里的兴奋，尽管他已经竭力掩饰。和善、安全、可靠的西蒙，在暴风雨中，他是我的港湾。

随后，爱德华·蒙克福德回复了短信。

此时：简

"绝非凡品，"珠宝商说，一边用手指和拇指转动着珍珠，一边用目镜检查，"如果我的判定没错，这真的非常珍稀。"

我把项链放回贝壳状首饰盒。"产自贝类吗？"

他拿起首饰盒，看着上面的日文不断点头。"御木本幸吉，这可不常见。"他举起项链，对着灯光，把项链上的珍珠和散落的那颗进行比较。"是的，这肯定是一套的，是柯氏珍珠。"

"柯氏珍珠？那是什么？"

"海水柯氏珍珠是一种极其稀有的珍珠，特别是这些圆形的。它们产自那种曾经蕴含过不止一颗珍珠的牡蛎，也就是双胞胎珍珠。因为它们是无核珍珠，因此才能拥有这种不同寻常的光泽。还是那句话，非常珍稀。我想可能是项链断裂之后，珍珠脱落。项链的主人捡拾的时候漏了这一颗。"

"我明白了。"至少我听明白了，但这其中暗示着需要慢慢消化的信息：爱德华把他之前曾经送给别人的项链送给了我。

离开珠宝后，我取出手机。

"西蒙，"电话接通后，我说，"你是否知道爱德华·蒙克福德曾经送给艾玛一条项链？如果他送过，那条项链是否曾经断过一次？"

彼时：艾玛

"我要见你。爱德华。"

我在他回复之前字斟句酌。

"你还在生我的气吗，爸爸？"

回复很快来了。"你活该。"

"好。这是不是意味着你回心转意了？"

"过了今晚你就知道了。"

"那我最好乖乖表现。"我的膝盖发软。

"七点见。戴上珍珠项链，不要穿别的。"

"当然。"

还有两个小时来准备、期待和忍耐。我脱下衣服，开始做准备。

此时：简

"你看不出来吗？"西蒙急切地说，"这说明艾玛死的时候他就在现场。"

我们坐在"保持希望"附近的一家咖啡馆里，这是爱德华·蒙克福德第一次向我求爱的地方。"两个人在一起，如果只着眼于当下而不为将来作任何打算……"现在证明他那时说的话是多可怕的谎言！毫无疑问，他就是那个意思，想想看，他只追忆与艾玛的那段恋情中他所喜欢的那部分而抛弃他不喜欢的那部分。但正如卡罗尔所指出的，同一个故事讲述两次时，第二次讲述不可能改变结局。

西蒙还在说着些什么。"对不起，"我说，"你说什么？"

"我刚才说，她只在见他的时候才戴那条项链，他知道我不喜欢。那天她本应该来见我，我们已经约好了。但后来她取消了，说她不舒服。我想她在那个时候是不是正和蒙克福德在一起。"

我皱眉头。"你不能过度地解读一颗珍珠。这并不能证明什么。"

"你想，"他耐心地坚持，"蒙克福德是怎么把项链给你的？当项链断掉的时候，他一定在现场。但他知道如果任由珍珠散落在地板上，看起来肯定像是搏斗的痕迹，那么艾玛就不会被认定为自杀或意外。所以他在离开之前把珍珠捡拾干净，却漏掉了被你找到的这颗。"

"但她不是死在浴室里,"我反驳,"她的尸体是在楼梯底下被发现的。"

"从浴室到楼梯只有几步路。他很容易把她拖到那里,然后把她推下去。"

我对西蒙的过度解读一个字都不相信,即使我不得不承认这颗珍珠或许会被当作证据。"好吧,我会告诉詹姆斯·克拉克,他星期三会来伦敦。你也可以见见他,那就能当面听到他会怎么反驳你的推理了。"

"简……你愿意让我来富门大街1号待几天吗?"我看起来一定很惊讶,因为他赶紧补充道,"我曾跟艾玛说过想住过去保护她,可是她没让我去,我也就没再勉强。我一直后悔自己没有坚持到底,如果我待在那里……"他没把话说完。

"谢谢你,西蒙,但我们还不能断言艾玛是被谋杀的。"

"所有的蛛丝马迹都在明示是蒙克福德杀了她。你是因为个人原因才拒绝承认,我们都知道那是什么原因。"他盯向我的肚子。我脸红了。

"你出于个人情感原因而希望他有罪,"我反驳道,"爱德华和我只是短暂交往过,仅此而已。我们已经分手了。"

他笑了,笑容有点悲伤。"你们当然没有分手。你已经违反了所有规则中首要的那条规则。想想那只猫的下场。"

彼时：艾玛

我精心梳妆打扮了一番，最后戴上那条珍珠项链，项链像情人的手紧紧扼住我的喉咙。我的心在歌唱，期待的心情如潮涌般席卷而至。

还有一个小时，他就到了。我倒了一大杯酒，喝了大半杯，然后戴着项链走向浴室。

楼下传来了声音，听不清是什么，可能是鞋子的吱吱声。我停下脚步。

"喂？是谁？"

没人应声。我抓起一条毛巾走到楼梯上。"是爱德华吗？"

一片寂静，深沉而饱含深意。我感到脖子后面寒毛直竖。"喂？"我又喊道。

我蹑手蹑脚地走下楼梯，站在楼梯中间，从那里能看到房子的每一个角落。没有人。

除非"他们"在我正下方被石头楼梯遮住的地方。我一步一步往后退，从楼梯的缝隙中窥视。

没有人。

然后我听到另一种声音，一种哼哼声，声音似乎来自我的头顶。但当我朝上看的时候，我听到一种高频的嗡嗡声，音频之高简直超越人类听觉的极限，像蚊子在嗡嗡叫。我用手捂住耳朵，但声音仍在刺透我的头骨。

天花板上的一只灯泡砰的一声爆裂，碎掉的玻璃落在地板上，那个声音消失了。应该是这栋房子的电子系统出现了故障。客厅里，我的笔记本电脑正在重启。屋内的光线慢慢暗下去，然后又亮起来。管家系统的主页出现在我的笔记本电脑屏幕上，就像整栋房子重启了一次。

无论出了什么问题，现在都结束了。没有任何人。我上楼继续洗澡。

此时：简

"有意思，"詹姆斯·克拉克说，他看看项链，再看看那颗珍珠，"有意思。"

"我们不知道这意味着什么。"我说。西蒙用眼神示意了我一下，于是我补充道："我是说，我们两个意见不一致。西蒙认为这可能成为爱德华的杀人证据，但我看不出这东西能起什么作用。"

"我告诉你这东西有什么用，"退休警官若有所思地说，"这说明这个案子与迪恩·纳尔逊的案子截然相反。如果是一条珍珠项链掉在地上，即使是一条断裂的项链，迪恩·纳尔逊也不会任其留在那里。他会偷走项链，这样蒙克福德先生就没机会把项链重新串好，当作礼物送给你。这是我的偏见。"

"上次我们见面的时候，"西蒙说，"你曾在审讯之后说，蒙克福德拥有不在场证明。"

"是的，他是有不在场证明。坦率地说，你看起来很难把这事情放下。在长达六个月的警方调查终于结束的时候，我们最不愿意看到伤心的前男友仍试图推翻验尸官的检验报告，所以我可能会用比实际上更确定的方式来讲述。蒙克福德说，艾玛去世的时候，他正在康沃尔郡的工地，在旅馆里，早晨和傍晚都有人看到过他，没有任何迹象表明他能返回伦敦。所以我们选择相信他。"

西蒙盯着他。"但你又说，可能是他做。"

"可能有嫌疑的人高达一百万，"克拉克温和地说，"警方不能遍查一百万人。警方要靠证据找出凶手是谁。"

"蒙克福德是个疯子，"西蒙急切地说，"老天，你看看他造的房子，他是疯狂的完美主义者，如果某件事不合意，他就会一直纠结下去、打破、重来。他变着花样反复对艾玛说：'只有在这段关系百分之百完美的情况下，我们才能继续。'怎样的神经病才会说出这种话啊？"

克拉克耐心地向西蒙解释，业余心理分析和警方调查是两码事。但我没怎么听进去。

我意识到爱德华对我说过同样的话。"我所拥有的最完美的关系，有的不超过一个星期……正因为知道短暂，所以更欣赏对方……"

这时，肚子里的宝宝一脚踢到我的肚脐上方。我全身打了个寒战：我们处于危险之中了吗？

"简？"

他们好奇地看着我。我意识他们在问我问题。"对不起，你说什么？"

詹姆斯·克拉克举起了项链。"你能戴上让我们看看吗？"

项链后面的小搭扣很难系上，西蒙站起身来帮我的忙。我把头发从脖子上拨开，这样他能帮我扣上了。他的手指笨拙地触摸着我，我惊讶地感觉到——他可能喜欢上我了。

戴好项链之后，克拉克若有所思地审视着我。"我可以碰一下吗？"他礼貌地说。我点点头，他尝试把手指插到珍珠项链和皮肤之间。太紧了,插不进去。

"嗯,"他往椅背靠了靠说,"我不想火上浇油,但这可能是一个线索。"

"什么线索?"西蒙急切地说。

"艾玛被发现时,第一个到达现场的警官说,看到她的脖子上有一道模糊的痕迹。他把这个情况记录了下来,但当病理学家到达时,那道痕迹已经退掉了,只有几处小划痕,"他指着自己的手指刚才放置的位置,"其实也没什么,这种程度的痕迹完全不能致命。根据她的受伤程度,我们判断她可能只是在摔倒的时候碰伤的。"

"但那个痕迹也可能是有人把项链扯下来造成的。"西蒙立即说。

"那只是你的假设。"克拉克说。

"还有另一种可能。"我低声说。

"请说?"克拉克说。

"爱德华……"我发现自己脸红了,"我有理由认为他和艾玛喜欢粗暴的性爱。"

西蒙瞪视我。克拉克却点点头。"的确。"

"所以,如果爱德华那天和她在一起——我还是不能接受这个事实——项链被扯断可能只是一个意外。"

"也许吧,我想,但我们永远都不可能知道了。"克拉克说。

我又想起别的事情。"上次我们见面的时候,你说没办法知道是谁在艾玛临死前进入了房子。"

"是的。怎么了?"

"对我来说,这似乎很奇怪,只是奇怪而已。这栋房子建造之初就是用来记录数据的，这是它存在的全部意义。"

"你可以搜查他们的办公室，"西蒙说，"搜走他们的电脑，看看上面有什么记录。"

克拉克举手警告："等等！我什么也做不了，我已经退休了。你说的那种行动要花费数万英镑。而且过去这么久了，不太可能拿到搜查令，更不用说根本没有确凿的证据可以作为申请搜查令的依据。"

西蒙一拳打在桌子上。"简直无计可施了！"

"所以我建议你忘了这事情。"克拉克温和地说。他又看向我。"至于你，我建议赶快换个地方住，新的住所必须安装牢固的门锁和警报系统，以防不测。"

彼时：艾玛

我走到淋浴花洒下面，什么反应都没有。随后，水从巨大的花洒中如大雨倾泻。我抬起脸，心情愉快。

一切都会好起来的。

我为了他而仔细地清洗自己，清洗他有可能会去探索的所有部位。突然，没有一丝预警，花洒的水流突然变弱，变得冰凉。我尖叫着从花洒下躲开。

"艾玛。"一个声音在我身后响起。

我转过身去。"你在这里做什么？"我说，从浴架上抓起毛巾把自己包起来，"你是怎么进来的？"

此时：简

"你的预算是多少？"卡米拉一点不像是在开玩笑，但她显然觉得我有些草率，"你住在富门大街1号这段日子里，租房价格已经涨疯了。房源紧缺，外国资本争抢伦敦房产，躲避现金风险。现在两居室的租金比以前贵了一倍。"她指了指橱窗上的广告说："你看看。"

返回富门大街1号的路上，我决定接受詹姆斯·克拉克的建议，开始寻找新的住所。现在真是悔不当初。"一居室也行，至少目前是这样的。"

"恐怕连一居室你都租不起了。你会考虑船屋吗？"

"我快生了，小孩子会长得很快，我觉得船屋不太合适，对吧？"我犹豫不决，"还有没有类似爱德华那样的房东——把房子廉价租给会好好保养房子的租客？"

她摇摇头。"爱德华·蒙克福德的租房协议可没有第二份。"

"那么，只要我还在支付房租，他就不能把我赶走。找到其他住所之前，我不会离开，"但卡米拉的表情让我忍不住问，"有什么问题？"

"你签的那份租房合同有两百多条规矩，"她提醒我，"你最好遵守每条规则，否则就违反了合同。"

我顿时失去理智，爆发了："去他的规矩！去他的爱德华·蒙克福德!"我愤怒地跺脚吼道,遗传自我妈妈的易怒基因发作了。

  不过,虽然有勇气动嘴,但我知道自己不会在这件事上与爱德华争吵。自从与西蒙及詹姆斯·克拉克谈过,我开始感到富门大街1号有某些我从来没感受到的东西。我开始感到恐惧。

彼时：艾玛

"我存了密码。"他说。

他向我迈出了一步，眼睛红红的，看起来有点狂野。他哭过了。

他说："我告诉马克说我搬出去的时候就把密码删掉，但我没有。后来我使用密码来攻击这里的电脑系统。很容易，小孩子都能做到。"

"哦。"我说。我哑口无言。

"我曾睡在楼上，"他说，"在阁楼上。有时候，你睡了之后，我就进屋，睡在楼上，这样我就可以离你近一点。"

他突然指向我的喉咙，我吓得后退一步。"那是他送给你的项链，对吗？是爱德华送的？"

"是的。西蒙，你得走了，我在等人。"

"我知道，"西蒙拿出一只我从未见过的手机，"爱德华·蒙克福德。除非你不是在等他，因为那条短信其实是我回复的。"

"什么？"我不明所以。

"上周的某个晚上，我拿了你的手机，把电话簿里他的号码换成了这个手机号码，"他自得地说道，"所以当我给你发短信的时候，看上去就像是他发给你的。当然，我现在已经删除了这些短信。这是一只预付费手机，无法追踪。"

"但是——为什么?"我惊呆了。

"为什么?"他重复我的话,"为什么?这就是我一直在问自己的问题:为什么是蒙克福德?为什么是索尔?为什么是他们?他们没有一个人能像我这样爱你。你也爱我,我知道,那时候的我们很快乐。"

"不是。不,西蒙,"我坚决地说,"你完全弄错了。从长远来看,我们是不会快乐的。我不适合你,你需要一个善良的人,而不是我这样的。"

"别这么说,"他的双颊上满是泪水,"不,我不会放你走的。"

场面有点失控,我想拿回控制权。"你得走了,西蒙,就是现在,否则我就报警了。"

他摇了摇头。"我不能这么做,艾,不能这么做。"

"不能做什么?"

"我不能让你走,"他小声说,"不能任由你要他们而不要我。"

他用一种奇怪而绝望的表情看着我,我意识到他打算做出可怕的事情。我突然冲出去,想从他身边溜过去。他一把抓住我的手腕,却只抓住了我的手镯。手镯滑落,我挣脱掉了。但他又用身体挡住我,伸手抓住我的脖子,抓住了项链。我觉得一瞬间珍珠像冰雹似的散落在浴室的地板上,跳来跳去。他勾住我的脖子,像游泳池的救生员那样拽着我,把我从浴室里拖出来。我很恐惧,但别无选择,只能任由他把我拖着走。

"西蒙。"我费劲地说出声,但是他的手臂卡得太紧。我们来到了楼梯前,他把我整个人扭过来,我的脸正朝下对着楼梯口。"我爱你,艾玛,"他对我说,"我爱你。"但话中带着怒火,"爱"这个字听起来就像是恨。他一边吻我一边把我推开,我知道他想让我死。然后我滚落了，头撞击着石头台阶，一级又一级的台阶，剧痛和恐慌裹挟着我身体的每一寸。滚落楼梯的速度越来越快，滚到一半，我从楼梯上飞了出去，撞上灰白的石头地板前的那一瞬间，解脱感混杂着恐惧向我袭来，我的脑袋爆炸了。

此时：简

我打电话给西蒙。

"我不经常约不太熟的男人吃饭，"我对他说，"不过如果你真的表里如一，我会很感激你的陪伴。"

"当然是真的。需要我带些什么过来吗？"

"嗯，家里没有酒。虽然我不喝酒，但你可能想喝一点。我来做牛排，不是超市里的便宜牛排，而是从精品店里买来的好牛排。先打个招呼，如果你迟到，我会把你的那份也吃掉。这段时间我的胃口好得很。"

"好，"他听起来被逗乐了，"我七点到。我保证不会再说蒙克福德杀了我的女朋友。"

"谢谢。"我其实也想说，今晚就别说艾玛和爱德华了，我已经被吓坏了，但我不知道该如何委婉地说出这句话。我开始觉得西蒙是一个非常体贴的人。我记得米娅说过："不管怎么说，我觉得你应该跟他这样的男人在一起，他比那个疯狂的建筑师强多了。"

我很快就把这个念头从脑中驱走。即使我没有发胖，没有怀着另一个男人的孩子，这事也不可能。

几小时后，当我打开门，他带着一束玫瑰花和一瓶酒出现了。"给你，"他把花递给我，"第一次见面时，我表现得很粗鲁，为此我一直后悔不已。你不知道是谁送花来，并不是你的错。"他吻了吻我的脸颊，比那种礼节性的亲吻要长一些。我很确定，他对我有兴趣，但我不认为我对他有兴趣，无论米娅说过什么。

"这花很漂亮，"我边说边把玫瑰花放进水槽，"得把它们放到水里。"

"我来开这瓶酒。这是灰皮诺，艾玛的最爱。你真的不喝一口吗？我在网上查过，怀孕十五周左右，少量喝一点酒还是可以的。"

"以后再说。你先喝。"我把玫瑰花插到花瓶里，摆到桌上。

"艾，你把开瓶器放哪儿了？"他叫。

"碗橱里，右边，"我愣了一下，"你刚才叫我艾？"

"是吗？"他笑着说，"对不起，我只是觉得这幅画面很熟悉，和你在一起开瓶酒。我是说，不是和你，而是和她，是和她在一起。我保证不会再那么说了。好了，你的杯子在哪里？"

彼时：艾玛

此时：简

在富门大街1号为一个男人做牛排，为任何男人做牛排，都是一件很奇怪的事情。爱德华永远不会让我做这种事——他必须自己掌控一切：系上围裙，找出平底锅、油和其他工具，同时向我解释在托斯卡纳做牛排和在东京做牛排有什么不同。西蒙却一脸满足地看着我，跟我聊他如何在租房市场找到现在住的那套廉价公寓。"离开这栋房子的好处之一就是不再担心那些愚蠢的规矩，"他一边说一边帮我把锅擦干净，然后在我们用餐之前把它放好，"过了一段时间，你就不记得自己曾经在这里生活过了。"

"嗯。"我说。我知道自己很快就会被养育婴儿造成的杂乱所包围，但我内心将永远怀念富门大街1号简朴而有条理的生活美学。

我喝了几口酒，却发现我已经尝不出味道。"你怀孕后的状况还好吗？"他问。我向他诉说自己对唐氏综合征婴儿的恐惧，从这个话题开始，我又说起了关于伊莎贝尔的事，说完就哭泣，连牛排都没办法吃完。"对不起，"我讲完后，他平静地说，"你有一段凄惨的过去。"

我耸耸肩，擦掉眼泪。"每个人都有自己的问题，不是吗？我现在因为体内激素的关系，随时都想哭。"

"我想和艾玛有一个家，"他沉默了一会儿，"我本来打算向她求婚。我从没告诉过任何人。滑稽的是，搬到这栋房子之后，我才作出了这个决定。我知道她难受，但我只是把她的难受归咎于那次入室抢劫。"

"为什么最后没有做？我是说求婚。"

"哦……"他耸了耸肩，"我想安排一场令人称奇的求婚，就像大家都会转发的视频里那些男人的做法：安排一场快闪行动，高唱女孩最喜欢的歌曲，或者用烟火之类的东西在天空写出'嫁给我好吗'。我只是想找些点子，能真正打动她的点子。但是她突然地结束了这段关系。"

就我个人而言，总觉那些浮夸的求婚有点诡异，甚至令人毛骨悚然，但我觉得现在不是说这种话的时候。"西蒙，你会找到你的女孩。我知道你会找到的。"

"我会吗？"他脉脉含情地看着我，"事实上，我很少能遇到能真正心灵相通的人。"

我决定开诚布公。"西蒙，我希望你不要觉得是我自作多情，但既然我们坦诚相见，我只想把话说清楚。我喜欢你，但我现在不想谈恋爱。我自己的麻烦已经够多了。"

"当然，"他很快地说，"我从没想过……但我们现在相处得不错，对吧？以朋友而言。"

"是的。"我对他报以微笑，表示欣赏他的机智。

"不过，如果蒙克福德向你出手，"他继续说道，"你可能会改变主意。"

我皱起眉头。"不会。"

"开玩笑的，事实上，我正和一个女孩交往。她住在巴黎，我在考虑要不要搬去巴黎，那样就可以经常见她了。"

换了个话题后,气氛变得愉快而轻松。我喜欢这种美好,这种互谅互让,与爱德华的强势掌控截然不同。

后来他说:"简,你愿意留我过夜吗?我会睡在沙发上,如果能让你觉得更安全……"

"谢谢你的好意,但我们没事,"我拍拍我的肚子,"我和我的大肚子。"

"当然。也许下次?"

13. 在我的目标和成果之间，总是有着巨大的差距。

同意★★★★★不同意

此时：简

我醒来时疲惫不堪，昏昏欲睡。我想大概是因为头一晚喝了点酒的缘故，可能我的身体已经不适应酒精了。孕吐的恶心感在我肚子里翻江倒海，我飞快地全都吐进马桶里。然后，就在我急于去洗澡的时候，"管家"系统不识时务地关掉了所有设备。

简，请用1—5来打分，1表示强烈同意，5表示强烈反对。在任务完成之前，房内的一些设施将被关闭。

"去他的。"我疲惫地说。我真的没有力气做这种作业，但我需要洗澡。我看着列表上的第一行。

如果孩子在学校成绩不好，我应该被认为是一个坏家长。
同意★★★★★不同意

我选择"基本同意"，随后整个人愣住了。我敢肯定，以前从未出现过关于"养育孩子"的问题。

这些问题是随机抽取吗？还是在后台有某些更厉害的设置——"管家"系统可以进行某种不为人知的数据采集？

一题题做问卷的时候，我留意到一些别的东西。我察觉有些不同。回答这些问题的同时,这些问题也提醒我:住在这里是少数人的特权,贸然离开将和失去伊莎贝尔一样痛苦——

我惊骇地意识到自己的这个念头。我怎么会有这种想法?只想一秒也不行。

我记得当时那个带队老师带领那群学生参观时所说的话:"你们可能没有意识到这一点,但你们现在就像在一种复杂的超声波场中游泳,这是一种增强情绪的波形……"

"管家"系统的提问是否也是富门大街1号正常运转的一部分?

我连上邻居的宽带,上谷歌搜索,立即有了一个匹配的结果,《临床心理学杂志》(the Journal of Clinical Psychology)上的一篇科学论文:

> 完美主义测评系统中的提问需要测评对过度完美主义的各种不良反应,包括个人主义的完美主义、高标准的利他主义、渴望被认可、习惯于计划(执着、整洁和组织性)、强迫性反思、强迫性行为以及道德上的僵化……

我浏览了一下,试图理解这些专业术语。这些提问最初似乎是由心理学家设计的,用来诊断不健康的、病态的完美主义,从而有针对性地治疗。就在那一刻,我不知道一切是否就在眼皮底下发生:这栋房子的系统是不是在监视我的睡眠模式、体重变化……诸如此类?

我随后意识到还有另一个解释。

爱德华不是用这套提问来治疗租客的完美主义,而是用来强化完美主义。他试图控制我周围的环境,我生活的方式,甚至是我内心深处的想法和感受。

只有保持绝对完美,这段感情才会持续……

我浑身发抖。艾玛是因为心理测试分数过低而导致了悲惨的命运吗?

我揣测着如何回答才能让"管家"系统给我打出高分回答完了所有的问题。答完之后,我的笔记本电脑重启,灯又亮了。

我站起来松了一口气,终于可以洗澡了。但当我上楼的时候出了一个小故障,灯光又开始闪烁,我的笔记本电脑重启了一半时死机。所有的东西都静止不动了一会儿。随后——

我看到楼下的电脑屏幕上出现了一些画面,像是电影,但又不像是电影。

我迷惑不解回到电脑屏幕前仔细查看。屏幕上有我的镜头,是现场直播的影像,就在这栋房子里。当我靠近时,屏幕上的人就会往远处走。

摄像头在我身后。

我拿起笔记本电脑转过身。现在屏幕上出现了我的脸而不再是后脑勺。我扫视着面前的墙壁,直到屏幕上的我直直地盯着摄像头。

但我什么也看不到了。也许在白色石头上藏有一个小小的针眼,仅此而已。

我放下电脑,点击关闭窗口。出现了另一个窗口,后面有另一个窗口。一个,一个,又一个。所有窗口都显示了富门大街1号的不同区域。在我找出所有的摄像头之前,先把每个窗口都关掉。其中一个摄像头从另一个角度拍到了石桌,还有一个摄像头指向前门,接下来的一个摄像头指向浴室——

浴室。那是开放式的浴室。如果这些都是富门大街1号自带的传感器,谁有权使用它们?

我再度点击电脑,最后那个摄像头直接安装在床的正上方。

我感到一阵恶心。我一直感觉自己好像被人监视着……因为我的确被人监视着!

而且不只是在床上。当爱德华带我到厨房的料理台上做爱的时候,我们被摄像机抓拍了大全景。

我不寒而栗,深感厌恶。在爆发的荷尔蒙刺激下,我的厌恶变成了愤怒。

是爱德华干的。他把这些摄像头筑进了建造富门大街1号的材料中。为什么?窥淫癖?还是对我的生活时时刻刻进行占有的另一种方式?我敢说这是违法的。最近有没有类似的违法者被送进大牢?

但我后来想,爱德华不会留下任何把柄。我查看旧邮件,找到一封来自卡米拉的关于富门大街1号使用条款的电子邮件,在密密麻麻的印刷体小字中,我找到了想要搜寻的那个条款:

> 包括且不仅限于拍照和摄像……

某种想法击中了我。爱德华建造了这座房子,但设计电子系统的是其合伙人大卫·希尔。虽然我不愿意把爱德华设想为高科技偷窥狂,但希尔就不一样了。

我可不能坐等怒火熄灭,于是拿起外套出门。

此时：简

我懒得做什么预约，直接在"蜂巢"的一楼等待，等到蒙克福德事务所的一群员工手里拿着拿铁咖啡挤进电梯时，我跟在他们后面走了进去。到了14楼，我又跟在他们后面走出电梯。

"爱德华不在。"无可挑剔的黑发女郎看到我时吃了一惊。

"我想和大卫·希尔谈谈。"

她看上去更惊讶了。"我看看他是否有空。"她在iPad上查找他的分机号，给我一种"不常有人来找这位技术专家"的印象。

我对大卫·希尔咆哮了很久，而且用脏话骂他。我不带喘气地一口气骂完，但他只是平静地等我结束。这让我想起我第一次来这里时，爱德华任由客户发泄怒火、静静聆听的场景。

"太可笑了，"我骂完他才开口，"可能是你现在的身体状况让你产生如此过度的反应。"

他说什么都比这句话更能惹毛我。"首先，我没生病，你真是白痴。第二，你别这么神气十足地对我说话，我知道我看到了什么。你一直在监视我，这一点你无法否认。你们竟然把这种行为写入了狗屁条款里。"

他摇头。"我们是请你签了个免责声明，但那只是用来约束我们大家。没有人会去窥视那些摄像头，除了面部自动识别系统,那只是为了让这栋房子跟上你的一举一动,仅此而已。"

"那么洗澡的问题呢?"我叫嚷,"一会儿热一会儿冷,是想让我发疯吗?你不会告诉我那也跟面部识别有关系?"

他皱眉。"我没有发现淋浴有什么问题。"

"那我就来问问你实实在在的重要问题吧。艾玛被杀的时候,那些摄像头在做什么?它们肯定记录下发生了什么。"

他迟疑。"事情发生的那天,实时影像断网了,纯属技术故障。那是一个不幸的时刻,仅此而已。"

"你别指望我——"我正准备开口,爱德华·蒙克福德大力推开房门,阔步走进房间,带进来一股强大的气流。

"你在这儿做什么?"他喝问我。我从没见过他这么生气。

"她想知道跟那个叫马修的女人有关的数据信息。"希尔说。

爱德华气得满脸通红。"这真是够了,我请你离开,听见了吗?"有那么一瞬间,我不知道他是让我离开这间办公室还是离开富门大街1号,随后听到他说:"我们正在起草罚单。五天之内,离开那栋房子。"

"你不能那么做。"

"你违反了至少12项限制性条款。你很快就会知道我们能。"

"爱德华……你害怕什么?你想隐瞒什么?"

"我什么都不怕。我很生气,因为你一直无视我的心意。老实说,我觉得很可笑,你指责我念念不忘艾玛·马修,其实你才是那个对她念念不忘的人。你为什么如此放不下她?你为什么这么在乎?"

"因为你把她的项链给了我,"我说,和他一样生气,"如果你是无辜的,你为什么要把她的项链修好再送给我?"

他看我的眼神似乎在说我疯了。"我送给你们相似的项链是因为我碰巧喜欢那些珍珠的颜色而已。"

"是你杀了她吗,爱德华?"我问,"看上去好像是这样。"

"你从哪儿道听途说来的?"他一脸不可思议,"是谁把这些疯狂的念头塞到你的脑子里的?"

"我想要答案。"我努力保持冷静,但我的声音在发抖。

"你从我这里得不到任何答案。现在你给我离开。"

希尔一言不发。我起身离开时,爱德华怒气冲冲地盯视着我的大肚子。

此时：简

除了富门大街1号，我无处可去，但我惶恐不安极了，就像一名浴血斗士，一次又一次地回到了拳击台上。

被监视的感觉无处不在。同时，还有一种被捉弄的感觉。房子里时不时出现各种小故障，防不胜防：电源插座没电，灯光忽明忽暗，往"管家"系统的搜索引擎输入"一居室"却登录到"对伴侣撒谎的女人"的网站，打开音响时自动播放肖邦的《葬礼进行曲》，防盗警报器突然响起，把我吓了一跳。

"别幼稚了！"我冲着天花板大喊。

空房间中只有寂静，多么嘲讽的回答。

我拿起手机。

"西蒙，"电话接通后，我说，"如果你愿意，我希望你今晚过来。"

"简，你怎么了？"他立刻担心地说，"你听起来很害怕。"

"不是害怕，"我说，"我只是被这地方弄得有点崩溃，没什么好担心的。但无论如何，很想见到你。"

此时：简

"我尽可能飞快地赶来了，"西蒙说着，把包放在地板上，"我猜这就是自由职业者的好处，来这儿就像去星巴克一样，可以轻松地工作。"他看着我的脸，换了话题："简，你真的没事吗？你看起来一团糟。"

"西蒙，我得向你道歉。这段时间你一直对我说是爱德华杀了艾玛，我却不相信，但现在我开始觉得……"我犹豫着，难以启齿，"我开始觉得你可能是对的。"

"不用道歉，简，但你能告诉我为什么改变想法吗？"

我告诉他关于摄像头的事，告诉他我和希尔争吵。"然后我口无遮拦地指责爱德华送给我这条他曾经送给艾玛的项链。"我全说了。

西蒙盯着我，突然紧张了。"他是什么反应？"

"他说那是两条不同的项链。"

"他能证明？"

"他懒得证明就把我赶了出去，"我耸耸肩，"五天之内，我得搬走。"

"如果你愿意，你可以搬去我那儿住一阵子。"

"谢谢，但我已经麻烦你太多了。"

"不管怎样，我们都是朋友，对吧？离开这里之后，你不会忘了我吧？"

"当然不会，"我对他的这种渴求觉得有些尴尬，"我现在陷入了道德上的两难。"我指了指桌子，那条项链在首饰盒里盘成一圈。"这条项链惹出了这么多麻烦，令我好奇它值多少钱，就去咨询了一下，它大约价值三千英镑。"

他挑起了眉毛。"那可真是随房赠送的一大笔存款。"

"正是。但我想，我应该把它还给爱德华。"

"为什么？如果他愿意送给你值钱的东西，那就是他的事。"

"是的，但是……"我试着解释，"我不想让他觉得我只关心这条项链值多少钱。另一个问题是，我确实缺钱。"

他已经够小瞧我了，我不想让他更加地小瞧我。

我心里这样想着，但说不出口。

"你觉得自己陷入了两难，这就很能说明你的为人，简，绝大多数人都不会有片刻的犹豫。"西蒙微笑着说，刚刚我谈到爱德华和珍珠的时候出现在他身上的紧张情绪已经消失了。他刚才为什么那么紧张？他以为我要说什么？

随后，某些东西提醒了我，某些非常微小却非常醒目的东西。

如果西蒙说的是对的，爱德华曾经把我的这条项链送给过艾玛，那么这条三排式珍珠项链的其中一排就应该比其他两排少一颗珍珠。但我现在看着它，觉得每一排的数目都一样。

我用手指触摸最上面一排，快速地数了一下。24 颗珍珠。

第二排也是 24 颗珍珠。

第三排也一样。

爱德华说的是实话。他送给我的这条项链并不是他当初送给艾玛的那条。按照西蒙的说法，爱德华杀死艾玛后捡起了散落的珍珠。但这件事从未发生过。

除非凶手是西蒙。

这个念头一旦从我脑海中浮出，就是整体地浮出。如果一切正如西蒙所描述的那样……但主角是他而不是爱德华？

你没有证据，我对自己说。

但突然间，我对于留这个男人过夜这件事变得兴味索然。

我还发现了一件事：自从西蒙进了门，富门大街1号所有的技术故障就全部消失了：水龙头正常工作，煤气炉正常工作，甚至连"管家"系统都不上锁了。为什么？

除非所有的故障都是他制造的？

当我向希尔发难时，他面露羞愧，一脸困惑，他还提到了某个难题。

难道他的尴尬是由于他知道曾经有人潜入过富门大街1号的系统？

我是不是彻头彻尾地错了？

14. 我尽量不让别人知道我自己的真实想法。

同意★★★★★不同意

此时：简

"简？你还好吧？"西蒙审视着我。

"挺好，"我摇了摇头，对他挤出一个微笑，"你来真是太好了，但实际上你没有必要带行李过来，我的朋友米娅刚刚发短信说她会来过夜。"

"米娅是不是有孩子呀？"他热心地问。

"有，但是——"

"那就对了，孩子们需要她，而我已经来了，一切都和以前一样。"

"以前？以前是什么样？"我没听懂。

他比手画脚地说："你和我，在这里，在一起。"

"这不是以前了，西蒙。"

他面不改色。"对我来说，没过去太久。"

"西蒙……"我不知道该怎么说，"我不是艾玛，我跟她一点都不像。"

"当然不像，你比她更好。"

我从桌上拿起手机。

"你要干什么？"他问道。

"我要把项链放回楼上。"我撒谎。

"让我来，"他伸出手，"你有孕在身，不能着急。"

"跟怀孕没关系。"我猛地想起一件事——"怀孕十五周左右,少量喝一点酒还是可以的。"他如何知道我怀孕的准确周数?

我从他身边走过。他向我伸出手,但我无视。

"小心楼梯!"他叫道,盯着我。我强迫自己放慢脚步,挥挥手表示知道了。

除了门厅之外,开放式设计的富门大街1号只有清洁工壁橱有门。我溜进壁橱,用扫帚和拖把从里面顶住门。

我先给米娅打电话,不通。

"狗屎,"我大骂,"臭狗屎。"

打给爱德华·蒙克福德,不通。

拨打999报警。

都打不通。

我发现手机屏幕上没有信号。我费力往上爬到房顶处,尽量把手机举高。没信号。

"简?"传来西蒙的声音,他在楼下喊我,"简,你还好吧?"

"我要你离开,西蒙,"我喊道,"我不舒服。"

"听到你这么说,我很难过。我马上打电话叫医生。"

"不要。我想休息。"

他上楼了,我听到他的声音越来越近。"简?你在哪里?你在洗手间吗?"

我不吭声。

敲敲门……"不,不在浴室里。我们要玩捉迷藏吗?"

他在门外推壁橱,推得门吱呀作响。

"找到了,"他高兴地说,"出来吧,宝贝。"

此时：简

"我不出来。"我隔着门说。

"这太蠢了。你躲在里面，我没法跟你说话。"

"西蒙，我要你离开，否则我就报警。"

"你怎么报警？我只用一个小工具就可以屏蔽你的手机信号和宽带。"

我不吭声。我慢慢意识到，眼下的情形比我设想的更糟，他蓄谋已久。

"我只想和你在一起，"他说，"但你还是喜欢蒙克福德，对吧？"

"蒙克福德和这件事有什么关系？"

"他配不上你，就像他配不上艾玛。但是好男人都得不到好女孩，不是吗？她们甩了好男人，选了他那样的混蛋。"

"西蒙，我有了一格信号。我现在就打电话报警，"我拿起电话急切地说，"警官，我的地址是亨登区的富门大街1号，有个男人在我的房子里威胁我。"

"你说得不准确，宝贝，我不威胁任何人。"

"好的，五分钟。请尽快。"

"真会骗人，你真会撒谎，简，就跟我遇到过的其他女人一样会撒谎。"他突然开始猛烈地踹门，吓得我直往后缩。拖把和扫帚都变形了，但仍顶着门。我因恐惧而头晕目眩。

"别惹我，简，"他气喘吁吁地说，"我有的是时间。"我听见他下楼。过了几分钟，我闻到了煎培根的味道。荒谬的是，我闻到这味道，居然垂涎了。

我四下张望，想搜寻能派上用处的东西。我看到了墙上的电缆线，那是富门大街1号的静脉和动脉。我随机拔下几根。有效，因为我很快听到他上楼的声音。

"简，真聪明，但也有点吵。来，我给你做了些吃的。"

"走开，西蒙，你看不出来吗？你该走了，我说真的。"

"你生气的时候，声音和艾玛一样。"我听见餐刀刮盘子的声音，我想象他盘腿坐在壁橱门的另一侧吃着他刚做好的食物。"我应该多对她说'不'，我应该更强势一些，那一直都是我的问题。我太讲道理，太好说话了。"我听到从瓶子里拔出瓶塞的声音。"我想也许你是个好人，这次会不一样。但还是照旧。"

"大卫·希尔！"我大叫，"爱德华！救命！"

我大喊大叫，喊到喉咙痛，嗓子哑。

"他们听不到你说话。"他说道。

"能听到的，"我说，"他们在看着。"

"你真这么想？别怕，是我呀。你看，你让我想起了她。我爱上你很久了。"

"这不是爱，"我吓坏了，说道，"爱不是单方面的。"

"爱总是单方面的，简。"他悲伤地说。

我尽量让自己保持冷静。"如果你真的爱我，就会希望我快乐，不希望我害怕，不希望我被困在这里。"

"我确实想让你快乐地和我在一起。但如果我不能拥有你，就不会让那个混蛋拥有你。"

"我跟你说过，我和他分手了。"

"她也曾这么说，"他的声音中满是疲惫，"所以我试探了她一下，一次简单的试探。她想让他回来，不想让我回来。我也不想这样做，简，我想让你爱上我，如果你不爱我，这就是我的退而求其次。"

我听到他拉开行李包拉链的声音，把包打开。接着是液体晃动的声音，从壁橱门下流进暗色的液体，闻起来像煤油。

"西蒙！"我尖叫道，"你这混蛋！"

"我做不到，"他的声音听起来粗哑，好像快要哭了，"我下不了手。"

"求你了，西蒙。看在孩子的分上。即使你恨我，想想孩子，好吗？"

"哦，我想想。狗杂种的狗崽子。这是他的孩子，别妄想了，"又是一阵液体晃动声，"我要烧掉这个地方，这会让他不高兴的，对吧？如果你不出来，就别怪我把你烧死，别怪我这么做，简。"

壁橱里的清洁用品都是易燃物。我把它们一个接一个地扔上屋梁。然后自己也爬上了屋梁，又看了一下手机，还是什么信号都没有。

"简，"西蒙在门口叫道，"给你最后一次机会，出来吧，对我好一点。假装你爱我，只是暂时，只是假装，我只求这么多。"

我在仅够爬行的空间里慢慢移动，把手机当成手电筒来照明。到处都是木横梁和桁架，火一旦烧上来，将一发而不可收。我似乎依稀记得，在火灾现场，致人死命的是浓烟。

我踩到了一个柔软的东西。是一个旧睡袋。我的脑海中闪现过一个念头：曾经睡在这里的不是艾玛，而是西蒙。他拿了艾玛的东西，还有她的心理医生的名片——也许他曾求助于她。真希望他曾那样做过。

"简？"他又叫道，"简？"

然后我看到自己放在这里的手提箱。我蹲下来取出装有伊莎贝尔遗物的盒子，用颤抖的手摸着属于她的东西：襁褓布与小手小脚的石膏模。

这是她仅剩的所有东西。

我让你们两个都失望了。

我跪在地上，双手放在大肚子上，眼泪流下来。

15. 你的孩子在海上陷入了困境。当你去救她的时候，意识到她只是处于同样困境中的 10 个孩子中的一个。你可以立即救出你的女儿，也可以去找人帮忙，好救出所有人。但后者可能需要一些时间。你会怎么做？

    a. 救自己的孩子

    b. 救 10 个孩子

此时：简

我不知道自己哭了多久。但一直到我哭完，都没有闻到火烧的味道，只有挥发性液体的味道。

我想到了西蒙，在我正下方的某个地方，他为自己感到难过，可怜兮兮，哭哭啼啼。

然后我想到：不。

我不是艾玛·马修，我不像她那样没有条理，那样脆弱。我是曾经埋葬了自己孩子的母亲，我的体内孕育着另一个孩子。

待在这个阁楼里，沉浸在那种带着甜味的、消极的悲伤之中是很容易的。我可以躺着等待烟雾从梁下飘上来，把我包围，把我带向死亡。

但我没有那么做。

原始的本能驱使我站起来。在我意识到之前，我已经顺着房梁爬下来，悄悄地把拖把和扫帚从壁橱门上拿开。

那条项链还在我的口袋里。我把它拉出来，扯断，把散开的珍珠攥在手里。

我小心翼翼地把门轻轻打开。

富门大街1号已经面目全非。墙壁被乱涂乱画，枕头和垫子全被撕开，地板上满是破碎的陶器，玻璃窗上有某种看起来像是血迹的东西。除了煤油，我还闻到了天然气的味道。

他不知道从哪里冒出来，出现在楼梯下。"简，我太高兴了。"

"我可以为你变成她，"我没有事前筹划，至少没有事前筹划细节，但现在看来很明显，我必须这么说，而且这些话居然毫不犹豫地脱口而出，"艾玛，完美的艾玛，你爱的那个艾玛，我会成为你的艾玛，然后你会放我走，对吗？"

他抬头盯着我，没有回答。

我努力想象着艾玛说话的方式和节奏。"哇，"我环顾四周，"你真的在这里做了很多事，不是吗，宝贝？你做的这一切，西，一定是因为爱我。我都不知道你如此充满激情。"

他眼中的猜疑正在与某种东西交战。"开心吗？喜欢吗？"我把一只手放在肚子上。

"西蒙，有件事我必须告诉你。我怀孕了，你要当爸爸了。这很棒，不是吗？"

他退缩了一下。"狗杂种的狗崽子。"我想到他刚才说的那句话。然后我说："我们去躺一会儿，西，"我飞快地说，"就几分钟。我来帮你按摩背部，你也可以帮我按摩。这多棒啊，不是吗？互相拥抱也很好。"

"很好，"他重复道，走上楼梯。他的声音因渴望而变得嘶哑。"是的。"

"你要先洗澡吗？"

他点点头。随后，他的目光里有些东西变得坚定。"你也是。"

"我去拿浴袍。"

我走向卧室，感觉他一直在盯着我。我打开壁橱，从衣架上取下一件浴袍。

我听到水声，他一定是把淋浴打开了。但当我转身的时候，他仍待在原地,仍在看着我。

"你先洗。"他说。

我笑了笑,走向浴室。

"我不能,艾。"他突然说。

我觉得他是故意欲言又止。"不能什么,宝贝?"

"不能失去你,不能让你成为只想要他们而不想要我的人。"他以一种奇怪的、类似歌唱的声调说道,似乎这是一首歌的歌词,这首歌在他的脑子里重复太多次,以至于失去了原本的意义。

"但我想要的就是你,宝贝,没有其他人。来吧,让我证明给你看。"

他突然哭泣,手捂着头。我抓住机会,闪过他,往楼梯方向走去。艾玛就死于这危险的楼梯。由于肚子太大,无法平衡,我差点在最高处的台阶上摔倒,但我努力用一只手扶住墙站稳,光着脚,踏在熟悉的石板上。他怒吼着向我冲过来,抓住我的头发,把我猛拉向他。我将一大把珍珠扔向他的头。他没躲,但当他走到下一个台阶时,珍珠就在他的脚下,像致命的滚轴。他的双脚分别向不同的方向滑,脸上满是震惊的表情。紧接着,他摔倒了,从楼梯上飞出去。他的身体先撞到地面,头上裂开了一道令人作呕的缝。珍珠如瀑布般在楼梯上啪嗒啪嗒地跳着,在他扭曲的身体旁边不断弹跳。有那么一刻,我觉得他还活着,因为他的眼睛看着我,痛苦地看着我,死不瞑目。血从他的后脑勺渗出,他的眼神黯淡了。

此时：简

    我再次拨电话，但西蒙的干扰器一定还在起作用。我得去隔壁打电话叫救护车，虽然现在已经过了紧急施救时效。他的眼睛大睁着，一动不动，头部的周围有一圈暗红的血液。

    我小心翼翼地走下楼梯，绕过客厅，小心地避开地上散落的那些危险的珍珠，一只手保护着自己的肚子。我靠近大玻璃窗，仿佛是在不知不觉中用衣袖擦去了血迹斑斑的涂鸦。涂鸦很容易擦掉，外面漆黑一片，玻璃窗上映出了我的脸。

    我想，一切都会被擦掉。这些混乱、这种表面的无序、血迹和西蒙的尸体很快就会消失。这栋房子将会恢复原貌，就像一个有机体排异体内的小碎片，富门大街1号会自愈。

    异常的宁静感包围了我，平和的宁静感。我看着玻璃上的自己，感觉房子在向我致意。我和我的孩子，将会以不同的方式各自成长。

16. 铁路信号员在一个偏远的道口负责扳道。他违反规定，带着儿子去工作，但严令禁止他的儿子不要接近轨道。随后，他看到一列火车驶来，还没来得及扳道变轨，就看到他的儿子在轨道上玩耍。因为距离太远，即使喊了，儿子也听不到；如果不扳道变轨，火车极有可能车毁人亡；但如果真的扳动轨道，火车肯定会把他的儿子撞死。必须在几秒钟内作出选择。如果你是铁道信号员，你会怎么做？

  a. 变轨

  b. 不变轨

此时：简

我从不曾经历过水中分娩，也从没体验过分娩时点着香熏蜡烛，更没在 iPad 上播放杰克·约翰逊的歌。我只有过一次剖宫产经历，例行检查中发现我的孩子的胃里有个小栓塞。谢天谢地，没有什么问题是产后手术不能修复的，但自然分娩和医学分娩还是不一样。

吉福德医生非常谨慎地解释了可能发生的问题，我还需要做进一步的测试，才能确保万无一失。托比出生后，在他们把他带走之前，我有几分钟时间喜忧参半地抱着他。助产士把他放到我的胸部上方，我就感觉到他坚硬的牙龈咬住了我的乳头；我的身体深处和子宫深处感受到了那种深深的吸附感。爱从我的身上转移到他的身上，他的蓝眼睛闪烁着，大眼睛里充满着欢乐。"这是一个爱笑的孩子，"助产士说，"这还不是真正的微笑，可能只是从嘴里吐出一些体内气体，或是嘴唇的随机抖动。"但我知道她说得不对。

第二天，爱德华来看我们。在我分娩前的三个月里，我见过他好几次。一部分原因是，西蒙死后，我们需要处理大量的法律文件；一部分原因，是爱德华有风度地承认，他应该早就意识到西蒙是个危险人物。我们现在作为孩子的父母住在一起。随着时间的流逝，这种关系有可能更进一步——我有时觉得，爱德华已经不再完全排斥这种可能性了。

他来医院的时候，我还很困倦，所以护士先进来问了我一下。我当然说让他进来。我想让他看看我们的儿子。

"他在这儿，"我满脸笑容，"他叫托比。"其实我很担心——以往那种等着爱德华作出评价、寻求他认可的习惯，最近已经完全消失了。

他把托比高高举起，审视他那张圆圆的、愉快的脸。"你是什么时候知道的？"他平静地说。

"什么时候发现他患有唐氏综合征？院方发现了栓塞，近三分之一患有十二指肠闭锁的婴儿都会出现这种栓塞。"DNA 测试的准确率虽说高达 99%，但毕竟不是百分百。经历过最初的震惊和悲痛之后，我心里其实有点高兴自己生下来之后才知道先前的测试结果有误。如果我之前知晓，肯定会去把孩子打掉。现在，看看托比杏仁状的眼睛、翘鼻梁和那如满弓般漂亮的嘴，我怎么可能放弃这样一个生命？

当然不是不忧虑，但每个患有唐氏综合征的孩子都是不同的。看来我们很幸运，他不比其他任何孩子差。他的嘴巴动得很协调；当他咬我的乳头时做得很棒；他吞咽乳汁没有问题；没有心脏缺陷或肾脏问题；他的鼻子虽然粗短，但仍然和爱德华的一模一样；眼睛虽然是杏仁状的，但与我的眼睛没有什么不同。

他很漂亮。

"简，"爱德华说，"可能不该在这时候说这种话，但你必须放弃他。会有人收养这样的孩子，会有人愿意过那样的生活，可你不是那样的人。"

"我不能,"我说,"爱德华,我无法放弃。"

就在那一瞬间,我从他的眼神中读到了一丝愤怒,还有别的东西,也许是微茫的恐惧。

"我们可以再试一次,"他说,好像没听到我刚才说的话,"你和我,重新开始。我们这次能做得更好,我知道我们能办到。"

"如果你在艾玛的事情上对我更坦诚一点,"我说,"可能我们上一次就能办到。"

他目光锐利地看着我。我知道他在想是不是母性光辉在我身上起了作用,是不是成为母亲这件事改变了我,让我变自信了。"我自己都搞不清是怎么回事,又怎么跟你说呢?"他说,"我有强迫症,而她喜欢挑衅我,令我失控让她觉得很兴奋。我为此而痛恨自己。我最后确实和她分手了,但很难熬,真的很难熬。"他犹豫了一下。"她给我写了一封信,说是想跟我解释。后来又叫我别读这封信,但我已经读了。"

"你留着那封信吗?"

"是的。你想看看吗?"

"不。"我说。我低头看着托比睡觉的样子。"我们现在需要考虑的是将来。"

他顺着这句话问:"那么,你会考虑吗?你会考虑放弃这个孩子吗?我想我又能做一个父亲了,简,我想我已经准备好了。但是,让我们拥有一个我们真心想要的孩子吧,一个计划内的孩子。"

终于到了我向爱德华吐露真相的时刻。

彼时：艾玛

早在中介告诉我你的租房规则之前，早在我遇见你之前，我就知道你了。有些女人，也可能是绝大多数女人都想被呵护，被尊敬。她们想找一个可爱善良的男人，软语温存，绅士风度。我曾试过成为那样的女人，试过去爱那样的男人，但失败了。

我把咖啡洒到你的计划书上的时候，心里就确定无疑了，甚至在我尚未意识到的时候就已经确定无疑了。你是那样令人生畏，充满力量，又能够包容我。西蒙包容我，是因为他过于懦弱，他缺乏力量。但在那一刻，我成了你的人。

我不想被呵护，我想被控制。我想要一个暴徒般的男人，一个被别的男人痛恨、妒忌而又毫不在乎的男人。我想要一个铁石心肠的男人。

我曾经一度以为我找到了那样的男人，但很快我就自取其辱。当他们玩弄我、抛弃我之后，我看清了他们不过是他们自以为是的那种男人。

他们中的一个就是索尔。起初我觉得他令人恶心，是一个傲慢自大、惹人厌的混球。我以为既然他和阿曼达都结婚了，那么打打情骂骂俏也没什么，所以我就回应了他，那是我的错。他把我灌醉了。我知道他在干什么，但我以为他会适可而止。但他没有，我也没有。感觉就像那是发生在别人身上的事情啊。我知道这听起来很奇怪，但我当时的确感觉自己就是奥黛丽·赫本，正在和弗雷德·阿斯泰尔共舞，而非一个被灌醉的员工在公司培训日为高级主管提供下流的服务。直到那时，我才发现自己并不喜欢他的行为和方式，但是太晚了。我越试图阻止他，他就越变本加厉。

后来，我痛恨我自己。我想这都是我的错，才让他对我为所欲为到了这种地步。我也痛恨西蒙总是把我想象成最好的，但其实我根本不是他想象的那样。只不过，对所有人撒谎比坦诚要容易多了。

所以你看，我以为你就是我想要寻找的那种既善良又强大的男人，而非西蒙和索尔那种男人。当我发现你也有秘密的时候，我其实很高兴。我以为我们可以互相坦诚。我以为我们可以从各自的过去中解脱出来。不再为当下所累，而是各自拥有不堪的过往。我住在富门大街1号的时候才意识到，原来一个人可以把自己周围的环境粉饰一新，空无一物，即使内心一团乱麻也无关紧要。其实每个人都希望如此，不是吗？每个人都希望有人能包容自己不堪的过去，不是吗？

17. 与其说真话去面对不可预知的结果，不如用谎言维持现状。

　　同意★★★★★不同意

此时：简

"他就是那个计划内的孩子。"

爱德华皱眉。"你在开玩笑吗？"

"也许有十分之一是在开玩笑，"他的表情微微放松，但我又说，"意思是说，他是我的计划内的孩子，不是你的计划内的。"

我把托比紧紧地搂在臂弯里。"事实上，我第一次去你的办公室里见到你的时候就知道了，知道你将成为我的孩子的父亲：英俊，聪明，富有创造力，有上进心……你就是我想要寻找的最佳人选。"

"你对我撒谎？"他不可置信地说。

"不全是撒谎。有些事，我只是不想解释，如此而已。"尤其是在我回答租房申请表上的第一个问题时：列出一生中想要拥有的每一样东西。当我已经失去了个人宇宙的中心，只有一样东西有可能使我再次完整。

"我从未在富门大街1号以外的地方做过这种事。思虑再三，自我怀疑，自省道德。但是在这些强大的、坚定的空间里，我的野心不断膨胀。富门大街1号是我的计划的同谋，我所有的决定都被执行得干净利落。"

"我就知道有阴谋，"爱德华面色苍白，"'管家'系统……总是异常，数据出错。我以为问题出在你对艾玛之死的执念，归结于你努力对这个荒谬的问题保持缄默……"

"我根本不在乎艾玛，但我必须知道你对我们的孩子来说是否危险。"讽刺的是，直到西蒙死去才解除了我对这个问题的质疑。在西蒙的蓝色文件夹里，我找到了富门大街1号以前的工头约翰·瓦茨的文件——爱德华的前任商业伙伴汤姆·埃利斯曾将这份文件交给艾玛，但她在自身的一团混乱中根本没有留意过这份文件。这位前任工头证明了我之前几乎已经确认的事实：爱德华的前妻和孩子单纯地死于交通意外。

"我一点都不为你难过，爱德华，"我说，"你已经得到了你想要的——短暂、激情和完美的恋情。任何一个男人和一个女人在那种状态下多次亲热之后，就应该知道会开花结果。"

这就是我已然接受的一切吗？还是说，至少是我已然理解的一切？

换作其他任何一个女人处于我的境遇，难道不会做出同样的事吗？

对于西蒙，我也毫无愧疚。当我合上伊莎贝尔的记忆盒子的时候，我就知道，我会杀了他。但是在警察赶到现场之前，我会捡拾起所有散落的珍珠，令现场丝毫看不出我对他那可怜不幸的死亡起过任何作用。

"哦，简，"爱德华摇头，"简，怎么可能……太了不起了。从始至今，我都以为是我在掌控你，事实上却是你在掌控我。我早该知道你早就预谋。"

"你会原谅我吗？"

他先是不吭声，让这个问句回荡在空气中。随后，令我惊讶的是，他点头。

"谁能比我更了解失去一个孩子的滋味?"他平静地说,"你所做的一切,无论是伤人的还是错误的,难道不是为了麻痹自己的痛苦吗?或许我们两个的相似程度超过了我们所意识到的。"

他沉默了好一段时间,沉浸在自己的思绪中。

"麦克斯和伊丽莎白死后,我一度精神错乱,几乎因为愧疚、懊悔和自我厌恶而发疯,"他终于又开口说道,"我去了日本,想远离自己,但是没用。等我回来的时候,发现汤姆·埃利斯打算终止富门大街1号的项目,并把它纳入自己的名下。我无法忍受伊丽莎白和我曾经共同规划的房子、我们的家变成别人的产业。于是我撕掉了计划书,重新设计方案。老实说,我并不怎么介意替代方案是什么样的。我设计成那种如坟墓般一无所有、空空荡荡的样子,是因为那就是我当时的心境。但是我在疯狂之中也意识到,我是无心插柳地开创了非凡的设计风格。一栋从居住者身上索取后又千倍回报居住者的房子。当然,对于有些人,比如艾玛,这栋房子摧毁了她;对另一些人,比如你,这栋房子使你强大。"

他全神贯注地盯着我。"难道你看不出来吗,简?你已经证明自己值得拥有它。你自律且无情,够格成为富门大街1号的女主人。所以,我想给你一个建议。"

他目不转睛地盯着我。"如果你把这个孩子送给别人收养……我就把这栋房子送给你。如果你愿意,现在,这栋房子就是你的。耽搁越久,越难作出决定。你真正想选哪一个?一个完美的机会,还是一辈子都要设法应付这种……这种……"他无言地指了指托比,"是选你长久以来期望的未来,简,还是选他?"

18.
a. 放弃孩子
b. 不放弃孩子

此时：简

"如果我同意，我们会再生一个孩子吗？"

"我保证，"他洞悉了我的犹豫，"这对我们俩都是好事，对托比也是好事。像他这样的孩子，与其没有父亲，不如被收养。"

"他有父亲。"

"你知道我是什么意思。他需要一双接受他这副样子的父母，而不需要一双每次看到他都会悲叹自己本不该有这种孩子的父母。"

"你说得对，"我平静地说，"他的确不需要。"

我想到了富门大街1号，想到我在那里感受到的归属感和平和感。我看着托比，沉思着未来。一个单亲母亲和她的残障孩子，为了获得所需要的医疗条件而和整个社会系统作战，那将会是多么动荡、混乱、委曲求全的人生！

或者，为了更好更美的人生，再试一次。

为了另一个伊莎贝尔。

托比的肩膀上有一滴吐奶，我小心地擦拭掉。

到此为止。

我决定了。

我要从爱德华身上吸取教训，然后让所有这一切，这个梦中的男人，都消散在岁月里。艾玛·马修和爱过她、迷恋她的男人们，现在他们都不再重要了。有一天，当托比长大成人，我会从架子上取下一只妥善保存的鞋盒，告诉他关于他的姐姐伊莎贝尔·玛格丽特·卡文迪许，那个曾经来过这个世界的、从前的女孩的故事。

此时：阿斯特丽德

"太了不起了！"我看着苍白的石墙、屋内空间和灯光，难以置信地说，"我从未看到过如此不可思议的房子，即使是在丹麦。"

"非常特别，"卡米拉赞同我，"这座建筑鼎鼎大名。你还记得去年康沃尔生态城的那起纠纷吗？"

"当地居民拒绝接受产权房的租赁合同，是吗？他后来把居民们都赶出去了吗？"

"这栋房子的租赁合同也很复杂，"卡米拉说，"如果你愿意进一步谈，我也许会从头到尾讲给你听。"

我环顾四周，高耸的石墙和悬浮的楼梯有一种不可思议的平静与安宁。在这样的居所，我想，我一定会痊愈，一定会把离婚带给我的痛苦与愤怒统统遗忘。"我当然愿意。"

"太好了。哦，顺便说一句，"卡米拉抬头望向天花板方向，似乎在躲避我的视线，"我想你一定会上网搜索这个住址，所以瞒着你也毫无意义。这是一栋有点历史的房子，曾有一对年轻夫妇住在这里，先是妻子从楼梯上摔下来死去，三年后，丈夫也正好死在同样的楼梯下。人们说他一定是故意让自己摔下去的，为了和她在一起。"

"原来如此，真是太悲惨了，"我说，"不过，虽然悲惨，也很浪漫。如果你是想问我是否会因此而打退堂鼓……不会。还有其他什么事是我应该知道的?"

"只有一件,房东有一点点像暴君。过去几个星期里,我带了几十位有租房意愿的客户来看这栋房子,最后没有一位能够忍受。"

"相信我,我知道怎么和暴君打交道。我曾经和一个暴君同居了六年。"

当晚,我就开始迅速翻阅那长得好像没有尽头的申请表了。居然要阅读这么多的规矩!还要回答这么多的问题!我真想喝上一杯来缓解做题的压力,但我已经差不多三个星期滴酒未沾了,最好还是忍住。

请列出:你认为你一生中必须拥有的每一样东西。

我做了个深呼吸,拿起了钢笔。

致谢

过去十年,有太多人帮助了我,让我得以写出这个故事。我要特别感谢制片人吉尔·格林对我早期想法的鼓励,感谢劳拉·帕尔玛对我未完成大纲的睿智回馈,感谢蒂娜·赛达赫姆的诗人的洞察力,感谢艾玛·弗格森博士关于医学治疗等方面的建议。

感谢企鹅兰登书屋的凯特·米夏克,不仅感谢她购买了这本书的版权并连夜赶制五十页样稿交付给她的同事丹尼斯·克罗宁及其征战法兰克福书展的卓越团队,而且感谢她数月来富有启发性的商讨、精湛的专业技能以及倾注在编辑上的热忱。

我还要隆重地感谢卡拉道克·金及其联合代理公司团队:米德里德·袁、米莉·霍斯金斯、雅思敏·麦克唐纳和艾米·米切尔,他们阅读了初稿,当时这个故事仅仅只是一个提议而已。没有他们的热忱和信任,我可能不会继续写下去。

这本书献给我的儿子奥雷,他患有罕见的 B 型茹贝尔综合征,却始终不屈不挠,坚强乐观。也以此书纪念他的哥哥尼古拉,我的亡子。

JP. 德莱尼